时间的声音

The Sound Of Time

刘义彬 著

国际文化出版公司
· 北京 ·

一切继续着发生和遗忘，而你，却永远驻于时流的彼岸。

目录

归路尽头的黄婆塘

放不下的凤凰古城

时间的声音

那些闪烁的人间烟火

后记

归路尽头的黄婆塘

现在的我，
早已被生活的风雨
打磨得千疮百孔，
仍然蜷缩在这闹哄哄的社会一隅，
苦苦思索着生命的归宿……

这棵人生树

晴和的冬日傍晚，将暮未暮时，我不紧不慢地走在这故乡的田间小道上。很久没回家了，回家的感觉真好，有一种说不出的愉悦情绪，始终缭绕在身边。

虽是深冬，但行走带来的热量让我感觉不出冬的萧索。空旷的田野上，一条窄而弯曲的小河，映着苍茫的天空，蠕动如小白龙，明亮而柔和。田野中尽是新绿，是大片大片正在生长的油菜，是密密的、嫩嫩的紫云英，从脚边一直延伸到很远很远的山坡下，一层薄薄的雾气轻漾在田野之上。而远处是一户又一户密密挨着的正冒着炊烟的人家，人们正在屋子里为他们的生计忙碌着。

更远的地方，是牵动归来游子心肠的沉沉暮霭，还有隐约缥缈在暮霭中的低矮丘陵。

在长沙市东边远郊的一条乡间小道上，我静静地走着，默默地感受着刮在脸上的轻微的冷风，以及浓郁的乡情。许许多多发生在这片故土上的往事在脑海中纷飞如蝶，更使我觉得脚下这平凡的土地是如此地温暖和亲切。漂泊在异乡的麻木的日子，在这一刻，显得那么遥远和陌生，心态也在这轻柔的感受中渐渐苏醒过来。

　　不知如何形容我对这片土地的感情，随意抬眼四顾，处处都能看到昨天。童年和少年的影子时不时在眼前晃动，有时显得那么模糊，有时却显得那么清晰。我曾在这里与儿时的伙伴们忘形地打闹欢笑，在这里因恐怖而号啕大哭。和煦的春日，我们一群群孩子追随在大人们忙碌的身影旁奔跑嬉闹，月光下钻进垒成小山一样的一捆捆油菜茎干下玩捉迷藏的游戏。夏天的傍晚，我们三三两两一边惬意地嬉游在小河中，一边捞丝草喂猪。我曾在蛙声轰鸣的夜晚和我的兄弟一道，打着手电筒在浅溪或农田中捉泥鳅，白天也曾和家人一起在烈日下的稻田里收割，在隆隆的打稻机声中抱着一把把成熟的稻谷忙碌地奔跑。

　　在这片土地上，曾有我多少或甜美或虚妄的梦，而今，有的已成为现实，有的已成怅惘的故事，深深地烙在心底，在某些夜晚不经意地扎痛我的心……

　　童年玩伴中有一位女孩。

　　她是我的一位表亲，比我小一岁，我们两家相距十多里路。

因为长辈之间关系密切，互相走动频繁，所以逢年过节放寒暑假，我们都能经常在一起玩耍。

她家距城镇只有两三里路。每年去她家拜年拜节的时候，妈妈总会带我们住上几天，我就会跟她到镇子里的街道上去转悠，看店铺里各种新奇的玩意儿。偶尔大人们会要我们帮着买些东西回来，这时候就会有一点点余钱留给我们买些吃的，几颗糖果或一小包猫耳片什么的，供我们在回来的路上一起开心地分享。晚上几个小孩挤着睡在一张床上，早晨醒来后，我会偷偷地盯着看熟睡中的她的漂亮脸蛋。

有时候她也来我家，我会带她到门前的水塘里钓鱼。下钩不久，她就拿石头往我下钩的地方丢，引得我气恼地追打，她就会哈哈大笑着跑开。晚饭后做作业的时候，我们并肩坐在一条板凳上，共用一盏煤油灯一张长条桌，我时不时地找她搭上几句话，心甜如蜜。蛙声如潮的夏夜，我们一起趴在水塘边的竹铺上，听大人们聊天讲故事，一起慢慢进入梦乡，然后被大人抱上床去。

长大之后，互相见面的机会少了，但心里的那份牵挂却日益加重。因学习成绩不好，她只读到初中毕业，而我在学校读完高中后进了中专，之后又参加工作离开老家，我们慢慢地就成了飘散的风筝，愈隔愈远了。后来听说她结婚了，有了孩子，之后又听说她离婚了，沾染上了一些不好的生活习气，日子过得既艰难又有些零乱，且居无定所找不到人，因而在我心里对她产生了一种陌生又纠结的距离感。多年来，我既想去找她，了解她生活的状况，给她一些力所能及的帮助，又有一些说不出来由的抗拒、犹豫和担心，竟一直没有行动。

怎么说得完呢？现在我在这条小道上独自走着，儿时的伙伴们正在别处继续着他们的故事，对有些儿时伴侣也仅仅是惦记而已，并不会十分地去关心。

这正如前方那棵枝条纵横如浓云般耸立在暮霭中的老樟树。在这棵树上所发生的一切，不正如同我们这短短的一生吗？我们一道从泥土中出发，沿着树干一同向上生长着，在一个又一个树杈，由于命运的原因，我们逐渐分开，沿着各自的枝条向四面八方延伸着。有的在人生的第一个分杈，就早早地干枯脱落，回归生养我们的这片土地，再也见不着了。而有的则继续与我或沉默或欢笑地并行着，等待下一个分杈的分别，各寻生计，各保平安。

到现在，伙伴们一个又一个离我远去，在各自的空间体验生活的酸甜苦辣，只剩下我依旧倔强地走在自己设定的路途上，向那个貌似是宿命中更高处的风景孤寂地延伸着自己的枝条。偶然低头，在我身下，那么多的繁枝于暮色中摇曳，如同向我展示它们或快乐知足或哀怨不平的现状。微风吹过来，在相近的时间和空间里，我们还能和有的伙伴相触絮语，但有的呢，在这棵人生的大树上，我可能再也没有和他们相遇的机缘了。

　　而我们的一生，也慢慢地走到了尽头。

　　沉思间，那棵大树已落在我的身后。远处不知谁家的屋场里，一串串狗吠声冲破苍茫暮色而来，我凝神谛听着，如同谛听着自天宇深处传来的人生哲理。

　　静静地走着，默想不远处归路的尽头，就是我的家，就是盼着我等着我的父母和兄弟，心里是稳稳的欣喜感觉，忍不住加快了步伐……

放学后

雨下得很大。间或有电闪雷鸣。

小男孩才七八岁，孤零零一个人蹲在小学校门口的土砖墙根下，呆呆地看着外面的雨帘，一动不动。时间是二十世纪七十年代中叶，学校叫作长沙县梅花公社新桥小学。

雨水像白色尼龙绳，一根根从屋檐下垂到校门前的水沟里，在他眼前织成一排又宽又稀疏的白帘子，哗啦啦地响着。水沟里，深深的水流被砸起一个个小坑，然后急促地旋转着，向学校围墙外面的角落流去。校门外是一条简易马路，又大又急的雨珠向泥石地上砸着，溅起一层层黄色的雾气。

小男孩在墙根下木然地蹲着，呆呆地看着眼前水沟里打着转转的水流。

其他同学都被父母接回去了，可他还在这偏僻山村小学校门外孤独地等着，等爸爸妈妈带着伞来接他。

天快黑了。

学校离家有两里多路。他有些害怕，也有些冷，浑身开始哆嗦起来，只能用手臂抱着身体蜷成一团。怎么办呢？

身后是教室，别班的。只要回头走进校门往左拐，就是他的教室，他的座位在教室最前排。只要回到那张旧课桌前，他就会觉得像回到了另一个家一样安稳，一直都是这样。平时，即使下课了，他也很少像别的同学那样到处玩闹，他更喜欢坐在他自己的凳子上，看着、听着伙伴们在身边嬉闹。

那么，现在就回到那个座位上去吗？啊，不行，不行！待会如果老师过来了，一定会看见的，一定会怜爱地摸着他的头，问他咋还不回家去。

他不想被老师问来问去，为他担心。不能回教室里去。

他突然想起来了，爸妈一早就说过了，今天要到七八里外一个榨油坊去榨菜籽油，这会儿肯定还没回家。不然，怎么还不来接他？这时候，他多想看见妈妈举着一把伞笑着向他走过来呀！

天快黑了，这么冷，妈妈怎么还不来呢？

雨丝落在地上，不再那么淅淅沥沥地响了，檐下的雨珠也变成慢腾腾的滴答滴答的声音。雷声早停了，只留下一些细小的闪电在天边抽搐。哦，雨小了。

天色开始暗下来，想起爸爸妈妈还没回家，不会再有人来接他了，恐惧一下子把他从墙根下拉起来。他拼命地钻进雨中，沿着简易马路向家里跑去……

雨不很大，却是凉飕飕的，离家还有老长一段路，身上就湿完了。风一阵一阵急急地吹来，他止不住连打了几个哆嗦。

简易马路两边都是雾蒙蒙的密密匝匝的杉树林，风刮在树林里呜呜地响，白绒绒的树尖全斜着摇晃，像有什么可怕的东西会从树林里钻出来。

他终于站到了那个亲切的山头上。抹一把头发上滴下来的水珠，他朦朦胧胧地看见了自己的家。小男孩什么也不怕了，身上也觉得有劲儿了，将书包从屁股后头抱到胸前，他更加急切地跑起来。

一点儿也不觉得冷了。

天快黑的时候，小男孩跑进了这个叫作黄婆塘的小山村。他顺着别人家的墙根躲着雨往自己家里赶。

别人家的屋顶上都罩着厚厚的一层炊烟，屋子里也都亮着昏黄的灯，不时传出或高或低的大人们的说话声，还有小孩子的争吵声。只有他家屋顶上是空荡荡的，一层灰黑灰黑的青瓦安安静静。跑到家门前，他用力一推，门是锁着的。他拿眼睛往门缝里瞧，家里没人。爸爸妈妈都还没有回来。

于是他抱着自己的小书包，在堂屋门前的石墩上慢慢坐下，然后蜷曲成一团，等着爸爸妈妈回来。他一边在心里想着妈妈温暖的怀抱，一边轻轻地在心里喊着妈妈。而爸爸妈妈，过了很久很久还是没回来。

他就那样害怕地瑟缩着，警惕地瞪着外面黑乎乎的世界，等啊等啊，慢慢地睡着了……

小男孩在石墩上蜷缩到很晚很晚，才欣喜地盼回了疲惫至极的爸爸妈妈。

伴着爸妈度过一个宁静而香甜的夜晚之后，他又在黄婆塘这块温暖的土地上漂过了十来年少年时光，终于在十七岁那一年，因外出求学而离开了故乡，离开了爸妈。

然后，在异乡的风里雨里、汗里泪里又漂泊过了几十个年头，那个在墙根下蜷缩着的小男孩，就成了现在的我。

现在的我，早已被生活的风雨打磨得千疮百孔，仍然蜷缩在这闹哄哄的社会一隅，苦苦思索着生命的归宿，渴盼能早日回到那个浸满我童年和少年往事的故土。

回家

　　父母在的地方才是家。在我平时的日记中，自己日常的居处经常被称为某某小区，只有回到位于长沙县江背镇的出生地，爸爸妈妈生活的那个叫黄婆塘的小乡村，才会心安理得地称为"回家"。

　　童年时第一天上小学读书，半天时间好像过了好久好久。中午回到家里，感觉一切都是陌生而又新奇的，这里摸摸，那里看看，黏着妈妈兴奋地蹦蹦跳跳了好久。这是我记忆中的第一次"回家"。

　　刚上初中一年级的时候，不到十二岁，因为学校离家有二十多里路，只能寄宿在学校。第一周在校学习的时间显得那么漫长，让我第一次体验到了想家的滋味和时间的难熬。周末我兴奋地搭上公共汽车回家，那种久别重逢的感觉是如此欣喜，连呼吸和心跳都比平时快多了。

那时候，父母亲和我们三兄弟住在村子里一连片老屋最西头的两间破烂土砖房里，一遇下雨就急急忙忙用脸盆桶子接屋顶上的漏水，叮叮当当、滴滴答答的声音蛮好听。门前平地上长着一排五六棵粗壮的白杨树，一刮风就会听到哗啦哗啦的树叶摇响的声音。家虽破烂，但每次从外面回来，那种急迫和欢喜的心情，真是按捺不住。现在想想，在那个年龄段，那颗稚嫩的心灵里，除了父母亲和温暖的家，又曾装下过多少其他的东西呢？

二十世纪八十年代初，爸爸妈妈辛辛苦苦准备了好几年，拼尽全力还欠了不少外债，终于盖上了一栋新的土砖房。堂屋、两边的正房加对称的各三间偏房，算起来共有九间房，是那种传统的湖南民居格局。搬进新房后，我们三兄弟那种雀跃的心情持续了好几年，喜悦感至今记忆犹新。

几年后，我高中毕业考取中专，到相邻的城市读书，户口也从老家迁到了城里。每个学期坐长途汽车回家一两次，每次中途要转两趟车，近一百公里的路程得花四五个小时，下车后还要再步行五六里泥土路到家。一遇下雨，路上是恼人的泥泞。虽然还是那种急切和期盼的心情，但欣喜的感觉却有所淡化，因为这心里已经装了外面的世界。那时最大的渴望就是能够早日飞出去，到远方，去见识更大的世界。

毕业后，在湘西参加工作，离家五百多公里，开始体验独在异乡谋生的孤独和艰难，慢慢学会接受生活中的种种不平与委屈，又开始履行结婚、生子、育儿的人生责任。除了妻子怀孕临产的那一年外，每到过年的时候，我都会回家看望父母家人，后面自然还带上了老婆，牵上了儿子。坐着哐当哐当的绿皮火车，加上两头的公共汽车，回家一趟路上约莫二十来个小时，急切的心情和新鲜、欣喜的感觉都淡了，心里更多的是对父母家人的惦念和歉疚，生活中的柴米油盐、年节物资、人情往来、工作业绩和计划占据着自己的大脑。

　　离家时间久了，热爱和操心的事情多了，正当壮年又兴趣广泛，对故乡也有些漠然了。家园还是那个老样子，于我却变得陌生和有距离感。每次回家，我就像个匆匆的过客，心里惶惶不安，想的是工作任务和手头没完成的事情，在家里待不了两天就如坐针毡，急匆匆地赶回工作地。十多年的时间过去了，我们在异乡的拼搏也看到了一点点希望的星火，开始在单位独当一面了，惯性的脚步因此就没有停下来的迹象。而家里的房子正在一天天变得老旧，父母亲也在一天天老去。

　　三十多岁的一个深夜，躺在异乡的床上辗转反侧，想起父母家人期盼的眼神，想起每次离家时母亲抹不完的眼泪，想起身边一辈子被困在异乡不得回家终老的朋友，我遽然惊醒。我得设法调回家！如果不趁着自己还有力气折腾和东山再起，随着年龄的增长，我很可能会和那些回不了家的老年朋友一样，被各种绳索捆住，没有叶落归根回家尽孝的希望了。于是，前后花了几年时间，费了不少力气，我和妻子得以陆续调回离家较近的湘潭市工作，一家子算是稳妥地实现了战略转移。

离家近了，又买了车，高速公路四通八达，七十多分钟就能到家，回家的次数自然也就多了。父母亲也开朗了很多，几乎看不到母亲再流泪了。不管工作多忙，我最多两周回家一次，有时候捎上老婆儿子，给父母亲带点儿吃的、穿的、用的，陪他们吃吃饭聊聊天，一家人的笑声越来越响亮。来回开车的路上，我会将车载音响打开，听听自己喜欢的音乐，心情大多是轻松而愉快的。

过了几年，一个晚上，九点多钟，我在湘潭的房子里看书，接到哥哥的电话：父亲离世了。什么也没想，我拿上最简单的随身物品，开上车就往家里赶。一路上，我全身发抖，泪水时不时模糊了视线，我为参加工作后离家太远、陪伴父亲的时间太少而内疚自责，我为失去勤劳朴实了一辈子、很少埋怨责备我的父亲而心痛，我幻想是哥哥他们判断失误，父亲你还没走，你只是暂时昏迷……到家后，我抱着父亲还留有余温的身体泪如泉涌，心痛如绞。从此失去了父亲。

而今，父亲逝去十多年了，家里又发生了不少变化。为了照顾好母亲，也为了弥补我对父亲的亏欠，我和弟弟一起，给母亲盖上了新房子。又在房子周围亲手栽上各种花草树木，光水果、花卉就种了二十多种，将小院子打扮成了美美的小花园，希望母亲能排解失去丈夫的孤单，开心地生活其中。

近两年，八十多岁的母亲身体状况每况愈下，我几乎每周末都会回去陪伴她老人家，一起做做饭、看看电视、打打麻将、说说话、烤烤火……我不只是在陪伴，更是在挽留，我想帮妈妈挽留住更多快乐的日子，为自己留下更多与母亲在一起的开心记忆。每次只要离家一两天，心里就开始惦记，就好像听到了母亲的召唤，就开始准备下一次回家要带的东西……

不同的年龄段，回家自有不同的心情。童年少年时的回家是欣喜的。青壮年时的回家是忙碌的。而今的回家，是急迫而沉重的，是为了解决心上的惦记和担忧，是在为自己寻找更多的亲情慰藉。

有一个问题我困惑很久了：如果母亲也不在了，之后的我回家时将会是一种什么样的心情？还会这么急迫吗？还会这么期待吗？还会揣着这样一颗惴惴的心吗？到那时候，回家的感觉恐怕只是一种"灵魂"的眷念，一种对儿时故乡的自然皈依，一种对深埋在故土里的父母亲的怀念吧。

现在人的寿命长了，刚刚年过半百的我，还会有无数次的回家。可不知哪一次会是我最后的一次，也不知是鲜活的躯体回去还是化成灰追随着"灵魂"回去。总而言之，那么美好的家园，我是必须回去的。

总有一次，我回家了之后就永远不会再离开。

父亲

告别父亲

某一天晚上，在湘西凤凰县城的一角，我突然想起来，总有一天，你会离我们而去的，心里就倏然惊了一下。

我不能永远待在这里，我要设法调回家乡去，哪怕是一步步离近些也好。即使不能天天守在你身边，我至少要可以经常看到你。

那个时候，年轻的我刚刚参加工作，失恋后独处异乡，感觉归路是那么漫长，日子一度凄凉无比，暗淡无光。但我坚信能靠自己的努力改变未来。

几年之后的那个夏天，每到夜深，我会仰躺在湘西州委办公楼上那一块平坦宽敞的天台上。面对漫天星斗，幻想未来的道路，心里充满憧憬和期待！

我在庆幸，已经能开始主宰自己的命运了。我和你的距离又近了一步，回家的路开始清晰起来。

二十一世纪之初，必然中的一个偶然，我义无反顾地选择了调回了湘潭。

终于离你更近了！

心里一边是充满了喜悦，一边仍是止不住的叹息：刹不住的车轮，做不完的工作，怎么总是这么忙啊？

儿子一年一年长高，你在一年一年变老。回家的路虽然近了许多，回家的次数也多了不少，但离家的脚步却总是那么匆忙，内心的歉疚也与日俱增。不止一次地在心里想，如果有一天，失去了你，我将如何面对……每当此时，我会隐隐感觉到心中一阵阵的悸动。

今年五月，一张化验单摆在我的面前：肺癌晚期。一个残酷的判决击沉了我的希望。连续一周的内心阵痛。除了找一些合适的保守治疗方法，设法延续你的生命，每周末抽时间陪伴在你的身边，或者用车拖着你陪我一起出去钓鱼，或者在家看看电视，晒晒太阳，说一些略带温暖的话，或者坐在你身边什么也不说，除此之外我还能做什么？

就在你离去的那个周一的早上，我道了别，离开你。脸上虽不见明显的消瘦，但你已经出现严重的呼吸不畅，连穿衣服的力气也没有了。出门转了一圈，我又回到你身边。"你怎么还没走，崽啊？"我顾左右而言他："刚才看见农田里都在用收割机了，速度快多了。"你笑了一笑。我无言以对啊。

我不知道这会是我们最后的交谈，但是我知道我们来日不多了。"你放心去咯，崽哎！"我点着头，笑着离开了你。

就在当天，我做出了这么多年最正确的一个决定。我向主管领导请公休假十天，准备第二天就回家专门陪你，还准备了一些为你提神和恢复元气的药。

但是我迟了。

正确的决定怎么总是来得太迟啊？！

当晚九点多，我打电话告诉大哥第二天将回去，并得知你还是"老样子"。十一时三十三分，接到大哥的来电，说你没了。我不记得当时我是否流泪了，真的失去记忆了。我只记得当我开着车全身颤抖着赶回黄婆塘时，已经凌晨一点。你安详地躺在床上，眼睛微闭，全身温热。不太相信你真的已经离去，但我用手已经试探不出你的气息。我不停地喊，不停地喊，"爹哎！爹哎！"但你没有应答。有一个瞬间，我泪如泉涌，但我随即止住了，我知道我已经失去了你，却还是不敢确信。就在和妈妈、兄弟商量后事的间歇，我多次走回你的床边。我摸着你的脸，摸着你的前胸和后背，摸着你的手，一直温热，我轻轻地喊你，但你还是没有回应。你是不是只是暂时地休息一下啊？父亲，你可否应我一声啊？！

我和弟弟一起开始帮你洗澡。我托起你的上身，帮你换上寿衣。你的全身酥软，我一不小心，你的脑袋就往后耷拉下去，慌忙用胸脯抵住你的脑袋的同时，我心痛无比。我曾经有一闪念：父亲，我出生的时候，你第一次帮我洗澡穿衣服的时候，我是否也孱弱如此？四十余年后的今天，终于轮到我帮你穿衣服了……

　　一周的丧事，在其他亲人的帮助下，我们井井有条、热热闹闹地安排好一切。在你上山的当天凌晨，想起不到一个小时后你就要永远地离开这个家，再不会回来了，我一个人搬了张凳子，在你灵柩旁，靠近你脑袋的一头静静地坐下来。你在里面，我在外面。我摸了摸你的棺材，刚漆过的木纹面上有些地方稍显粗糙，我已无法感受你的温度。我想了很多。我想起小时候因为顽皮，有多次掉落进门前的水塘，是你丢掉肩上担着的粪桶跑过来跳进水塘里将我捞起；想起我参加工作并成家后，你满怀兴奋来到儿子在凤凰的家，却受了不少委屈；想起每次离家时您的叮咛："崽啊，身体要紧，晚上要早点休息啊。"想起你永远不变的——连病重之时也不曾改变——腼腆的笑容……父亲啊，你一走了之，平静而安详，甚至微带笑意，但儿子却心痛不已，多么地不舍啊！父亲啊，你为何不等着我再见上一面，让我再陪你几天……明明知道我只是想要留住父亲在家的最后一刻的记忆，泪水不应该是今晚的主题，但我却无法抑制满心的伤感，无法抑制我失去你的痛楚，止不住地泪水长流！

　　凉夜已去。你已走远。安顿好母亲，我回归工作。

　　人人都有父亲，人到中年的我们，都已学会了忘却伤痛。

七十八岁寿龄的你，走得安心平静，了无牵挂，按说我也不应有过多的悲伤。虽然为了我们三兄弟的成长，你和母亲吃了很多苦受了很多累，但和其他农民家庭也没有多少差别。人皆平淡，为何独独地我却日甚一日，排解不了心中的忧伤？

感谢纷繁的事务，让我有大量的时间忘却了自己，也忘却了你。但在工作停顿下来的办公室里，我会一个人静静地想你。我在电脑里打开所有你的相片，沉醉在对你的回忆之中，忧伤汹涌，泪流满面，痛楚而又甜蜜。深夜，蒙眬的睡梦中，我不知不觉会突然想起：你已离去，我已永远失去了你。这时我会惊醒，忧伤浸湿我的黑夜，辗转难眠。不忍失去你，我的父亲。还没有好好地陪伴你、报答你啊，我的父亲。就是用一万盆泪水也洗不净我心里的愧疚啊，我的父亲。

人生短暂，又漫长。有的人，痴痴地生活了几十年，仍不明白亲人的珍贵，每天计较和争吵，于鸡毛蒜皮中懵懂一生。多么希望在有生之年，有你时时在旁边坐着，静静地、微笑地看着我。父亲啊，虽然你一生平淡，从不与人争长论短，知足而快乐，我也从来没认为你有多么伟大，有多么崇高，有多么智慧，但我就是单纯地热爱着你，由衷地珍惜着你，我就是想尽我自己的努力好好地呵护你、回报你，然后快乐我自己。然而，我的心愿未了，你却一走了之！

你的孙子我的儿子，年方十五，正处于青春叛逆期，对一切满不在乎。爷爷的辞世，在他的心中可能只是一个沉重的概念，除了从奶奶的脸上能读出几分人世间生离死别的痛楚之外，估计从他父亲的脸上也感受不到更多的触动。人类总是要向前看的，这你肯定能理解，父亲。但是，谁能保证他在成年之后不会往回看一看，想起他的血脉源流，然后想起你——他的爷爷？那时的他，应该会激发起那么一丁点儿好奇心来。如果那时候，我还在的话，我会将他的爷爷是一个怎样的人，是如何以友善、乐观和坚忍代替小聪小慧征服生活中的坎坎坷坷，原原本本地告诉他。我想，不管他是优秀还是平庸，他都会真正地认识你、接受你，从而成为一个完整的血脉的继承者，一个成熟的人。而且，当我离去的时候，我想他一定能比我少一些遗憾，少一些悲伤。

父亲，你放心地走吧。

母亲有我和兄弟的照顾，一切都会很好。

我也会慢慢地收藏起我的悲伤，好好地走我该走的路。

你就放心地走吧，我亲爱的父亲！

梦见父亲

昨晚我做了个梦。这是父亲过世后十年多来，第一次走进我的梦里。

梦中，我开着车，带着父母亲在外面开心地旅游。在一个古镇游玩的时候，不知不觉中，竟然让父母亲走丢了，我十分焦急地到处寻找他们。

　　人在做梦的时候，悲伤和喜悦或许是加倍了的。车流混乱而拥挤，我一边开着车东张西望地寻找，一边朝着车窗外号啕大哭地喊着爸妈。然后，很奇怪的是，在一条小河边一排拥挤的乌篷船上面，我惊喜地看到了父母亲，他们正远远地站在船头向我摇手，父亲则朝我平静而腼腆地微笑着。

　　早上醒来，我一直沉浸在欣喜之中，我忍不住想将这个梦告诉爱人。但是我们之间有个规矩：吃早饭前不能讲梦里的事情，否则两口子会吵架的。所以我准备晚上下班回家之后，再将这个喜悦的消息告诉她。

　　都说日有所思夜有所梦，但奇怪的是父亲过世十年多来，不管我怎么想念，却一次都没有梦见过他。我大哥说，没有梦到父亲，就说明老人家在那边过得好，什么都不缺，没有什么需要我们操心和帮助的，这其实是好事。

　　回想这十多年来，我一直遭受失眠的困扰。每天晚上不是很难入睡，就是半夜醒来后再也睡不着，或者总是处于半醒半睡之间。就算睡着了，做梦的次数也不多，或者是梦见什么却记不住。不管怎么说，这么久了，梦到父亲一两次应该还是有机会的吧？梦不到父亲，一直就是我的一个遗憾。

　　父亲做了一辈子的农民，他一直就是那么善良、平和、劳碌、知足、安分。虽然一辈子没做出什么让我们骄傲的惊天伟业，但他给了我们三兄弟一个完整而温馨的家，给了我们无忧无虑的童年和少年。父亲从来就没有闲着的时候，不是在农田里，就是在菜地里。即使因为骄阳或大雨待在家里，他也是在忙着关鸡、喂猪什么的，要么就在修整农具。直到父母亲老了，有时候我们将老两口接到城里来住，父亲实在无事情可做，眼睛深处就会流露出难掩的落寞神情，过不多久他们又会要求回到乡里老家去。

父亲在的时候，我们家一直养着猪，多的时候有过十几头，每年过完春节回城的时候，父母亲就会选几块腊肉要我们提回城里。家里的蔬菜从来就不缺，一年四季都能给我和爱人带来新鲜蔬菜和喜悦。只要是我爱人或儿子提出来想吃什么瓜果，父亲马上就会想方设法找来种子，不用多久，我们回家就能吃到想要的蔬果。而今，父亲去了，母亲也老了，再不能让她下地了，我和爱人只能在一起怀念当年父亲帮我们种瓜种菜的往事了。

从童年到少年再到中年，父亲给我们三兄弟留下的，就是那张慈祥而温暖的笑脸。如今，却增添了一份揪心而难熬的思念。解决思念的最好办法无非就是见一面，无法在清醒的时候相见，就是在梦里见一面也是好的啊。

昨晚，好不容易在梦里见到了父亲，我心里头是真的很高兴，一整天都迫不及待地想跟爱人分享。晚上回家后，爱人又在那边裁缝工作室忙着什么，我坐在客厅沙发上看书，特地大声将她叫过来，开始跟她说我梦里的情形。可谁知，我刚笑着开了个头，说到我在古镇上把父母亲弄丢了，正开着车到处寻找他们的时候，一阵巨大的悲伤向我袭来，笑容霎时变成了失声痛哭，眼泪瞬间飙出眼眶，长流不止。在爱人诧异的眼神下，我哽咽着简单几句跟她说了一下梦境，然后就沉默下来，继续捧起我旁边的书，慢慢地恢复平静，修复自己。

童年的时候，我们哭着哭着就笑了。而今，我们笑着笑着却哭了。

我也终于明白，有些东西，注定是只能永远埋在心底，不可以轻易碰触的。因为，不管用何种方式提起，你所碰触的必然是自己深埋的泪水。

屈辱、恐惧和牵挂

发生那件事的时候，我才五岁多。

家里很穷，父母和我们三兄弟一家五口人挤在黄婆塘三间破烂的土砖老屋里。那天夜里，我依然和弟弟睡一张床。不知什么时候，屋子前面的晒谷坪里传来咣当当、沙沙沙一连串的声音，把我弄醒了。我从小睡觉就很警觉，醒来后有些害怕，不知外面来了什么东西。我大气也不敢出，将头缩回被窝里，抱住弟弟的脚，迷迷糊糊地过了很久又睡着了。

不知过了多久，我在梦中被妈妈叫醒。妈妈一手捞着蚊帐，坐在我枕头边的床沿，俯下身来轻轻地对我说："义伢子①，你二哥死了！"

"哪个二哥？"我迷糊中没搞清妈妈在说什么。

"还有谁呢？就是你在铁路局上班的二哥呀！"

---

① 伢子，在湖南方言为小孩子或小男孩的意思。——编者注

　　哦，我明白了！二哥是我大伯伯唯一的儿子，大伯伯、大伯母过世早，公社照顾他，将他推荐安排在长沙铁路局工作，使二哥成为我们这些堂兄弟姐妹中最先走出农村吃国家粮的。他参加工作已有四五年了，除了他自己的亲姐姐，二哥就像我的亲哥哥一样，与我们一家是最亲的。那年妈妈不到四十岁，她是我们这个家族里最有主见的女人，对二哥也最为关爱。那时二哥高大又英俊，二十三岁了，正与长沙城里的一个姑娘谈恋爱。那姑娘姓陈，丰腴又漂亮，二哥带回家让我们看过，长是长得好，就是不太理睬人。就在前一天，二哥和女朋友一道去长沙市郊她的一个好朋友家里玩，喝酒之后，在那个朋友家屋门前的水塘里游泳，不承想竟被淹死了。

　　妈妈坐在床沿跟我和弟弟说话的时候，我发现她脸上还有泪水，觉得有些紧张害怕。我告诉妈妈前一次醒来时听见屋子外的那些声音，妈妈说她也听见了。随即妈妈帮我穿了衣服，领着我来到隔壁房子里。房子里有很多人，点着一盏昏黄的油灯，里面坐着、站着我的爸爸、二伯伯、二伯母和堂姐姐、堂姐夫，还有两个不认识的干部模样的人。

　　妈妈进去后，大声告诉大家我晚上也听到了门外的声音。妈妈还说到，大约一个时辰前她做了一个梦，梦见二哥湿淋淋地跑到她身边，叫了一声"婶婶救救我"就突然消失了。妈妈惊醒过来，随即就听见屋前晒谷坪里白天靠在松树边的扁担哐当地掉在地上的声音，接着听见有人摇晃松树发出的沙沙声。之后妈妈再没有睡着，和爸爸一起在床上讨论这个怪事，怀疑二哥是不是出事了。约莫两个小时后，二哥单位就派人开车来我们家敲门报信了。

最后，妈妈说："我早就有预感，觉得那个小陈妹子不是正经人，二伢子身体这么好，一直就会游泳的，肯定是她害死了二伢子！"一阵哭声中，爸爸和二伯伯、二伯母、堂姐、堂姐夫一致同意妈妈的看法。

当天凌晨，妈妈就和堂姐、姐夫作为家属代表，一起乘报信的车去单位看了二哥的尸体。后来听堂姐说，妈妈在二哥尸体前发现那小陈妹子在哭时，一把冲上去揪住她的衣领叫道："你说，是不是你害死他的？！"那小陈妹子吓得瘫坐在地上，魂不附体地直瞪着妈妈。

二哥的尸体被火葬后，妈妈不顾其他亲人的劝阻，几次跑到二哥生前的单位和所在地派出所，反映她心里的怀疑，要求派人调查清楚二哥的死因。但她并没有任何确凿的真凭实据，能有什么结果呢？

之后几十年，妈妈很少再跟我们提起这件事。偶尔提起时，妈妈总是坚持认为二哥是被人害死的，不然不会在死后托梦给她。"二伢子太老实了！"然后就是一个劲地叹气，总是埋怨自己没有能力了，没能找到害死二哥的凶手和证据，为他报仇雪恨。

有一天晚上，是我在外地参加工作几年后回来探亲时的一个冬夜。我坐在桌子前看书，妈妈坐在我身边烤火纳鞋底。妈妈长长地叹了口气，轻声对我说："义伢子，你在外面一个人，一定要小心谨慎啊，千万不要轻易相信人家！你这次回来的前几天晚上，我又梦见你二哥，一身湿淋淋地叫我救他。想起你现在也是单身在外，每天要和许多不认识的人打交道，我好担心你，忍不住哭了一个晚上……"

我听着听着，慢慢回过头来，妈妈正柔柔地看着我。我不敢看妈妈的眼睛，只是将书合上，搬了凳子靠近妈妈一起烤火，什么话也没说。我只是想，静静地想，二哥死去几十年了，妈妈竟然还没能走出那个骇然而凄惨的噩梦！在这漫长的几十年时光里，这样的噩梦妈妈到底重复过多少次呢？它折磨着妈妈，让她在梦醒时分止不住地惊恐和痛苦，让她彻骨铭心地屈辱和暗恨，让她揪心地回忆和怀念。但不管怎样，妈妈只能独自默默地承受，甚至连向她的儿子们倾诉的机会也不多，儿子们都离开了她的身边。几十年啊，这深深的恐惧和屈辱在妈妈的心里开过几度花，结过几茬果，谁知道呢？我们看不见、摸不着，因为一切的一切都只深埋在妈妈的心底，很少与人诉说。

自己的亲人可能是屈死的，妈妈无能为力，只能眼睁睁看着那具至亲的尸体被一把烈火烧了，烧成灰，烧成泪水。然后，自己的孩子又一个个长大了，又只能眼睁睁地看着他们独自走向外面那个陌生而险恶的世界。就如同看着一只只孤独的小鸟，从窗口飞入了夜空，将自己的心徒然牵起，伫望，就这样空落落地守望到生命的长夜来临。

想起这些，我忍不住心口作疼，到底是因为社会太险恶，人生太残酷，还是母爱太深沉、太伟大？

其实，那些年每次休探亲假回家相聚的日子总是轻松而快乐的，因为妈妈几乎从来不在我们面前袒露她的伤痛。只有在分别的时候，我才揪心地看到妈妈心底那深深的担忧和无尽的牵挂：每年休完探亲假离家回单位的时候，妈妈那酸涩的眼睛总是那么犹豫而又慌乱地望着我，望着我，不管我走出故乡多远，多远……

妈妈的黑夜来得很慢

童年

太阳已经从山那边落下去，寒冷和黑暗正一点点来临。

小女孩才八九岁，瑟缩在高高的稻草垛下。因为又冷又饿又害怕，她蹑手蹑脚地找了几把稻草铺在冰冷的地上，又扯了几把稻草将自己盖起来。只有这里既隐蔽又暖和，她计划偷偷在这里过夜。

草垛旁不到二十米，就是她妈妈和继父的家，这个时候妈妈就在里面。煤油灯发出昏黄的光，从纸糊的窗户里透出来。她能看到同母异父的弟弟妹妹在房子里晃动的影子，听到他们打闹哭笑的声音。

继父和妈妈在大声说话，他们要开始吃饭了。小女孩咽了几下口水，但是她不敢进屋子里去，她忍住了，没有发出一点儿声音。

她绝对不能进屋子里去，也不能让妈妈和继父知道她偷偷躲在这里，不然又要遭受一顿打骂。继父是不会让她进这个家门的，她知道。

天黑之前，她刚刚从被寄养的叔叔家里偷偷溜出来，远远地跟在妈妈身后，走了七八里山路才回到这里。她一路上小心翼翼，丝毫不敢让前面的妈妈发现，因为一旦被发现，又会被妈妈赶回叔叔家。这样的经历已经有好几次了。

小女孩睡着了。不知过了多久，她醒来了，肚子咕咕地叫。外面只有微弱的星光，她发现房子里已经熄灯，大人和弟妹都已经睡了，她蹑手蹑脚走到房子跟前，想进去找些吃的。但她推不开门，门已从里面拴住了。

没有办法，她只好继续回到草垛边，蜷缩在稻草堆里。她有些害怕，好在妈妈就在不远处的房子里，万一有什么事情她可以大声地叫妈妈。这样想着，她又慢慢地睡着了。

第二天早晨，她被轻微的哭泣声惊醒，当她睁开眼睛的时候，看到妈妈正蹲在她身边流眼泪。继父也过来了，这次没有打她，而是将她牵回家里，给她找了点儿吃的。当天，她又被妈妈送回了叔叔家里。

这个小女孩，就是我的妈妈。

事情发生在 1947 年前后的一个初冬，地点是距离长沙火车站约三十公里远的东郊，一个叫江边山的小山村。

时隔七十多年后，我和八十三岁的老妈有一次坐在乡里老家二楼的阳台，一起从手机音频中听到别人相似的故事，触动了妈妈久远的记忆。妈妈一边流泪，一边并不情愿地将上面的故事慢慢讲给我听。

因为很难见到外婆一次，每次只要外婆去看妈妈，妈妈就会倔强地吵着闹着抱着外婆的腿要跟外婆一起走。外婆一边打骂一边心疼，每次都是软硬兼施，好不容易才将妈妈赶回叔外公家。

到八九岁的时候，妈妈学聪明了，每次外婆回家看她之后，她会趁着外婆不注意，偷偷地跟在外婆的身后，不声不响地出现在继外公家里。哪怕挨打，妈妈也要待在自己的妈妈身边，能待多久算多久。

妈妈说："我明明知道去了就要挨打，但死活就是要去。那时候觉得那条路好远好远，但我只走了几次就记得怎么走了。"

"隔好久没看到妈妈了，我还会忍不住一个人跑去找她，有时候是白天，有时候是晚上，记得有一次晚上，被打骂了一顿后，第二天早晨又被妈妈送回来了。"

妈妈最后叹息着总结："那时候的我，真是蠢得像猪，倔得像牛！"然后，妈妈用我递过去的纸巾，擦了擦脸上的泪水。

坐在一旁的我，一直在默默流泪，哽咽无语。

从妈妈压抑着的平静语调中，我能明显感觉到，妈妈心中深藏着对自己童年伤痛的记忆和对命运的不甘。

　　妈妈才两岁的时候，我外公因被当时的伪政府保安人员打伤，没多久就过世了，妈妈就没了爸爸。

　　没过两年，外婆带着妈妈改嫁了，妈妈在继外公家生活了几年。继外公家里也很穷，弟弟妹妹陆续出生，妈妈于是成了被人嫌弃的孩子。加上算命先生说妈妈的八字大，克家人，她两个同母异父的弟弟都在四五岁的年纪，就因为"童子痨"夭折了。于是，没有商量的余地，被继外公极度嫌弃的妈妈，被送回了自己在浏阳永安的叔叔们家里寄养。

　　妈妈有三个亲叔叔，在她小的时候对她都不错，虽然日子过得很拮据，但让妈妈挨冻受饿的次数并不多。到妈妈十二岁的时候，他们还凑钱让她读了两年私塾。后来因为实在是穷，还有那么多弟弟妹妹要抚养要读书，妈妈的叔叔们只好让妈妈辍学，回家继续着每天放牛、割草、带弟弟妹妹的日子。妈妈的堂弟堂妹有十多个，至今都还健在。

　　妈妈童年最大的伤痛不是从小没有爸爸，因为她对爸爸的记忆几乎为零，而是有个亲妈却见不到，不得不偷偷跑去找她，每次还要伤心地被送回叔叔家。

　　妈妈十五岁那年，外婆就因为肺痨过世了，过世时才三十五岁。妈妈就连心理上的亲情依靠都没了。

　　妈妈是十七岁嫁到黄婆塘刘家来的，那时爸爸还只是个打下手的染匠师傅。我曾问妈妈："您是怎么看上我爸爸的？"

　　妈妈说："能看上什么呢？一个无爹无娘的孩子，能有一个属于自己的家，有一口饭吃，就是我天大的心愿了！"

之后几十年，妈妈充分发挥了她勤劳苦干、有主见、不怕事的优点，照顾着多病的爸爸，辛辛苦苦生养了三个儿子，先后送我们读完高中或大学，助我们成家立业，在其中充分品尝了生活的艰辛，体会了自力更生的乐趣，也感受到一家人在一起的幸福和快乐。

在我印象中，几十年来，妈妈与人打交道时，会充满戒备和怀疑，对某些有过节的人敌意很深，甚至会寸步不让。我曾认真地思考过，究其根源，不正是妈妈在童年时期生活在不稳定、不安全、无依靠、缺少亲情温暖的环境中的缘故吗？

不过，到了晚年，妈妈不用劳心劳力地操持这个家了，我们三兄弟接过了生活的接力棒。我们兄弟和媳妇、孙辈们对妈妈的关爱，她是明显感受到了的，妈妈的心变得越来越柔软，越来越平和，越来越包容。

妈妈经常心疼地对我说："你不用每个礼拜都跑这么远回来陪我了，有你弟弟、弟媳和你嫂子在旁边，你完全可以放心了，我在家里挺好的。"

上周末，我和弟弟在家里讨论如何进一步调理妈妈的身体时，两兄弟在一起商量：要好好照顾我们从苦难中熬过来的老妈，让她开心过好晚年，争取让她成为我们村子里最健康长寿的老人。

泪水

听人说，妈妈小时候可没少哭过。

后来，妈妈长大了。人们说，后山上的桃花就是妈妈的脸，绯红绯红的，漂亮极了。才十七岁的年纪，妈妈就出嫁了，从浏阳永安嫁给了邻近的长沙县江背镇黄婆塘一个老实巴交的农民——我爸爸。

爸爸得肝病多年，农村里各种的生活压力都压在妈妈肩上，妈妈的泪水几乎就没干过。

再后来，妈妈的身后跟上了三只"小鸭子"，就是我们三兄弟。当三只"小鸭子"陆陆续续成长起来成了顶天立地的男子汉时，妈妈两颊的红云早已褪尽。半个多世纪的时光就不知不觉地从妈妈头上越来越多的白发中匆匆溜过去了。

妈妈还是常哭，那是爸爸苦心教诲我们不要伤妈妈的心时说的。小时候，我曾多次看到妈妈号啕大哭。妈妈却说她不哭，她知道她的泪水太沉了，怕我们的肩头承担不起。说这话时，妈妈轻快地笑了。

我是十七岁开始离开家乡外出求学的，此后就一直在外地学习和工作。有一天，我再次向妈妈告别去继续我无止境的浪游，这一别谁知又是多久呢？妈妈没看我，只低低地说了一声："你去吧，儿子！"就没作声了，蹒跚着提起一个小木桶到家门前的水井边洗菜。妈妈的头，很低很低地俯着。

我跟在妈妈的身后边，说："妈妈，我走了。"妈妈停了洗菜的手，没作声，只是将头更沉更沉地俯下去，任自己的手和身体战栗着……真的，妈妈没哭！

这时候，我的心里，却隐隐地、痛痛地，有长长的泪水流过。

自从我参加工作离开家以后，我就很少看到妈妈流眼泪了。事实上，妈妈流泪的时候，我又有几次在她老人家的身边呢？！

近十几年，家里的环境逐渐好了，我也从湘西调到离家更近的湘潭工作了。只要节假日没重要的事情，我就会驱车一百多公里回去陪伴老妈，妈妈的笑脸明显多了起来。除了父亲过世的那段时间，妈妈就真的再也没有流过眼泪了。

今年，妈妈已经八十三岁，我想我是再也不能看到妈妈流泪了。如果再不经常回去陪伴她老人家，给她慰藉和快乐的话，我真怕，当她有一天将思念的泪水流尽时，就要永远地弃我们而去了，我的妈妈！

养鸡

这几天，有只公鸡闯祸了。

这只公鸡追求一只母鸡，估计是动作过于粗鲁，硬是将母鸡吓跑了。那只胆小的母鸡为了逃避公鸡的追逐，几天不敢回窝，不敢回来吃食，不敢回来生蛋，连晚上也不敢回来住了。老妈看见母鸡有时候在附近的林子里走动找吃的，但只要见到那只公鸡就跑，怎么也唤不回来。

　　昨天早晨，老妈让我到鸡屋里去捉这只公鸡，要单独关禁闭。八十多岁的老妈，现在连走路都有点儿不稳当了，要她老人家自己捉住这公鸡真是做不到了。要是十年前完全没问题。十年前，我们家养的鸡鸭鹅加起来有四十多只吧，从来没见老妈叫谁帮过忙。我按老妈的旨意，左扑右挡好不容易才在鸡屋里将公鸡捉住，然后用大竹笼将它罩住，关在附近一棵大桂花树下面。没过多久，那只"流浪"的母鸡就回到食盆前抢食了。

　　老妈真神。

　　我问老妈这只公鸡要关多久，她说："一直关着吧，每天喂点儿鸡食，等过些天让你老弟杀了吃。"我小吃了一惊，这就是任性的代价。

　　今天上午，远远看到老妈在树林子的绿篱边聚精会神地盯着什么。我过去一看，原来是一只老母鸡在林子里咯咯咯地找吃的。老妈说，这只母鸡早晨吃完食，在外面逗留了很久才回来，可能是将鸡蛋生在了其他地方，但还不能确定。到底是不是在外面生了？生在哪里了？老妈正在密切观察中。

　　有点像福尔摩斯了。

　　我有些感慨，以老妈对这群鸡的了解，绝对超过我以前对属下员工的了解程度。

　　老妈每天都操心很多与鸡有关的事，乐此不疲。我们家每年鸡蛋不用愁，鸡肉随时有吃的，每逢过年老妈还总要给我准备几只腊鸡带回城里。因为担心她老人家摔跤，也怕她累着，再加上这帮家伙极不讲卫生，随地大小便，我多次不让老妈养鸡了。她口头答应得好，但是鸡一直在养，只是身体不比当年，这两年养得少些了。

爸爸已离我们远去整整十年了。我们三兄弟，大哥在外省打工，半年难得一回，我在邻城上班，一两周才能回来一次，弟弟虽然在本地乡镇企业上班，却有近一半的时间在外面出差，我们陪老人家的时间都不多。我想，老妈多少是会有些寂寞和孤单的。如果她将全部心思都牵挂在我们的身上，该是多么失落。好在，每天有这些鸡的陪伴，每天要操心身边的这些鸡事，就分走了妈妈的部分时间和情感，她也就快乐、充实和健康了不少。这样想着，我在歉疚的同时，多少也有些释然。

以后，每次回家的时候，我也要更多地去关心老妈养的鸡，像关心和我一个战壕的兄弟一样，去了解它们，善待它们。

我和老妈

一

今天周六。匆匆吃过早饭，到小区外面的药店和超市给妈妈买了两盒降压药和一点儿零食，然后一个人开车往六十多公里外的黄婆塘乡里老家赶。

心情有些急切，车子疾驰在高速公路上，一个多小时车程顺利到家。停下车，也顾不上随身带的电脑包、衣物等，先提上给妈妈买的药品零食，下车径直走进妈妈的房间，正遇上老妈颤巍巍地撑着木椅往外移。我问妈妈："您要出去吗？"

妈妈看见我，一把抓着我的手，眼神虽有些躲闪但明显闪出一丝欣喜的光："你回来了！""嗯，回来了！您怎么不坐着烤火呢？外面还有点儿冷呢。"大哥在一旁笑着说："都出去两次了，看你回没回。"

老妈每天惦记着我，盼着我回家，得知今天是周六，更加坐不住了。几乎每个周末都是这样。天气好一点的话，她会搬个凳子坐在走廊上，时不时朝水潭对面的马路望一眼，一边晒着太阳，一边等着我回家。天冷或下雨的时候，就坐在大门后面，时不时探出头往外面看一眼。

八十五岁的老妈，每天都在家里这样急切地盼望着五十多岁的二儿子回来。从我十一岁离家读寄宿制初中算起，历经外出求学、参加工作，妈妈已这样断断续续盼了四十多年。

二

"好久没钓鱼了，今天钓两条鳜鱼上来，中午给您煮汤喝！"我跟妈妈笑着说，从车上取下路亚装备。

惊蛰已过，桃花刚刚绽开，油菜花已开得眼前满垄都是，阳光正暖和地倾洒在黄婆塘复苏的大地上，空气中到处散发着开心的气息。我沿着水潭边最高最隐秘的这面坎，用路亚竿将拟饵甩出去，又慢慢将线收回来，一遍又一遍。手上偶尔感觉到鱼的轻微攻击动作。

　　毕竟还是早春，水温有些低，鱼情并不活跃，尤其是这种食肉的鱼，还没到它们猖狂肆虐的时候。游钓了半个小时，只有一两个小动作，但是没有抓住。无意中回过头去，发现妈妈颤巍巍地撑着椅子，从屋子里挪出来，站在屋门前的水泥坪里，朝着我这边张望。很明显，妈妈是在找我。每周末才能回家一趟，妈妈一刻也不想让我走出她的视野。好吧，我于是边甩竿边慢慢转移到隔妈妈近一些的地方，竟突然钓上了一条小鳜鱼，巴掌大。

　　妈妈已在水泥坪里坐下，我用路亚竿提着小鳜鱼偷偷走到她身后，搞恶作剧般地将鱼突然闪到她眼前。视力不好的妈妈看着面前活蹦乱跳的小鳜鱼，本能躲闪的同时，忍不住咧开嘴笑了。这时，房屋四周的鸟鸣声正稠，风也开始有了些暖意，屋场周围都显得轻松热闹起来。

　　我将鱼放到桶子里，继续回水潭边挥竿。一刻钟后仍没有收获，妈妈也不见身影了，我只好放下钓竿，回火炉边陪妈妈聊天。

　　以前每次我在潭边钓鱼，隔不多久妈妈就会走过来看一看，顺手递给我一杯热茶。看到要下雨了，马上会帮我撑起一把雨伞。现在不行了，妈妈走不动，也不能久站了。水潭边的风还是有些凉，她老人家肯定也不能久坐。

三

将手提电脑平放在烤火架上，我端坐在电脑前修改自己的文稿，啪啪啪，敲动键盘的声音有些响。

妈妈靠在我左手边的沙发上，斜对着我。我发现她嗫嚅了一阵，好像有话要说又有些难为情的样子，于是停下手上的工作，微笑地看着她。妈妈问我："义彬啊，我今年好多岁了？"我笑说："您今年快满八十五了！""活这么久，有什么意思？走也走不得，记性又不好，连自己吃的都弄不了。"我说："您老人家就是娇气咯！像您这把年纪的人，有几个还能像您这样在家里走几个来回？大多每天躺在医院的床上打着吊针等人服侍呢，您还不知足！"妈妈有些腼腆地笑了："是啊，我的熟人亲戚里面比我大的还真没剩几个了。"

午休之后，妈妈靠在沙发上又问我："义彬，现在是上午还是下午？"我抓着妈妈的手摇了摇，装作不经意地笑着说："现在是下午，您刚才睡的是午觉。我有时候午睡起来也和您一样分不清。"其实这时候，我心里隐隐地紧了一下。

"你看我现在这么糊涂，如何得了？还不如死了好！"妈妈又说。我将凳子移过去对着妈妈："妈您不要这么想，人上年纪了记性自然不好，这是很正常的。别老说死，死是不需要自己考虑的，顺其自然就好，上天会替您考虑好！您现在有三个儿子，身边每天都有亲人，吃穿不用愁，日子多好过！每天只要开开心心的，吃点想吃的，看看电视，往好处想，别讲那些伤心的话。"

然后我又跟妈妈说了很久，说着说着妈妈显然开心了一些。确实，妈妈的记忆力越来越差，已经有老年痴呆的前兆了，她自己对此已有感觉，可能心里为此有些恐慌。

黑夜来得很慢，作为她最亲近的儿子，我能感受到妈妈身上那种绝望的气息。这气息使我时常莫名地忧伤，有时候会窒息得难受。

四

近一年多来，因为日渐老迈，身体状况每况愈下，或许出于对死亡的恐惧，妈妈的心情变得不好了，不再像以前那么坚强而倔强。我放弃了几乎所有应酬与活动，每个周末回老家，专心致志地陪老妈。鱼也不钓了，其他的园林活也做得少了。

因为腿脚不便，天气稍微冷一点，妈妈就只能坐在火炉边烤火，看电视。我于是拿一本书，坐在妈妈旁边安静地看书或者在桌上打开手提电脑，做点儿文字整理或编辑工作，有时和妈妈聊聊天。

每当我开始看书或打开电脑的时候，妈妈就会拿起遥控器将电视机关了，在旁边的沙发上半躺着，眯起眼睛打盹，时不时看看我。有时候妈妈会咳嗽两声，咳出一口浓痰，然后自己从面前的桌上抽出一张卫生纸，擦干净，又颤颤巍巍地扶着桌椅走到垃圾桶边，将纸丢进去。两人就这样默契而安静地在一起待着，墙上的时钟嘀嗒嘀嗒地响，将这些慢慢流逝的时光又收进了记忆。

妈妈偶尔会开口说说话，告诉我她老是梦见已经去世的那些熟人，老是想起以前年轻时的事情，"脑子里像放电影一样"。妈妈断断续续说起她二十世纪六十年代曾经在梅花公社做接生员的辛苦往事，在附近乌川水库工地掌管上百人伙食时的忙碌与操心……当妈妈说起她人生的高光时刻，我就会饶有兴趣地听着，然后细细打听其中的细节。每每这时，妈妈好像忘却了忧愁，眼睛里闪烁出亮亮的光，说话的声音就会从容而连贯起来。

其实，妈妈的前半生几乎都是浸泡在苦水里的。才两岁时，我外公就被当时伪政府的保安给打伤致死。外婆改嫁后，妈妈只能跟着她的几个叔叔伯伯一起生活，放牛干农活，经常几个月见不到自己的亲娘，在七八岁的年纪经常偷偷摸摸跑十来里山路去找妈妈，然后被继父赶回来。妈妈十五岁的时候外婆得肺痨去世。她十七岁的时候嫁到黄婆塘一个贫困而老实巴交的农民的家里，父亲曾经因慢性肝炎一病多年。但妈妈生性要强，在家里既是主心骨又是主劳力，不管是在生产队出工还是后来的分田到户，妈妈从不落后，终于熬到将三个儿子抚养成人，先后成家，这个时候的妈妈已经老了。十多年前，七十八岁的父亲因肺癌离世，妈妈呼天抢地的恸哭没能唤回父亲，那身影却深深镌刻在我忧伤的记忆中。为了减轻妈妈的痛苦和孤单，我们三兄弟一起商定，一定要设法照顾好我们的老妈，多陪陪她，让她尽可能快乐地走完人生的最后一段路。

我没想到这最后的一段路，依然还是一段漫长的泥沼之路。

五

每天一两次，我会问妈妈："出去走走吧？"得到她点头同意，我就挽着她的胳膊，慢慢往外面挪。

下了台阶，从门前水泥坪沿小路走到过去老屋旁边的大棚里面，相距不到一百米，妈妈要休息一两次。到了后，我会搬两把木椅子，一起坐着看门前的果树，晒太阳，聊聊天。我说："树又长大了，今年的金橘、沃柑、杨梅、枣子看来都会比往年结得多。""是的。""今年黄桃开花这么多，肯定要挂果了。""嗯，就是不知道我还吃得到不啊。""您老放心，您至少还有十年黄桃吃！"

停顿了好久，妈妈又转过头对我说："我怎么每天都好像丢了魂一样啊？仔细一想却又想不起究竟丢了什么。"我没有接妈妈的话，望着前面绿意渐浓的大柿子树，有几只鸟在树枝上跳来跳去。我明白妈妈丢失了什么，却不知道怎么跟妈妈说。

这个大棚搭起来前，原是爸爸妈妈和我们三兄弟住了三十多年的老屋。那是二十世纪八十年代初，爸爸妈妈省吃俭用积攒了很多年，在亲戚朋友的帮助下才建起来的老式砖瓦房，共九间房子。虽是土砖屋，但当时能在黄婆塘建成这么宽大的房子，爸爸妈妈为此扬眉吐气了好多年。到十多年前爸爸去世的时候，老房子已经多处开裂，房顶到处漏水，我真担心哪天房子垮塌了会压死我的亲人。其时哥哥已分家多年，几年后，我和弟弟合计着在百米之外新建了一栋两层楼的红砖房，让妈妈住到了更安全更干净舒适的新房子里。老房子因无人居住，日晒雨淋，破败得更快，没几年时间就陆陆续续地垮塌了几面墙。农村里农具杂物比较多，新房子放不下，最后我们只能将垮塌了的老房子推平，在原地基上搭起一个简陋的大棚，放些农具杂物。大棚搭建起来后，妈妈每天要过来好几次，我们于是放了几把椅子，让妈妈过来时好歇歇脚。妈妈经常一个人在这里坐着发呆，一坐就是一两个小时。

对于沉浮在人海中近一个世纪的老妈来说，自己含辛茹苦集毕生之力建起来的老房子垮塌了，相濡以沫近六十年的老伴被"死神"从她生命中活生生牵走，身边的亲戚朋友或死去或病倒或不再往来，因各种各样的原因一个个消失不见了，她生命中的那些荣光、痛苦、仇恨和快乐也都随着岁月的逝去而慢慢尘封，再也抓不住，再也捡拾不起来……丢失的东西太多太多，妈妈因痛苦和忧伤而麻木，又因为严重的脑萎缩，已想不起来自己究竟丢失了什么，像一个犯了错的孩子，只知道站在荒凉凄冷的路边嘤嘤地哭。

妈妈好几次跟我说："人到老了真的是一无所有了，有也等于没有。"多深刻的道理！我没法接妈妈的话，只有沉默。

坐着坐着，妈妈说有些冷，我于是搀扶着她颤巍巍地走回新房这边，继续烤火，沉默。

六

想起前年开车带妈妈去走亲戚的事情。

前年下半年，花了几个周末的时间，先后陪妈妈到两个姨妈和两个舅舅家去走过一圈。那时候妈妈还不需要撑拐棍，虽然走得有些蹒跚，但还能和自己的老兄弟姐妹一起逛菜园子，一起聊天、吃饭，打几圈麻将，心情也蛮愉快。

于是我跟老妈说："我们到大舅家里去走一走如何？好久没去看他了。""我这个样子怎么去？看着让人可怜，让人嫌弃，还是不去算了。"妈妈直摇脑袋。

我有些愕然，妈妈不是经常念叨自己的亲兄弟姊妹吗？原来只要我说陪她去几个老亲戚家走动，她总是蛮开心蛮激动的，现在是怎么了？何况有我在旁边，什么都不用妈妈操心，她老人家在担心什么呢？

哦，是"疾病"和"衰老"这两个魔鬼，它们悄悄偷走了妈妈的乐观和自信。

我的妈妈，凭着年轻、倔强、勤劳和肯吃苦，几十年与天斗与地斗与人斗，从来没有服输的时候。她主导并撑起了我们这个热闹生动的家，想当年是何等风风火火与英勇果敢，现在却日渐怯弱和无助，对什么都没了兴趣，生命中那些欢乐和喧嚣一天一天弃她而去……

我们乡里有一句老话，叫"七十不留歇，八十不留餐"。我如果带着八十五岁的老妈去亲戚家里，或许是不太妥当，但我其实只是想陪妈妈去和她的老兄弟姐妹们见见面开开笑脸啊。

生命中有些酸痛与无奈，不到相应的年龄哪能有所体会？

七

周日早晨七点，我匆忙起床，还没顾上洗漱就下楼到妈妈的房间，看妈妈起床了没有。

妈妈已经坐在床沿，正在吃力地穿棉衣，看到我来，叹了口气："你来了？我还在穿衣服，半天都穿不好，唉——"

虽然已近春分时节，但早晚气温还比较低，妈妈怕着凉，衣服穿得厚。对于身体日渐干枯的妈妈来说，穿衣服也是个体力活，难度确实越来越大了。我帮妈妈慢慢穿上袜子，套上棉衣外套，扶着妈妈下了地，颤巍巍地上过厕所，到客厅沙发上坐下来休息。然后，我将妈妈房子里的便盆提到门前的菜地边倒掉，清洗了之后再放回原处。

经过门前水潭边的时候，一闪念竟又回到了儿时。儿时的日子并不富足，可我的记忆中却怎么会那么温馨快乐？印象中最开心的是黄婆塘的夏夜，高低闪烁的萤火虫四处逗引着好奇的我，蛙鸣如潮是耳边亘古不散的音乐。躺在水潭边的竹铺上，听妈妈絮叨那些神秘的故事，轻拂的凉风和漫天的繁星丰富着我们每一个单调的夜晚。夜深了，妈妈抱着我走过水潭，"义伢子啊，跟妈妈回屋里克（回屋里去）哦！"唤着我的乳名走进关门的吱呀声中。冬天的夜晚，妈妈将我和弟弟摁在木盆里洗过澡后，帮我们擦干身子穿上衣服，然后塞进被子里，任我们继续在床上叫唤打闹，被子里面有妈妈早已放进去的装满热水的玻璃瓶。早晨赖床不肯起来，是妈妈将我们一个个从被窝里拽出来，爱怜地帮我们穿上衣服，各拍上一屁股再拎到地上，开始一轮又一轮嬉闹的日子……

天道好轮回，现在终于轮到我们帮妈妈穿衣服洗澡倒马桶了。

八

"我还有养老金，每个月有四百多块钱养老金在银行，一直没去取，别忘记了。"妈妈说。

我说："您放心，养老金储蓄卡在弟弟那里，去年我们还取过几次，我和您一起去的，您不记得了？"

妈妈多次问到她的养老金卡，她不记得储蓄卡放在弟弟的手上了，总是担心养老金不取出来，会忘记在银行里面。妈妈的潜台词其实是家里开支大，她怕多花我们的钱，她还有点儿养老金可以给我们帮一把。

家里生活开销确实也不少，加上弟弟的收入并不高，我知道妈妈的养老金是不会沉淀在银行的。事实上妈妈手上也不缺钱，只要她老人家有需求，我随时都会给她买来，并在她枕下一直备了一沓零用钱。但是妈妈的记性不好了，她总是惦记着养老金，和我说过多次了。有时候大哥来了，她也会问他，大哥只好跟妈妈耐心解释，让她放心。

年逾八旬的老母亲，咬着牙省吃俭用将自己的三个儿子拉扯大，先后读完高中，还供我和弟弟读完中专大学，到老了本该坦然接受儿子们的孝顺，她老人家却总是觉得亏欠了我们。前些年能走动的时候，妈妈不听劝阻，不停地养鸡养鸭，帮我们煮饭、炒菜、洗衣服收拾菜园子照看孙子，几乎没有停歇的时候。这两年老得不能动了，妈妈便觉得拖累了我们，经常念叨我们对她的好，有一次竟然对我说："你们几兄弟对我这么好，我下辈子只有给你们做牛做马报答你们！"

夜深人静的时候，我不能回想这些，那种从心底泛起的疼痛和泪水能将我淹没。

九

前年春节前，妈妈中风过一次，导致两条腿不利索，不能走动了。我们送她到医院住了半个月，治疗效果不错，回来之后妈妈的两条腿可以走动了，比原来灵活多了，大家都挺开心的。从我们的新房子到老房子那边，一百来米的距离，妈妈不用拐杖也可以走过去，再休息一会儿，然后又自己走回来了。

不幸的是去年四五月的时候，妈妈被身患精神分裂症的邻家儿子用拐杖将两条腿给打伤了。送到附近的镇医院治疗一段时间之后，因为医生不负责任，九天时间忘记换药，导致妈妈的伤口感染，伤势恶化，后来竟发展到该医院治疗不了的程度。之后转院到长沙市某医院，又花了足足一个月时间，才将妈妈的腿伤治好。出院之后，到底还是伤了元气，妈妈的腿再也赶不上以前，行动越来越不方便了。

如果没人扶着又不撑拐杖的话，妈妈走不到十米就得歇下来。在家里扶着椅子，扶着桌子，扶着墙壁或者门框，可以勉强走动，出门的话就一定要有人牵着。

我跟妈妈说，您每天还是要坚持锻炼，尽量多走走，不然腿部肌肉会萎缩的。妈妈很听话，经常一个人在家里走来走去，锻炼身体。但她一个人轻易是不敢出门去的，怕摔跤。去年底某一天，弟弟给我发来一张照片，照片里妈妈正微笑着坐在隔壁邻居家的堂屋前。我正纳闷呢，然后就收到弟弟的语音留言，说妈妈一个人走到隔壁人家去了。我听了之后一阵惊喜，一阵感动，这一趟单边就有近三百米，老妈真是坚强又勇敢！

但随着妈妈的身体日渐虚弱，这样的惊喜只怕是再也难以回来了。那个风一般来来去去的母亲只停留在我记忆的深处。

十

现在是周日下午四点多钟，我工作所在的城市今晚还有一个应酬且明天要上班，我得告别妈妈回去了。看着妈妈一个人坐在火炉边上，孤孤单单的，我有些不忍心离开。为了缩短告别的时间，我三两下收拾好电脑，跟妈妈说："我要回去上班了，妈妈。"

妈妈脸色瞬间就变了，眼圈也红了，像个受了委屈的小孩子，声音颤颤地问我："什么时候回来？"妈妈说话时嘴唇也扁了起来。"下周末回来看您！"其实我已经买好了下周末去外地的火车票，要利用周末去参加一个重要活动。但我不忍心告诉妈妈，怕她老人家难受，到下周再打电话跟妈妈做解释吧。

抱了抱妈妈后，我说："您坐着别动，保重身体！"然后咬咬牙走出门，上车，启动，慢慢往前开。透过后视镜，果然又看到妈妈颤巍巍地站在门口，半边身体靠在门框上，朝我挥手。我朝车窗外扬了扬手，说："您回去咯，我走了！"

　　慢慢将车开出铁门，走出一百多米到水潭边转弯的时候，回过头来，发现妈妈还倚靠在门框上，定定地朝我这边张望着。不知道妈妈是不是已经落泪，我的泪水已溢出眼眶落在了衣襟上。

　　随着妈妈日渐老迈衰弱，我的每一次离开，都成了我们母子之间的生离死别。

回望故土

哥哥

　　小时候我是船长，他是水手，水手是船长亲昵的哥哥。一张结实高大的木椅是我们的船，我坐在船上，哥哥站立在船的前头，随着船长一阵呜呜的汽笛声，水手拖起木椅，我们的船就在家门前的小道上扬帆起航了。

　　在故乡那块小小的土地上，我们的船缓缓地行进着，经过一个又一个春夏秋冬，不知不觉地，二十几年的光阴就在船下悄悄漂走了。哥哥抛锚了，而他亲密的船长弟弟，却在人生的河床里漂离故乡越来越远，越来越远，渐渐地看不到一点影子了。

　　祖祖辈辈的人们都想飞，祖祖辈辈的人们都飞不起来，便一代又一代地沿袭做了后辈人的祖辈。哥哥长大了，无法飞起来，哥哥便沉寂了。那些日子，很晚很晚的夜里，在哥哥的床头，总还有烟头明明灭灭。

然后，哥哥结婚了，哥哥有了孩子，哥哥的孩子长大了。

突然有个想法紧紧地揪住了我的心，挥也挥不去：当哥哥的孩子也长成哥哥时，哥哥的故事也就接近尾声了。

到那时，当他的船长弟弟退休后，将生命的船重新泊回故乡的港湾时，他是否还能听到，儿时的船长弟弟那长一声短一声呜呜的汽笛声又在故土上幽幽地鸣响呢？

红雨伞

红雨伞飘过油菜花垄，飘过故乡迷蒙的天空，在一种叫作童真的记忆里定格，成为不老的琴声，铮铮淙淙弹响我的余生。

在春天，油菜花黄遍了三月的每一个角落，纷纷扬扬的叹息凝聚成一场场例定的淫雨覆盖了青春的原野和天空。红雨伞，这种充满了爱恋和思念的红色的帆啊，便在故乡的田野上，在我一度清冷不已的心空中缓缓扬起。

遭遇了红雨伞，便遭遇了一段苦涩的缘。一支叫作《风雨兼程》的曲子贯穿了故事的始终，最后却没能切合故事的结局。那个春天，就此远去不再回头，只有头顶那蓬红红的雨伞啊，回旋飘忽，顺着那支幽怨的曲子，一路沉吟着踏记忆而来，接纳了满途的风雨和青春的歌吟。

岁月吹走了苦涩，长长短短的日子填平了酸涩记忆里的坑坑洼洼，只剩一种名曰惆怅的情绪因风生长，因雨而郁郁泛青。红雨伞，作为我青春的爱恋和遗恨，飘满人生的其他季节，飘满每一个季节或冷或暖的星空。

又是三月，异乡土地上四处飘忽的红雨伞让我不可遏制地频频回首，回望故乡。

那个男孩是我

那年我十四岁，进一所学校读高中，认识了同班的一个女孩。

女孩很聪明，又活泼又秀气，在我们班总是学习成绩最好的几个学生之一。我认识了她，但从不敢走近她，每和她说话就会脸红心跳，所以我只是隔得远远地偷偷观察她。

我们两家距离学校都有约二十里路，但不在同一个方向，她家离我家有十多里路。每次假期结束后，我总是骑着自行车绕行十多里经过她家门前的那条路去学校，为的就是能碰巧遇见她，但我总是失望。毕竟我所经过的那条马路，离她家还有约两里的距离呀。记忆中只有那么两次，遇上她了，我却羞得无地自容，像做贼一样，装作没看见她，灰溜溜地低头快速骑过去了。

一年的时光，就在这种貌似漠然其实敏感的等待中过去，我十五岁了。

那时我有一个特别的爱好是收集火花（火柴盒上的彩色

贴纸），吸引了几位同班同学的关注，她也是其中的一位。我有一个自制的火花收集册，每一页纸上都贴满了火花，在每一组火花的旁边还配上一首我自己感觉不错的自题小诗。火花集是我的骄傲，我常拿它展示给和我玩得好的同学看，但对她例外。我害怕让她看到，不知道有什么东西让我顾虑着。

后来听说那册子落到了她的手里，这引起我心里不小的惶恐，我几乎是坐立不安了。当她将火花集送到我手中的时候，我真是羞愧得不行。她说："写得真好。"

我鼓足勇气问她："你喜欢？"而我的眼睛望着别处。

她嫣然一笑："喜欢！"我至今记得那笑容。

因为这句话，我欢喜了一个星期。

很快，我们就分开到了两个班级，不能常见面了。但她仍是我心中最瞩目的那个人，我只是远远地想着她。

第二学年的春天，我生了一场病，被迫离开学校去医院进行手术治疗。半个月时间躺在医院病床上，过得很孤独烦闷，心里总在不由自主地想，她发现我不在学校了吗？她知道我在住院了吗？多么希望她会突然出现在我病房的门口啊。

回学校后，我又见到了她，但仍不敢跟她说话。有一天，同学们凑巧在一起玩的时候，我问她："你知道我这段时间去哪里了吗？"

她说："不知道。"

唉，别提当时的我有多失望多委屈了。

后来毕业了，我们考上了不同的学校，然后又都参加工作了，我对她的思念也渐渐地淡了。

时间和空间隔开了我们，把我们的故事分成两根独立的枝条，在各自的空间摇晃。一次偶然的相遇，使我们又通起信来。渐渐地，在信中我常常告诉她我生活中发生的一些或悲或喜的故事，我俩成了交心的好朋友。

记得有一次，我有意试探过她，我想知道她对我是怎样一种心思。"我以为相知太多的人之间是不会有爱情的。"这就是她在回信中给我说的话。天知道我当时为什么要将我所有的心路历程都告诉了她。

于是我们就真的越来越远了。只是在每年的春节，我回老家的时候，仍会去她家里或她所在的单位看她。

听说她有男朋友了。

听说她快结婚了。

我正思量着该给她送个什么结婚礼物的时候，收到她的一封信。在信中她诉说了她各种无奈和对命运的臣服，在信的最后，她这样写着："我永远也忘不了，高一外语课上，那个穿红运动衣的男孩，从座位上站起来向老师提问……"

我惊呆了，那个男孩是我。

乡间四月的夜晚

　　黄婆塘最美的时光在阳历四月，而四月的夜晚更为珍贵。

　　夜已深，蛙鸣仍在激越地奏响，如门前水潭中细碎的波纹，在耳畔一波一波不停歇地荡漾着。

　　从屋子里走到漫天的繁星之下，白日里炙热的阳光已经褪尽，空气凉爽得刚好让人的感官清醒而敏锐。院子里的柚花正在怒放，浓烈的花香一如这浓郁的夜色，黏稠而温柔地包裹着我。从柚子树下经过时，忍不住站了一会儿，在花香中尽情地陶醉着，有些不知今夕何夕的恍然。

　　一个人在林荫小道上慢慢地走，两边葳蕤的树叶挡住了头上的天空，使得光线有些幽暗，一种清凉而幽深的气息在身边弥漫。在这季春的夜晚，看似一片宁静，但每天早晨冒出来的新花苞新叶片，却泄露了万物都在铆着劲比拼生长的机密，犹如一锅滚烫的鸡汤，只是不发出一点儿声息。天地间只有我一人，迈着旁观者的轻快脚步，独自窥探着世间这种美好而安静的伪装。

　　搬一把椅子，在几十年前所建的老屋前坐下来，看天上的星星，静静地回味当年的人与事，回味儿时的那些场景。漫天的繁星，没有一丝云彩的遮掩。但那一闪一闪从头顶上次第掠过的，显然不是星星。自从附近的黄花国际机场建成通航，头顶上掠过的飞机是越来越多了，就连夜晚也从不曾停歇。飞机起降的频次很高，有时可以看到两个闪烁的光点，一前一后，沿着同一个轨道往同一个方向，以差不多同样的速度往西边的天际飞去，直到变成很小很小的两个点，渐渐从视野中消失。

　　显然，这天空一旦被人类开垦出来，就如农人耕作着的土壤，再也难以恢复当年的宁静了。从早到晚、从春到秋，儿时那种宁静的夜空，那种除了流星偶尔划过，其他一切安守本位的肃穆的夜空，显然是很难再见了。有生之年能经历这种夜空中平添的别样风情，也算是我的一份福气吧。

　　视野压低一点儿，靠近天际有一道昏黄的亮光横卧在地平线上，那是远处城市的灯光映射在天空。再往下，看得到远处黑魆魆的山影，近处稍清晰的树的轮廓，这些静默的黑影，构成了我面前整个大地的睡姿。再往近，凸起的黑影中透出一些灰白光亮的，那是树枝留下的空隙。看着这些温和生长着的树木，我就看到了人与自然之间那一份可信赖的依存，感受到生命中一种坚实的抚慰。

柚花香持续地从柚子树那边一阵一阵涌过来，在鼻孔前轻漾，像一坛醇香的陈年老酒令人陶醉。空气中有泥土的香味。这是四月的乡村，土地已经被雨水和植被催生得松软而肥沃，正亲柔地孕育着繁茂的虫鱼草木。这是养育着我和祖辈的故乡最原汁原味的泥土香啊，我坐不住了，一边用鼻子贪婪地呼吸着，一边从老屋走出来，走过门前的水潭。

远方田垄里有一盏晃动着的灯，如同在一面深灰色幕布上舞蹈着的红色精灵，想必是村人在水田里捕捉泥鳅或鳝鱼。油菜籽独特的香味在夜色中洋溢着，水潭里簇拥着密集的波纹。每一道波纹里都摇晃着这么多年我匆匆忙忙归来和离去的身影，也摇晃着父亲在某个夜晚的轻声叹息和某些早上唤醒我时慈祥的微笑。父亲没有走远，他的坟地就在离水潭不远的后山坡上。几十年前，那一次当父亲将淹得半死的我像捞鸭子一样从这水潭里捞起来的时候，他不会想到这些场景会成为我童年最深刻的记忆，成为我们父子之间最温馨又最让我疼痛的勾连。在这样适合与万物对话的宁静的夜晚，想起父亲丢掉粪桶像一只大灰鹅跃身入水的身影，我便感觉到他那永不褪色的温情，他对我那份独有的入骨的久远的爱怜。

水潭对面的房子里透出些灯光，在水面上晃荡成几道舞蹈着的闪亮的波纹，那是母亲和兄弟居住的房间。在这样安谧祥和的夜晚，苦难、哭泣和死亡杳无踪影，我的心里涌动着无边的感激，总有一种劫后余生的错觉令我对眼前的一切倍加珍惜。我有些不忍心去睡。我不去忧心那些握不住的时光，只想一个人在星空下再多待一会儿，把这种平和与安宁细细地体验，让记忆中储满醇香和暖色，以抵御那些随时可能不期而至的寒冷。

两条狗一黑一黄，很黏人，只要发现我走出门来，便摇起尾巴悄无声息地跟上来。有时候用两条前腿抱住我的脚，有时候会用牙齿在我裤腿上蹭两口，而当我安静地站定并陷入沉思的时候，它们便迈着懒洋洋的步子走开了。

一切都这么亲切而熟悉，让离家的日子反而显得陌生起来。是啊，回首半生，我拥挤在嘈杂的人流之中，错过了多少这样醇美的夜晚。只有回到故乡，回到故乡四月的夜晚，我沉睡着的"第三只眼睛"才会不由自主地开启，才能看清楚几十年来自己的每一道车辙、每一个脚印。这是我自己的乡村、我自己的土地，除了它，还有哪里能盛得下我那许多被现实敲打得千疮百孔的纯净而朴拙的理想？

从出生开始仰望星空，长大后向往和追寻外面的世界，到历尽风雨繁华落尽之时，才开始懂得膜拜一片落叶对根的最朴素的情谊。我想，是该回归生养我的这片土地的时候了，我要用余生的心血，让它一寸寸变得更加恬美精致起来。

年年柿子红

　　谁都没有在意，家门口橘园边紧挨着绿篱的地上长起来一棵柿子树。到父亲去世的那一年秋天，柿树"蹿"到了一人多高，茂密的树冠直径已近两米，这就不可能不引起我的注意了。

　　这棵树究竟是鸟播下的种子自然发芽生长的，还是父亲特地找来树苗栽种的？我们三兄弟都不知道。问母亲，母亲也说搞不清。父亲既已过世，要找到答案显然是不可能的了。

　　再过两年，柿树开花了。在天气开始渐渐热起来的六月，柿树的叶子已经浓密地绿满了枝头，从树叶与枝条的连接处，悄悄钻出来一颗颗毛茸茸的绿色花苞。过几天，黄白色拇指般大小的花蕾就挤开花苞的绿壳，慢慢绽放开来，是厚厚的对称的四片花瓣。不到两周时间，花瓣就掉了。躲在浓密的树叶之下，既不鲜艳，又没有香味，花期也短，柿子花开得如此低调，以致有好几年我回乡时都没有来得及看到它们，就看到细细的果子了。

小柿子最开始只有小拇指粗细，碧绿碧绿的，藏在叶片之下，很不起眼。盛夏时节，果子开始慢慢长大，有点儿像西红柿的青果形状。到深秋的时候，柿子基本长成，变成了橙黄的颜色。初冬十一月间，果实终于成了橘红的颜色，在冬日的暖阳下慢慢变软。你只要看到树上的鸟儿开始叽叽喳喳密集飞起来，就知道是采摘柿子的时候了。

柿树挂果的头一年，每次周末回家的时候，我都要到树周围转悠，看看树上的青柿子是否又长大了。有时我不免好奇，等不及柿子成熟就摘下一个青果来尝一尝，然后忙不迭地吐掉，太涩了！终于等到秋末，果实开始有些泛黄，我再摘下一颗试试，还是太涩。妈妈笑着说："这怎么能吃？要等它红透了，摘下来放在谷糠里面，变软了之后再吃。"果然，照着妈妈说的，等柿子变红变软了之后，撕开薄薄的那层皮，里面红红的果肉又软又甜，糯糯的，还带着一股清香。唯一的遗憾就是有籽，扁扁的黑黑的种子藏在果实中，自然就给贪吃的我们多了一道吐籽的流程。

柿子树一年年长高长大，结的果实越来越多。每年，从树叶发芽到开花挂果到慢慢长大，然后由青变黄再由黄变红的这个过程，我心里总藏着一份甜蜜而平和的期待。渐渐地，我可以带着整袋的柿子回城，与自己的同事和朋友分享我的喜悦了。后来，买来了长杆摘果神器，开始邀请朋友们来家里，享受那种大家在一起采摘的快乐和热闹。

弟弟说，这是本地的土柿子，虽然甜但不够大，而且有籽，他想找人嫁接一个新的更好的品种。我默许了。第二年早春时节，有一个周末回乡时，发现柿子树的枝丫全被齐齐地剪掉，每个剪断的枝头旁边被塑料包着一根嵌入的小木条，我知道弟弟已经实施他的嫁接计划了。但这个嫁接工程以失败而告终。到夏天的时候，嫁接的新品种没有发芽，柿树的老枝条上却另外长出了许多新的叶芽。当年柿子树上颗粒无收。

第二年，柿树接着挂果。第三年，又开始枝繁叶茂，果子多得吃不完。每年初冬，树叶掉光了，当柿子红透半边天的时候，就会有一群群的鸟围着柿树飞来飞去，挑选啄食熟透了的柿子。妈妈说："赶快摘了吧，不然全被鸟吃光了。"我说："没关系，吃不完的，将高处的都给鸟吃，明年还指望它们帮忙捉虫子呢，不然的话，院子里这么多树，怕遭毛毛虫。"从此，家里的柿子一部分自己吃，一部分分享给邻居和朋友，剩下高处的那一半就留在树上喂鸟。初冬时节，每次从外面开车回家，老远就看到柿树上红彤彤的一大片果实，和叽叽喳喳在树上忙碌的鸟群，便有暖暖的感觉从心底慢慢升起来。

我曾笑称这棵柿子树是我们家的果树之王，它至少已有十五岁的树龄了。父亲过世后的这些年，我们又陆续在院子里新栽了桃、李、枇杷、樱桃、杨梅等果树，每到果熟时节，便是鸟儿们的欢快节日。自从柿子树挂果以后，院子周围的各种鸟慢慢多起来了。随着树上的果实品种和数量一年比一年多，麻雀、鹌鹑、喜鹊、布谷，还有好多叫不来名字的鸟儿们，都开始在院子里繁衍生息，几乎每一株稍大一些的树上都有了鸟巢。不论春夏秋冬，每天的早晨、上午和黄昏，躺在床上，坐在窗前，站在阳台上，徘徊在院子里，都能欣赏到由各种鸟叫声汇成的一场场清新自然而欢乐的演唱会。

在院子里散步的时候，偶尔还会发现这里那里有不断长出来的小柿树苗，于是心里被催生出关于小树将来长大后的一些小小幻想。幸好是这种有籽的土柿子，只有它们还保留着妥妥的再生繁衍的能力，那些没有籽的柿子就奢望不到了。

这几年，每到初冬时节，开车回家经过邻近的村庄时，我发现路两边挂着红彤彤果实的柿子树慢慢多起来了，品种和我们家的一模一样。它们是不是那些精灵般的鸟儿从我家树上衔走的种子，帮助在周围繁衍起来的呢？我颇有些得意地想。

花果园里的春天

乡下老家有个小园子,周末得闲时回去栽花种树,寻找更质朴的生活。

——题记

一

两周前回到园子的时候,李树上挂的满是星星点点嫩绿的花蕾,桃花还没见明确的消息。这一周回来,李树上已满是翠绿的嫩叶,李花已开完,见不到一丁点儿花的踪迹了。桃花也开得只剩下一些花蕊和零星的花瓣,地上落满了厚厚的一层粉红。所有落叶树上都发出了新的叶芽,常绿的乔木樟树、桂花树则像川剧变脸一样,换上了一层厚厚的新绿,有一些冒出的新枝条有达一尺多长了。

我的心里经常渴念着春天,但身体总是不由自主地迷失在俗世的泥沼之中。好在春天的脚步从来没有因为我的匆忙停顿过，它从容地飞过我的园子，将身影投射在怒放的鲜花与茂密的绿叶之上，可着劲儿牵引我回家。

二

有一个新发现，好几棵杨梅树枝条上开满了细小的杨梅花。那些从叶腋里冒出来的穗状的玫红，着实令我有些惊喜。

园子里一共六棵杨梅树，都有十几年树龄了，树干高约三四米，枝叶茂密。每年直到杨梅成熟的时候，才能在树上找到星星点点几颗或十几颗通红的果子，虽然味道可人，但数量之少令人失望。正因为结果少，我从没看到杨梅树的枝头绽开过杨梅花。今年这密密的杨梅花莫非是想告诉我，一个通红的杨梅压弯枝头的年份要到了？

今年是黄桃栽下去的第三个年头了，树干已超过我高举的手指尖，树冠的直径也超过两米了，从这满树绽放的桃花看，今年应该要开始结果了。还有枣树，又长高了，去年结了三颗枣子，我尝了一颗，给妈妈尝了一颗，味道挺不错，今年应该也会是果实满枝吧。

每到春天，只要走进这园子，小心地寻找，总会有一些新的发现让我惊喜，一年的憧憬和期待也就开始枝枝蔓蔓地在心里延展开来。十几个品种的果树，陆陆续续开花，比赛般让枝条布满绿意，然后一颗颗小果子又慢慢地逐渐长大成形，幻化出或红或黄的成熟的颜色，漫溢出各种充满诱惑的果香，一种沁甜的喜悦就如此慢慢地清晰起来，充实起来，明亮起来。

三

前年的一场大雪压断了不少桂树的枝条，有些碗口粗的枝干都未能幸免。后来，树干的伤口处虽然由当初醒目的米黄色慢慢恢复成树皮的深褐色，但陡然空出来的那一片天空却没法很快填充，就像缺了一个口子的瓷碗，残缺得有些刺目。

去年开始，慢慢地树上发出一些新的枝条和绿叶，开始对那些残缺的空间进行不起眼的修复。今年，在去年新发枝叶的基础上，又长出了更多密密麻麻的新枝条，新生的绿叶不声不响地就要将原来的空间填满，将旧有的伤痕给遮盖掉了。

自然界生生不息，其修复伤痕的速度还是比较快的，不像人身上的某些伤痛，尤其是人们心底那些深藏的隐痛。你看这些桂花树，才不到两年时间，那些醒目的伤痕和残缺的空间已接近完好，恍如什么伤害都不曾发生。

四

一盆茂盛的三角梅，去年开得真好，火红的花朵从夏天肆意张扬到冬天，才慢慢收敛起来。去年冬天，三角梅被放在室外忘记搬回屋子里，一次冰冻过后树叶全被冻死了。

心里已经认定这盆三角梅就此与我拜拜了，但还有些不甘心，就将其搬回大棚里，让它度过接下来的冬天，等等看还有没有生机。今天仔细一看，每一根枝条上都发出了绿色的芽苞，看来今年三角梅的张扬还不会中断，带给我的欣喜也还将继续。

可西边围墙下那棵大乌桕树就令人不敢乐观了。这棵树有近二十年的树龄了，有近四层楼房那么高，每到天热时节，浓密成荫的树冠挡住了来自西边的酷热的阳光，家里人都喜欢将车子停在它的树荫下面。到了秋天，树叶渐红，满树的紫红将院子西边的天空都映得一片灿烂和喜气。冬天，乌桕树上密密麻麻的果实会逐渐从果壳中挣脱出来，白色的颗粒吸引着远近成群的鸟儿来啄食，叽叽喳喳的鸟鸣声让院子里平添许多生气。

去年的干旱持续时间太长，从夏到秋一直持续到冬天，当乌桕树开始变红、落叶的时候，我有些隐忧地发现，这棵乌桕好像比公园里其他同类树木落叶时间早了一些。该不会是枯死了吧？

冬天，当所有的落叶乔木都将"衣服"脱尽的时候，我是没办法知道这棵乌桕究竟是生还是死的准确信息的。就好像一把晒干了的种子，只有等它来年发芽了才知道生命还在延续。现在春天来了，所有的树木都发出了绿叶，而这棵乌桕树的枝丫上依然静悄悄的，看不到复苏的迹象，只在靠近树蔸两米高的位置有几根枝条上发出了一些红色的芽苞。如此看来，这棵树上半部可能已经枯死，而下面的几根枝条还有一线生机，乌桕树或许还有活下去的希望。

该怎么办？是将它锯掉，移栽一棵已成形的桂花树或者杨梅树过来，还是等候它的重生，看着它慢慢地重新生长，恢复原来那一片令人怀想的绿意？出于对一个成熟生命的尊重和旧有的感情，我倾向于后者。

看来又是一段漫长的等待。

唉，好像这一辈子一直都在等待，等待……

五

整整十棵红梅树，都有两米多高，紧贴着弯弯的水泥路一字排开，通往老屋的方向，密密匝匝的枝条轻轻招展在我们的头顶上方，真心令人喜爱。

尤其是红梅开花时节，当周围还是天寒地冻、万物肃杀的时候，这条红梅小道的上空却绽放起一片让人舒心的绯红和飘逸着浓郁的馨香，鲜活的生机让本该萧瑟的心底升腾起说不尽的欣喜和温暖。就像柔曼而抒情的轻音乐，在这一方园子里和从红梅小道走过去的亲友们的心里荡漾。每到春天，梅花开过，树上悄悄冒出的成片嫩叶很快又蔓延成一片浓密的翠绿，将头顶那一方和煦的阳光点染得斑斑驳驳，将本就有些迟疑的春雨轻轻阻隔在这条小道之外。

隔红梅小道稍远一点，还有四棵杨梅树与这排红梅树平行而立，两排树的间距只有不到两米。杨梅树生长很快，树龄本就高于红梅，树冠更是已经盖过了红梅，以致红梅的枝条不得不往水泥小道的方向退让。因为四棵杨梅树一直很少挂果，为了控制它们的生长，以便给红梅留出一些空间，我已经大刀阔斧地剪掉了杨梅树不少的枝条，却还是挡不住它旺盛的生命力。如果再不结果的话，我已经计划将其中的两棵杨梅树间伐掉。

可是今年情况有些不同，眼见着好几棵杨梅树上已经开满了细密的杨梅花，貌似能闻得到杨梅满枝头的幸福感觉了，那就再等等看吧。我还是非常渴望享受那通红的果实将树枝压弯的丰收喜悦。

认真回想起来，杨梅树不全是问题，红梅树也不尽是美好。每到四五月份，当红梅树的嫩叶正开始火热生长的时候，总会长出一些让人讨厌的虫子，黑黑的、瘦长瘦长的，密密麻麻地趴在树叶上。不几天就将满树的嫩叶啃得精光，只剩一根根纤瘦的枝条在阳光下晃荡，让人看着发怵，每年要喷洒两三次农药才能控制住它们。今年不知将会怎样，但愿园子里越来越稠密的鸟儿能够协助我解决这个问题。

花是好花，果也是好果，当这一花一果互相竞争生存空间，必须舍弃其中之一时，我该怎么选择呢？红梅和杨梅，最后到底该留下谁？还真是一个问题。

六

园子里有一大两小三株樱桃树。大樱桃树移栽回来时，树干直径就有十厘米，树高三米多，栽下的第二年就开花结果了。圆圆的果实如桂圆大小，表皮是晶莹剔透的金黄色，酸酸甜甜的，吃起来有初恋的味道。

之后，这棵樱桃树每年都会开花结果，却不知是不是养分不足的原因，果实一年比一年小，且一年比一年结得少了。随着园子里鸟儿的增多，往往还等不到熟透，就被鸟儿给抢着啄光了。我只能将希望寄托在两棵小樱桃树上。

这两棵小樱桃树苗的品种明显不同，土壤也更肥沃，栽下去已经两年了，长势还不错，高的有两米多，枝丫虽不够茂盛，但也开花了。不知道今年会不会结果，不知道结出来的果实会是个什么样子，味道如何，想想那棵大樱桃树，真有些担忧。

我知道，人的感觉总是来源于自己的过往经验。其实，这种经验并不一定可靠，我还是很期待小樱桃树能给我带来别样惊喜的。

七

前年春天，从附近的苗木市场买回来四株金钱橘，栽在老房子前的一块空地上，最靠东边的那棵树当年就结出了金橘子。虽然数量不多，但味道不错，已算是给人惊喜了。

　　其他三棵树长势更好，但是当年没有结果。到去年春天，四棵树一齐开花，那棵已经结果的金橘树继续挂果，且果实更多更密了，而另外三棵树越长越高，高出那棵树快一倍了，仍然不见挂果。夏天的时候，左寻右觅之下，我在其中一棵树上发现一个不起眼的青绿小果子，叹气之余又有了些期待。这唯一的小果子却越长越大，越长越大，明显超过了金橘的尺寸，到秋天的时候已经长到苹果般大小了。请有经验的果农来看了一眼，说这是沃柑，长得高的三棵都是沃柑树，根本就不是金橘的品种。好在果实的味道蛮好，因此我也不觉得有什么不好。

　　金橘变成了沃柑，不知是卖树苗的故意还是无心，又或许在我们所有的耕耘中总难免会遭遇这些意外。但我只负责用心栽种，只管带着喜悦认真地培育生命，我想这样大概率是会有收获的，说不定还有惊喜。

　　现在这三棵沃柑树都有一人多高了，枝叶也比金橘树长得更茂盛，同那棵金橘一样，今春又开始冒出浓密的花蕾了。我很期待它们今年能结出更多的果子，给我带来超出金橘的欣喜。

<h2 style="text-align:center">八</h2>

　　从昨天下午到今天，花了几乎一天半的时间，将台阶上的三十多钵花草重新换盆、松土、施肥、移栽。本是很烦琐

复杂的一件事，因为喜欢，也就觉得很轻松。

有株月季花，土也松也肥，也不缺水，不知怎么长了几年就死去了。或许是因为盆底沙土太厚吧。

绿萝发得很快，几个月就能蓬蓬勃勃，且往外发出很多枝条，绿油油的一丛，吊下来很好看。这东西长这么快，我于是剪了一些枝条换上几个新盆，可以预见今年我的房子里又会多几丛新绿。

兰草的根太能生长了，一年时间就长得又多又长又粗，粗得就像白白嫩嫩的人参，密密麻麻长满整个花钵底部，且很厚的一层。如果不对其根系进行清理施肥，其叶子就会长得病恹恹的，去年我阳台上就有几盆这样的兰草。大概是根系自身对养分的需求量太大的缘故吧。

九

早几年，在院坝里靠西边的围墙下栽了一排红叶石楠做绿篱。每到春天的时候，整整齐齐的一片火红在围墙边燃烧着，十分惊艳，其他季节则是一片葱绿，看着就令人愉悦。

红叶石楠生长快。为了让绿篱看起来美观整齐，每年我都会将长得太高的树尖修剪掉，使其平整如一块绿色的镜面。不知不觉，修整后的红叶石楠也长到快和围墙一样高了。再高就影响院子的整体效果了，得大剪了。

春天一到，一轮新的生长周期开启了。趁着今天休息，我拿起大剪刀一阵咔嚓，对红叶石楠做了一番"大手术"，将上半截枝叶统统剪掉，只留下一尺来高的树干。几十根树干光秃秃直挺挺地立在黑土上，怪难看的。但想起不久的将来，它们又会焕发出新的生机，又会簇拥起一片崭新的火红，心里还是蛮期待蛮有成就感的。

然后又想起我们自己，忙忙碌碌的大半生时光，无数番削足适履，却仍然不能让"园丁"们满意。各种斥责和规劝，各种约束和考核，将我们修改得面目全非，连自己都快认不出自己了，跟这片红叶石楠的境遇有什么不一样？

其实只要同在一片空间，因为与其中某个重要人物的喜好不同，树也好，人也好，总难以逃脱某种隐形的伤害。

十

大前年的春天，有一次在上班途中，发现人行道边有一棵枇杷树幼苗，显然是路人随意丢弃的种子发出了新苗。这样的位置是长不成大树的，夏天一过枇杷苗必然枯死无疑，想起家里还有一块空地，便将幼苗拔起来，移栽到这个园子里来了。

枇杷苗慢慢长大，三年时间已经有两米高的样子，树冠已呈伞状。去年冬天，我欣喜地发现，小枇杷树终于开出了一簇小黄花，密密麻麻的，算不上漂亮。但是，一场冰冻过后，枇杷花好像有枯死的迹象，于是也就不抱什么希望了。春分已过，今天回家一看，那根开过花的小枝条上，结了十多颗成形的小枇杷。足以证明它已经是一棵走向成年的枇杷树了，开花结果即将成为它的常态。果实味道怎么样？到五月枇杷黄了就知道了。

至于这棵树是去是留，暂时还是个未知数，关键得看果实的味道如何。园子里的果木不少，随着它们的生长，有些很不错的品种已经面临着缺乏生长空间的问题。如果枇杷的味道不行，我很可能会将它砍掉，虽然已经为它浇灌和守候了三年多的时间。

不狠心淘汰一些平庸者，那些优秀的品种又哪来发展空间呢？

放不下的凤凰古城

年轻时所经历的人和物，
无论如何地珍惜都不为过。
这些回不去的记忆里，
有绚丽的光亮和色彩，
当时是感知不到的。

那些晨昏和月夜

拎不起的青春，放不下的凤凰。

三十多年岁月的沉淀，没能让我对凤凰有丝毫的淡忘。无论何时何地，无论想起凤凰的哪一个角落，我的记忆都还是那么熟悉，那么亲切，仿佛一切就在身边，就在眼前。

早些年几次回凤凰，热闹的感觉让我兴奋，也让我心生唏嘘。旅游业的发展助推了凤凰的繁华，就像一个恬静的农家女孩，披上一袭华丽的盛装行走在彩灯闪烁的舞台上，这对钟情于她的我来说，心中油然生出荣耀和欣喜的同时，也自然地生出一种渐行渐远的距离感和失落感。

走在凤凰的各个热门景点，与摩肩接踵的兴奋的游客不同，我眼前闪现得更多的是记忆中二十世纪九十年代初那安静而美丽的乡野凤凰，以及我那虽然清晰但再也拎不起的青春岁月，心头浮起的是敏锐而沉重的伤感情怀……

　　只要我稍稍闭上眼睛，浮现在眼前的，一定就是凤凰古城那些生动的晨昏和月夜。

　　清晨起床，站在凤凰古城东边喜鹊坡高处一栋建筑里，从我四楼的阳台上往前看过去，远处的南华山是青黛色的背景，由近而远由青渐灰，分出两三个层次，轻柔地搂着成千上万户古城人家。一层或厚或薄的淡雾，轻轻地笼在小城鳞次栉比的青砖黛瓦上，披在青色中带着一段段闪亮的沱江上，让整个古城看起来朦朦胧胧的，宛如一幅浑然一体地浸染在灰色宣纸上的水墨画，安静而端庄。

　　每天早饭过后，我沿一条狭窄且稍陡的小路，从喜鹊坡步行往下，从容来到沱江边。太阳已经升起，薄雾渐次消散，小鱼在水草中顽皮地穿梭的影子清晰可见。河两边都铺着平整宽厚的石板，沿河绵延数十米长，一级一级渐次没入水中。水边石阶上，啪啪啪的捣衣声和女人们叽叽喳喳的说话声，在我的耳边沸腾，棒槌捶起来的水珠溅起老高，映射出一颗颗细碎的太阳。每天早晚都会有女人们来此洗衣服，她们互相打着招呼，说着问候的话："恰了吗（吃了吗）？""还冇恰（还没吃）！"家长里短的故事就在这里轻快地传播开来。

　　跳岩其实算不上桥。每隔两米左右在水中立一块高高的石头，并不整齐，石头上一截连一截地铺着两三根粗木头，窄窄的，仅经简单刨平，用铁钉固定在一起，踩上去有些摇晃，不常走的外地人从这里经过必须很小心。涨大水的时候，木头偶尔会被水冲开好几截，漂浮在水中，好在总有一头是被铁丝拴在大石头之上的。有闲心的时候，站在跳岩之间某块大一点的石头上，往河的下游望一眼：前面不到一百米处有一个水坝，河水哗哗哗欢快地跳下坎去，再往下流经虹桥、沙湾、万名塔，那一段河水很深，两边都有极好的景致。近处，水坝的左边，有一架古老的黑色大水车，经年累月兀自慢慢地转，将水舀上来哗哗哗倒在河边的石板上，供妇人们洗洗涮涮后，又流到下游河里去了。河两边都是吊脚楼，一根根长长的木柱子站在水里，撑起几栋木屋和居住其中的几户人家，安静地与沱江和水里的游鱼做着百年的对视。

小心地走过跳岩，来到北门码头，快要离开河边的时候，回头一望，对面天上刚刚升起的太阳，在水面上悠闲地晃荡着，白花花的光芒会让人眩晕。女人们捣衣服的啪啪声还是那么响亮，但现在能听到撞在河边城墙上的厚重的回音了。收回有些不舍的视线，穿过北门城楼长年敞开的两扇有些锈蚀了的铁皮大门，就进入了老城区。再经过一条弯曲而狭长的青石板小街，听着左边箭道坪小学里孩子们朗朗的读书声，就到了道门口我所在的单位。我由此开启这一天的工作，去见各式各样的人，听安排做各种谋生计的事情。

凤凰的美还在于它的黄昏，每一个黄昏都是我期待和眷恋的时光。这时候我最喜欢看古城上空的云，这或许是因为我居住在古城东坡之上且阳台正好面对着夕阳吧。我给这套房子取了个雅致的名字叫"暮云居"，我在这里写诗、恋爱、结婚、生子。可能是年轻且不知足的缘故，住在这里的时候没觉得有多圆满多幸福，但现在回想起来，这个阶段是我一生中最有诗意的日子。

晴天自不必说，看着红色的夕阳携漫天的彩霞，将整个凤凰城和沱江水染成晕红或金黄的颜色，你不得不油然而生出岁月静好和历史漫长的感慨。特别是在夕阳将落未落的时分，天是蓝色的，漫天云彩可能是白色的、灰色的、红色的、紫色的，但沱江两边各式飞檐吊脚的建筑物、城墙必定被漆成金色的，散发着柔和的光芒。而沱江就愉悦地接纳着这所有披金带彩的影像，轻轻地摇晃着，将它们加工成有迹可循的印象派画作。

即便是阴雨天的傍晚，这小城也会饶有韵味。特别是在春秋天，那一层朦胧的薄雾，总能将古城装扮成恬静安详的江南水乡的模样，水墨画一样。或翠绿或青黛的山岚和老树做底色，沉稳矗立着的灰色城墙和低矮的老屋，不急不慢的行人，渐次亮起来的灯光，宁静、低调而真实。

老城的街道都不宽，路面以青石板为主，湿漉漉的，并不一定平坦整齐，不熟悉情况的人偶尔会踩到有些上翘的石板一角，溅起来的泥水于是就打湿了裤管和鞋子，还会吓你一跳。摊贩和店铺大都在外面的大街上，老街的小巷里面是清静的，不像如今这般喧闹。印象中只有一两家卖酸萝卜的摊贩，偶尔见一两个本地小孩端个小碟子站在摊子前静静地吃。一间老银铺，照例亮着灯，却少有人光顾。一个小餐馆，有时热闹有时清静，常常看见昏黄的灯光下，人们悠闲地在里面围坐成一圈，喝酒、吃菜、手舞足蹈、高谈阔论，喧闹的声音传得很远。还有几家南杂铺散布在各条小巷子里。

其余紧挨着小街的是清一色本地人家的小院落。踟蹰之间，院落里偶有人影闪过，听得到关门闭户的吱呀声，老式柜台收工插门板的哐当声，老人喊家人吃饭的呼唤声，大人批评小孩的责骂声："你羌自搞的（怎么搞的）啊！"路人与屋里人家相隔可能不到两米，所以他们的声音你可以听得真真切切。如果开门遇上了熟人，马上热情地招呼起来："还有转起（还没回家）？来屋里挫哈（来家里坐一坐）吗？"我马上用学到的凤凰话笑着回他："正要转起（回家），右挫了右挫了（不坐了不坐了）！"

其实凤凰更迷人的是它的月夜。晚上偶尔从古城深处的小街小巷走过，不经意间抬起头来，越过两边黑漆漆的飞檐翘角，突然看到狭窄天空中那一弯被云朵缠绕的月亮，是如此明亮、如此轻柔，又显得如此遥远，哪一个来自异乡的人会无动于衷呢？每每此时，我会有一种从纷繁俗务中遽然清醒的感觉。于是慢慢走出小巷，信步来到有着宽厚月影的北门码头，又或是被银光铺满的万名塔附近的沙湾码头，在河边石阶上坐下来发呆。看月光引领着灯光在河面上一闪一闪地跳跃，看三三两两的人影安静地在附近的跳岩或虹桥上来了又去，看朦胧的河对面吸烟者明明灭灭的烟头，还有那边吊脚楼窗口里晃动的人影和远远传过来的说话的声音⋯⋯感受着月光倾泻下的这些鲜活与生动，你会发现夜色开始变得空阔和寂寥，你会不由得想起月光下自己的故乡和故乡那些相亲相爱的人。

从前凤凰的夜晚是安静的，咚咚嚓的声音在河边很难听到。那时候凤凰城几乎没有外地游客，只偶尔在河边的某个角落见到几个写生的年轻人，一看就知道是从某学校来的美术专业的师生们。夏夜的沱江水中，很晚还能听到孩子们洗澡和嬉闹的声音，或者可见年轻的情侣拎着鞋子在浅水中行走，追寻月亮或捡拾鹅卵石的影子⋯⋯

夜色渐深，一个人默默走回喜鹊坡上自己的居室，看看书或忙完其他琐事后，再次打开阳台的门，居高临下再看一眼被乳白色月光抚摸着的这个完整而熟悉的小城，然后上床睡觉。只有这样我才会睡得踏实。

真想再回到这样的凤凰。

回不去的青春栖息地

暮云居

上面是白色天花板，天花板上是天空，或白或灰或蓝。下面是水磨石地板，地板下面还有两层楼。

前面是阳台，视野极好，因为房子位于凤凰县城沱江镇东边一面叫喜鹊坡的高坡上，可尽览凤凰古城全貌。阳台的前面，如果略去几排低矮的房子，便是清澈的沱江，便是古城密密的青瓦老建筑，便是连绵的南华山，一波一波青黛色的山岚一直铺陈到视野的尽头，与天边的云彩相接。

房子后面常年阴凉，多的是各色稠密的树木，是陡峭的山坡，是夏秋时节时有时无的雨声、蝉声、蟋蟀声。

这么空荡荡带厨卫的三室一厅，属于一个年轻的单身汉，一个出生在长沙，刚刚从学校分配来凤凰县工作的毕业生，属于我。

九年时光，有些发黄的青春，就栖息在被我称为"暮云居"

的这套房子里。

开始的时候没有床，东边宽大的卧室里空空荡荡，从这个屋角走向对面屋角，畅通无阻，不像后来堆满了各式家具。卧室外的客厅里，水磨石地板光可鉴人，空空如也，只有头上一台大吊扇呼呼地吹着，风像满溢的水，不停地向四角散漫。没有后来的皮沙发和茶几，没有书桌，也没有后来书桌上堆满了的各式文学书籍。

只有一个木柜。一个古旧的被饥饿的老鼠啃得凹凸不平的古式雕花实木柜，立在靠南的书房里。木柜虽有些破旧，但式样美观，木质结实，我一直舍不得丢，后来上中下三层都驮满了我陆续买回来的书。书虽然重，但木柜结结实实地驮着，毫不费力。每当夜深人静的时候，我伏案疾书，旧木柜就立在我身后，深沉地看着我的影子。只有它是这房子里最老的主人。

当我将钥匙插进锁孔斜扭着开门时，那吱吱咯咯的声音使我觉得像有回声从屋子里传出来。打开门，走遍客厅、卧室、书房、储物间、厨房、厕所，像走在宽阔的水泥大街上一样畅行无碍，让我心里有些欣喜的同时，隐隐透出一种空洞的冷冷的感觉。那是我刚刚参加工作分配新房后，第一次走进这套房子。

我将地板拖洗得干干净净，然后盘腿坐下来，花了整整一个下午加晚上的时间，开始安静地回忆，默想一些过去的人和事情。想要如何在这里把日子过得不那么窝囊，如何把那个人慢慢从心上抹去，开始新的生活，开始能让我自己满意的人生。

对我和房子来说，白天，互相都是陌生的。上班的时间一到，我就要独自走出房子，到不同的地方忙碌，到大街小巷或周围的乡镇奔波。只有夜晚和黄昏，才完全是我自己的。

灯下的时光，有书、有音乐、有我满屋子纷飞的思绪，一切都是纯而美的。熄了灯的夜晚，有天空深处无语的星星，有窗外知情的月亮，即使什么也没有，我还拥有一个完整的我。在这个时候，我可以自言自语，我可以在心里低声歌吟，我也可以长久地沉默，在自己思想的旷野里自由地徜徉。

也许是云的缘故，太阳看起来并不总是圆的，正如我的梦并不总是完整的一样。黄昏的时候，阳台正好可以沐浴到夕阳，没有人没有事催我的时候，我会让屋子里的收音机播放着我喜欢的低沉的曲调，搬一张大竹椅子，懒懒地坐在那儿，将腿搁在铁栏杆上，看一两抹红云，缠绕着半边脑袋已沉入了地平线的夕阳。红云是最多的，有时候也有蓝色的云，将太阳遮去一半。剩下的那一半残缺的夕阳就更加红彤彤的，很美、很鲜亮，和儿时的春天在家门前见到的一模一样，又像小时候独自在山林中摘回的沾满露水的映山红的颜色。我特别记得那夕阳。这也是我将房子取名为"暮云居"的缘由。

靠房子的北边是一条下坡的柏油马路。黄昏的时候，偶尔会有哒哒哒的高跟鞋的声音传来，然后就有一个身材曼妙的女人从屋角出现，走进我的视野，走进远处路边大树下淡淡的暮色中。这时我心里总会有一种莫名的情愫涌动，便会想起过去的某人，会不由自主地转过头去，但很快又会转过头来，哦，不是！不是……

我在这里忘形地工作，慢慢地将原来的那个人放到心底，长成伤疤，结成痂，又年复一年地看着它逐渐从心底脱落。我重新开始恋爱，两年后找到我一生的伴侣，再过三年结了婚，又过两年有了我们可爱的儿子，慢慢地这房子里的烟火气息越来越浓，欢声笑语越来越响亮。我在这里疯狂地读书和开展我的业余文学创作，并被调入湘西自治州州委宣传部负责一份综合性内刊的编辑工作。直到后来，我们将家搬到吉首，我在这套房子里整整度过了九年最发奋、最拼搏的青春时光。

之后的二十多年，我先后在吉首、湘潭、长沙又换了七八个住处，有单位分配的、有租住的、有购买的，总体来说是越来越宽敞、越来越舒适，但再没有哪一处承载过我如此多彩而难忘的青春岁月，没有哪一处在我的记忆中留下过如此深刻的美好感怀。

后来有多次做梦，我又回到这套房子里，那种留恋和难舍的感觉，就如同有一次睡梦中我闻到的儿子在婴儿时代身上的乳香，亲切、温馨而又伤怀。早几年有一次回凤凰，我经过喜鹊坡，看见我们的那栋宿舍楼还在，但已显得有些破败。

想去那套房子看看，却有些莫名的心怯，终究没有再进去过。

一个人年轻时候所经历的人和物，无论如何地珍惜都不为过。这些回不去的记忆里，有些美好和感动，有些绚丽的光亮和色彩，或许当时是感知不到的。

从沈从文故居到墓地

三十多年来，在我的人生追求过程中，对我影响最大的，莫过于著名文学大师沈从文。

1988年5月10日，沈先生因病在北京的寓所辞世。那年7月，我从学校毕业，分配到先生的故乡凤凰县参加工作。我居住的地方是县城沱江镇东边的一个山坡，名曰喜鹊坡。每天晚饭过后，我会一个人爬到房子后面的山坡顶上，面对夕阳下极为精致的被青山碧水包围着的这个小山城，俯视一缕缕轻柔的薄雾笼罩下的沱江，以及江两边星星点点逐渐亮起来的万家灯火，心里感慨良多。我刚来到凤凰，文坛的那只"凤凰"却飞走了，联想起自己爱情的失败，又远离家乡和亲人，被"发配"到这偏远的山地来工作，不由得感叹命运的无常。

到凤凰以后，我只要见到有关沈从文的书籍就买、就读，哪怕是一套多达三十二本、重达数十斤的《沈从文全集》（北岳文艺出版社出版），我也毫不犹豫地抱回了家。在我收藏的一百多部沈从文先生不同版本的文学著作中，最早的是湖南人民出版社1981年出版的厚厚两本《沈从文散文选》和《沈从文小说选》。因为反复阅读，两本书的封面被磨破了，我就用厚厚的白色铜版纸制成封皮将书包起来继续读。这两本四十年前出版的旧书至今仍妥妥地存放在书柜里，不同的人生阶段总能读出不同的感受。先生曾说过："我明白搞文学创作不是件容易事，必须把习作年限放长一些，用'锲而不舍'的精神，长远从试探中取得经验，才有可能慢慢得到应有进展。"这段话给当时热爱文学创作的我很大的启发和鼓励。

在阅读先生著作的过程中，我体验出一种超越尘世种种混沌和喧嚣的纯净之美，得到身心的愉悦，忘却了诸多烦恼，疗愈了心底的创伤。此后，我通过文学创作走上了自己向往的岗位，慢慢地走出情绪的低谷。

那个时候，沈从文故居已经对外开放。故居与我的办公室仅仅相隔一条狭窄的小巷子，直线距离不过十多米。我的办公室在二楼，我经常站在办公室窗口居高临下地看下面小巷中三三两两来故居参观的人，心想，其中定有不少人和我一样是先生的崇拜者。得闲时，我也经常在故居里面流连，细细观看墙面上关于先生的生平介绍、他各个历史时期的资料照片和说明，以及玻璃柜里他的部分著作。故居里有一口几十平方米的天井，那是我伫立时间最长的地方。我在里面流连，揣摩先生在文字中的述说，想象着他的童年时光如何在这里顽皮地度过。

那时，照看故居的是一位和善的乡下老太太，经常安静地坐在故居进门的右边小房子里，偶尔与游人或朋友聊天，我每次进故居都会跟她打招呼。有一次，两位来自长沙的诗人作家江堤和彭国梁来凤凰采风，我陪他们到沈从文故居参观，一起与老太太聊天，才知道她就是沈从文的弟弟沈岳荃的妻子罗兰。老人家跟我们聊到她被错误处决后时隔三十多年才被平反昭雪的丈夫，聊到她被沈从文收为义女后几十年一直居住在北京的女儿，聊到她被下放到凤凰县茶田乡务农生活几十年的故事，以及沈从文故居建起来之后她被县政府照顾请来看守故居的事情……几十年的沧桑风雨经她轻言细语地说出来，竟然是如此平淡，好似她这坎坷的一生都是别人的故事。当聊到二哥沈从文一家人对他们一家子如何如何好的时候，老人充满了感激和敬佩。罗兰老人是在二十世纪九十年代中期我离开凤凰后的一个冬天去世的。

沈从文故居，不仅承载着先生童年和少年的记忆，成为他一辈子最眷念的地方，而且见证了先生背井离乡后几次辗转回乡的故事。从 1902 年 12 月诞生起，沈从文在这里度过了十五年充满快乐和野性自由的童年、少年时光。十五岁时他离开故乡参军入伍，在家乡周边的湘黔川三省边境和沅水流域的各个城镇流徙了五年。1923 年夏天，沈从文背井离乡独自一人去北京，他"想读点书，半工半读，读好书救救国家"。之后的六十多年时间里，他仅仅于 1934 年、1956 年和 1982 年先后三次回乡。最后一次回凤凰时，沈从文已到耄耋之年，回到儿时的故居，他摸着中堂的破门壁久久不说话，眼里闪烁着泪花。这一次，他的心情仍是年轻而急切，不停地在各处奔走：回到当年上学的文昌阁小学寻找儿时的记忆，去工艺厂看编织物上的图案，在沱江驾船看岸上的水碾、吊脚楼，到阿拉营赶场看银匠打首饰，在小吃摊品尝酸辣米粉，参观明代遗址黄丝桥古城，流着泪听傩堂戏，与已有五十年不见的老朋友促膝长谈……

此后，直至 1988 年辞世，沈从文生前再没有回过家乡和故居。

1992 年 5 月 10 日，先生辞世四周年之际，我见证了沈从文墓地的落成。我作为先生家乡的一位文学爱好者，跟在他夫人张兆和、次子沈虎雏、儿媳张之佩、孙女沈红、秘书王亚蓉等长长一行人的后面，护送着先生的骨灰盒回到了先生的故居，随后又步行来到他曾经戏水的沱江边。看着沈虎雏和沈红两人上了一条小木船，从北门码头顺水流缓缓往下游漂去，沈虎雏抱着父亲的骨灰盒，沈红缓缓地将爷爷的骨灰轻轻抛撒在清澈的沱江中。先生骨灰的一半撒在了沱江里，剩下的一半被安葬在听涛山下一块重达六吨的天然五彩石下，位置在南华山的东坡，沱江的西岸，离城区有一里半距离的杜田村。从此，先生长眠在他心心念念的湘西故土山水之间了。

墓地落成后，我又在凤凰工作了两年。这期间，我经常利用晨跑的机会爬上离墓地不远的南华山顶，倾听松风从山坡上刮过的呜咽之声。我曾无数次陪同朋友来到听涛山下的沈从文墓地，也有多次是一个人散步而来，站在先生的墓前，回味先生文字中那种自然纯净的美，缅怀和感悟先生传奇的一生。有时候是在深夜，在自己的书房，捧读先生的作品，或者聆听他给后学者做讲座时的录音，常常因为激动而震颤，我不得不放下书来，在房子里踱步和沉思。沉醉在他看似平淡的语言和一个个淳朴而美到让人疼痛的故事中，回味着先生跌宕起伏的人生，我恍惚中隐隐听到来自听涛山下先生的呓语。

我听到了他轻柔的呼唤。他用六十多年的倾情呼唤，终于唤醒了一颗高贵、倨傲而倔强的名媛的心，最终让张兆和——他的"三三"彻底地理解并接纳了他，并在他入土十五年后永恒地回到了他的身边，与他合葬。我听到他低沉而倔强的嘶吼，和一生从不曾停歇的苦苦追寻。前半生的秉笔耕耘为他换来亿万读者的喜爱，直至两次被提名为诺贝尔文学奖候选人。在无法遵从内心继续进行自由文学创作的年代，他转向研究中国古文物和古代服饰文化，在另一个山头垒砌出常人难以逾越的高峰，再次征服了学界和他的新老读者。

我从沈从文先生一生的执着隐忍和巨大光环背后，清晰地看到了一个不屈不挠、执拗倔强却又善良包容的湘西山民的伟岸背影。

这背影，在我彷徨的青年时代，曾引导我走出迷茫和忧伤，实现人生的第一次起飞。若干年后，这背影，激励我在进入一个新的城市后从零起步，勇敢地体验各种社会角色，再次展示自己的人生价值。年过半百，当我彷徨于生命的终极意义之所在的时候，这背影，再一次给予我光明和温暖，让我豁然开朗，毅然开启生命的又一次转型。

大师的呓语犹在耳边。我在大师的背影中坚定了前行的步伐。

玉氏山房的传说

除了沈从文、熊希龄，凤凰还有一张响亮的名片，那就是著名画家、诗人、作家黄永玉。凡是凤凰人，都能随口讲出一打关于黄永玉的故事。凡是去过凤凰的游客，不可能没听到当地人自豪地介绍黄永玉。年近百岁的老艺术家黄永玉身上，贴满了"鬼才""高寿""洒脱""至情至性"等各种令人艳羡而敬佩的标签。

黄永玉在凤凰有一处著名的园子，叫玉氏山房，位于凤凰城东边的喜鹊坡上，就在我当年居住的那栋四层宿舍楼的后边的山顶上。不过，在我搬离这栋楼之后几年，玉氏山房才开建。

喜鹊坡上的这块地，之前是凤凰县民族制镜厂的厂房，当年我已习惯了从工厂里传来哐当哐当的工作的声音。后来制镜厂倒闭，凤凰县决策者邀请著名画家黄永玉回乡，将这块地给了黄老，黄老于是将其建成了一个充满传奇色彩的园子。进入二十一世纪，黄老回凤凰的次数渐渐多了，每次都会在这里住上一段时间，休闲，画画，写文章，接待来自天南海北的亲朋好友。我爱人因工作关系得以经常出入玉氏山房，与黄老接触较多，因此我才听到比别人更多一些关于山房的故事。

黄永玉不仅是一位艺术大师，在地形风水的鉴赏方面也很有眼光。位于凤凰县城沱江边的沙湾，有一处最醒目且最具特色的吊脚楼，沿南华山的余脉稳稳地延伸至沱江中，恰似一条匍匐在江边饮水的老龙的头。这是离江中心最近的建筑，被黄老看上并买下来，命名为"夺翠楼"，可谓一处先声夺人的妙景。玉氏山房则是凤凰城建筑中的制高点，从这里可俯瞰整个县城，堪称凤凰城最好的观景台。除此两处外，黄家在凤凰城南边白羊岭的山坡上还有一处名为"古椿书屋"的木楼，那是他们家的祖宅。

在凤凰城的这三处房产中，最有名的当然是玉氏山房。因为，玉氏山房的传奇和故事最多。

玉氏山房的建筑有很多奇绝之处，最难得的是房子中间耸立的那棵黑得发亮的阴沉木。玉氏山房的整幢建筑是在这棵阴沉木立起来之后，以其为中心而建的。

位于玉氏山房二楼黄永玉卧室的床是特大号的，长宽各三米，床上可连翻几个跟头。市场上不可能买到这样规格的床垫，是专门订制的。

玉氏山房里面有一排狗舍，常年养着五六只猛犬，多的时候有八九只，都是大型稀有品种，分别被黄老昵称为"狗大""狗妹"什么的。曾有一条大狗叫作"眼帘"，像头小牛，两百多斤净重，站起来近一个人高，十分凶猛。还有一条德国牧羊犬，别名黑贝。养的虽都是猛犬，但从来没伤过人，黄永玉与狗们的交情深厚，这些狗也都听他的话。狗们既是他的玩伴，也是他的"士兵"。

至情至性是艺术家的标签。黄永玉一辈子给人的印象就是诙谐顽皮、格调高雅、性情中人，既勤劳工作也爱玩会玩，既随和温暖也有艺术家的个性脾气。有朋友来访聊天时，他经常会提议大家互相讲笑话，他那大大的客厅里装得最多的恐怕就是笑声了。对于那些场面上的应酬和交际，他特别不感兴趣。

有时候朋友家人聚会，为了逗大家开心，黄永玉会设一个"开奖"环节。他兴致勃勃地画好一两张随性小画，然后请大家抓阄，以此来决定这幅画的归属。他的身边人，包括亲戚、学生、朋友，不少人参与过这个游戏，大家在一起疯玩，得到老人家作品的人当然是开心得不得了。

黄老对家乡的感情很深厚，除了频繁回凤凰，从他参与家乡建设的一些事迹也可窥一斑。位于凤凰县城沱江镇中心的文化广场，有一尊凤凰鸟的雕塑，稀稀拉拉的几根羽毛，却显得格外精神和骄傲，这是黄永玉专为凤凰设计的。凤凰城和湘西土家族苗族自治州首府吉首市城区各有几座大桥，是黄老捐建的。众所周知的湘西名酒"酒鬼酒""内参"的酒瓶，是黄永玉设计的，堪称国内文化酒瓶设计领域的扛鼎之作。

我曾与朋友们合伙在湘西开过一家工艺品公司，生产各种具有湘西文化特色的创意工艺品。当时的公司牌匾题字就是我们的合伙人左先生去黄老家里求来的。黄老得知我们的产品均以宣传推广湘西传统文化为主题，兴之所至，又帮我们免费题写、设计了"神秘湘西，梦里凤凰"等文字和图案。

2004 年，上海文艺出版社曾出版过一本《从万荷堂到玉氏山房》的画册，我珍藏有一本黄老的签名本。该书所有照片由著名摄影家卓雅拍摄，将黄永玉老人近十来年的生活和工作图片汇编成册，详细记录了他生活、休闲、画画、参加活动以及与家人、朋友还有狗们在一起的无数精彩瞬间，让读者感受到一个鲜活有趣而又洒脱不羁的老艺术家的形象，其中背景多为玉氏山房。黄永玉用蝇头小楷为这本画册写了一篇短小精悍的前言，标题是《n 刹那 +n 刹那 = 漫长》，在我看来，这个短短的标题就不经意地显露出他那天马行空、狂野不羁的艺术才情。

玉氏山房，作为黄永玉老人在故乡凤凰留存的一处艺术建筑，连同他特立独行、洒脱不羁的艺术人生，留给世界无数精彩的传说，任人们歆羡而津津有味地品评着。

放不下的凤凰

廖家桥

出凤凰城往西南方向走，柏油公路蜿蜒而崎岖，紧邻县城沱江镇的第一个乡是廖家桥（后改为镇）。当年的乡政府就在刚进入廖家桥集镇的右手边斜坡上，距县城约十公里，这是我参加工作的第一站。

廖家桥在凤凰县属于中等规模的乡镇。当时全乡人口不到两万人，乡政府所在地只有几家单位和几十户人家，唯一的一条马路穿过镇上，两边一栋挨一栋地拥挤着砖瓦房，与那个年代乡村中常见的大寨子无异。

廖家桥最热闹的时候是赶场，每五天一场。上午十点到中午这段时间人最多，摩肩接踵的人群和水流一样，拥挤在过街马路上。马路两边是各种摊档，几乎找不到一点空当。经常从这里过往的司机都很耐烦，开着大小车随着人流一寸一寸地往前移。

　　每到赶场的这一天，早早地，附近山坳上的人就像溪水一样源源不断往这里会合。四乡八岭的山民们或挤着拖拉机，或推着独轮车、背着背篓，翻山越岭将自家门前屋后生长的核桃、生姜、甜薯、板栗、鹅梨、猕猴桃、香瓜、马铃薯等农作物，还有自家饲养的鸡、鸭、鹅、猪、羊等肩扛手推而来，随便在马路边找一处地方，抽出自带的小方凳坐下，遇到有人走近了，才开始热情地向人推销自家的土产品。

　　也会有很多城里来的小摊贩，从挤得满满当当的公共汽车、拖拉机或农用车上，卸下大包大包的衣服、鞋袜、布匹、日常生活用的小工业品，摆满路边的小摊档。他们像候鸟一样，根据各乡镇赶集的时间表，安排好每天的行程，只要一落脚就打开电喇叭，神气活现地大声吆喝。

　　来此看场的，也不只是本地的山民。有一些城里人就特别喜欢来乡下选购他们中意的枞菌、猕猴桃等新鲜农产品，这就使得集市的购买力有了很大的提升，山民们的土特产就有了早早卖完的希望。

　　赶集之后的那个晚上，有很大概率会成为我们快乐的时光，我们几个甚至十几个同事经常会一起"打平伙"（AA制的意思）弄晚餐。每人各出几块钱，从集市上买来扎扎实实一堆牛杂、牛肉，在屋子里的火坑上架起一口大铁锅，牛肉牛杂里放进足够的辣椒、花椒、山胡椒、香料等，慢慢地炖。

等到牛肉炖烂，香味漫出了屋子，一圈人开始围着大火锅，大碗喝苞谷烧酒，大块吃肉，同时不停地往铁锅里放进大蒜叶、萝卜和各种新鲜蔬菜。真真假假、或新或旧的故事在这里被绘声绘色地讲述出来，大伙儿或者互相指点着取笑着，或者抱在一起掏心掏肺地倾诉着，喜形于色，快活不已，酒过三巡，经常直到月上中天才散席。从最开始嘴巴被花椒麻到毫无知觉，到几个月后的习以为常，我对麻辣口味的适应和喜好就是从这个时候开始的，对凤凰美食的眷恋也是从这时开始深深嵌入我味蕾里的。

因为刚从学校出来，一时还听不懂当地的方言，我们之间的聊天不免就有些障碍。和同事们一起吃饱喝足之后，我经常会一个人从热火朝天的屋子里走出来，到外面去静一静，看山、看月亮。月光笼罩着这个小镇，一边是影影绰绰的山岚，一边是鳞次栉比的老房子，层层叠叠的瓦片在月光下散发出朦胧的光晕，绵延往远处的夜幕之中。

乡政府同事有一个十来岁的儿子，长得黝黑而结实，学习成绩挺好，最喜欢黏着我。他喜欢用湘西口音很浓的普通话跟我聊天。我于是经常牵着他在月色中的集镇里四处溜达，一边打闹一边回答他各种奇奇怪怪的问题，我俩叽叽喳喳的声音在寂静的小街上传得很远很远。

当年我的工作是驻乡税收专管员，工作对象是企业和个体户。那时凤凰农村的企业很少，廖家桥除了国有的供销社、信用社，有点规模的私营企业只有一家牲牛屠宰场，税收也不多。倒是个体商店不少，大多在十多里范围内的山寨之中。因山路崎岖，很多山寨连自行车也骑不了，只能步行，得跋山涉水。好在风景好，山中植被很厚，鸟鸣声不绝于耳。一层层自然生长的树木像波涛一样青翠地起伏在羊肠小道两旁，一直绵延到看不见的远方山峦之间。即便是最热的夏天，在山林间穿行也能感受到阵阵清凉。

我在廖家桥乡的办公楼是一栋很古旧的黑色木板房，上下两层楼，一楼做办公室、二楼当宿舍，在集镇主街道旁一排商铺的后面。前后有一年多时间，我大多吃住在这里。白天有些纳税户来办点事，或乡政府的干部来此串串门，剩下的时间我就在这里看书、写诗，想远方的家人和失去的恋人。每到夜晚，万籁俱寂，脚踩在木楼地板上那种梆梆梆的声音，浑厚而响亮，回音在木屋里缭绕不息，几十年后还在我耳边回响。

中国南方长城和黄丝桥古城

沿柏油路从廖家桥继续往西南方向行驶五公里左右，右边有一片满布石头的山坡，远近两公里范围内没有人烟。春秋天的雨后，这里偶尔有野生蘑菇可以捡。我经常和朋友开三轮摩托车经过这里，如果不忙的话，我们会停下车，走到那片坡地上去捡蘑菇，或者坐着发呆，躺着看天上的云。

　　这里的山海拔不高，都是石头山，只生长矮树、灌木和茂盛的草，很少见到参天大树。山上都是石头，土壤并不肥厚，因此不适宜大型植被的生长。因为草厚，可坐可躺，这里很容易让人陷入对历史和个人命运的沉思。偶尔放眼四望，阳光在山坡上灿烂地铺陈，微风拂过厚厚的草丛、灌木丛，我们总会不经意地发现身边有很多长满青苔的大片青石块。青石块零乱地堆积着，中间高出地面一两尺，像一条小山脊，随山坡起伏延伸到看不清的远方山巅。不远处，还有一些类似城堡遗迹一样的断垣残壁，也被灌木和茅草深深遮蔽着。那一片天空给人以高远、纯净又神秘的感觉，让人时常想起粗犷、苍凉等词语。

　　2000 年，我国著名古建筑学家罗哲文教授来此考察，盯着那些堆积的青石板和断垣残壁，如获至宝，他惊讶地发现这就是历史上有名的"中国南方长城"的残迹，也被称为"苗疆边墙"。经考证，这条边墙南起于湖南凤凰与贵州铜仁交界的亭子关，就在我当年捡菌子的地方不远处，北到吉首市的喜鹊营。"中国南方长城"始建于明嘉靖三十三年（1554 年），其后多次加修，是明清王朝镇抚苗人，统治南方少数民族地区的一项浩大的军事防御工程，直至 1936 年才被完全废弃。随着旅游业兴起，不久后，著名旅游景点"中国南方长城"就在这里轰轰烈烈地修建起来了。

　　"中国南方长城"景点建成开放之后不久，我就被调离了湘西，曾带朋友回凤凰去参观过几次。仁立雄伟的"中国南方长城"脚下，我惊讶地发现，城墙上用的砖都是仿北方长城的长条大麻石，而不是我当年所见到的那种片状的本地青石块，其雄伟高大的规模也超出了我的预想。

沿公路继续往西南行驶七八公里，就到了阿拉营镇。过了阿拉营不远就是贵州铜仁的地界了。

三十多年前的阿拉营是这一片地方最大的集镇，镇上人口数千，房屋密密匝匝。这里还是四省边区最大的牲牛交易市场，著名的湘西黄牛肉主产地就在这一带。进入集镇，空气中弥漫着一股腐烂的牛骨头臭。阿拉营赶场规模更大，更为壮观。每逢赶场日，随处可见各种苗族服饰，每个苗族女人的背上都背着一个竹编背篓，这是她们赶场的标配。阿拉营是一个苗族聚居区，当大人们在场上忙碌和交易的时候，正是苗族小伙和姑娘寻找爱情和娱乐的好机会，湘西苗族有名的赶"边边场"就在这个时候。我不是当地人，虽然当时还年轻未婚，但因为语言不通，无法参与赶"边边场"，无法体验苗族人那种浪漫的恋爱求偶方式，只能在当时的青年作家彭学明等人的文章里去感受。

距离阿拉营镇约一公里，往贵州方向，有一个著名的黄丝桥古城，后来也成为凤凰旅游的重要"打卡"地。

黄丝桥古城是一个近三千平方米的方形石头城，里面住着几十户本地苗族农民。内有几条青石板小巷子，印象中青石板上经常这里一堆牛屎，那里一堆猪粪，农耕味道很浓。那个时候这里很少有游客光顾，只偶尔有几个美术学院的师生来此写生。

　　古城内居民的房子都是用青石块垒起来作为主墙，上半截则用木板或土砖砌到顶，屋顶上是整齐的青瓦片。四面的城墙用规整的巨大青石垒砌而成，墙面五米多高、两米多宽，十分坚固，有东西北三个城门。城墙上每隔两米有一个箭垛，两侧的石头缝里长着厚厚的青苔，墙内墙外生长着很多高高的核桃树。每到夏天，核桃树叶间结出绿莹莹的圆果子，刚开始我不知道这是什么。只有将青果摘下来，用脚将外面厚厚的那层表皮踩破剥掉，才能够看到里面脑髓一样白白的核桃内壳。就因为这些高大而青翠的核桃树，每到夏天阳光肆虐的时候，行走在城墙上的人感觉总是沁凉的。

　　在黄丝桥这片稍显平坦的台地上，古城显然是一个最佳战斗堡垒和一处战略制高点。站在古城墙上向四周眺望，可以俯视周围的一切，看到远处生长的庄稼和袅袅的炊烟。城外的很多地方我都去过，地下多石头，当地的苗族人温和而纯朴。事实上，黄丝桥古城正是历史上朝廷设衙门和屯兵以管理当地少数民族的处所，从唐朝始建，经宋元明清历代改造和完善，已有一千三百多年历史，经历过多轮战火的沧桑，目前是全国保存最好的古城堡。

　　飘散了的硝烟战火，远去了的喊杀之声。站在古城墙上的我，有时不免发发幽古之思，恍如裹挟在历史的洪流之中，眼前看到的是苍凉而壮美的夕阳，以及夕阳下劳作的农民和他们的庄稼，感受到的是一种穿越时空的深邃和宁静。

从龙潭到木江坪

龙潭又叫官庄，三十多年前是一个乡的名称，有名的凤凰八景之一"龙潭渔火"就在这里。

从凤凰县城沱江镇往东南方向出发，然后折往东北方向，有一条公路沿着沱江下游一路逶迤，走大约十公里就到了官庄。官庄乡政府在马路右边稍高处的坎上，面对着沱江。几十栋或土砖或木质结构的居民房，还有乡供销社、烟草站等单位，就密密散布在乡政府下面马路的两边。这条所谓的"街道"平时比较安静，过车也不多，每天只有来往公共汽车两三趟，间或有从木江坪火车站运送木材、煤炭或其他物资进城的货车经过。只有每五天一次赶场的时候，官庄才会热闹起来。

集镇的河对面是一片很大的河滩。一条拦河小坝将上游的水稍稍拦住一部分，拦出一片宽阔而清澈的水面，拦不住的水就漫过坝坎继续哗啦哗啦地往下游淌下去。对面河岸边生长着好几棵百年大杨树，茂密沧桑、树冠巨大，晴日里会在树下形成大片大片凉爽的树荫。再往里面去，是大片的草地、农田，最里边当然还是山。凤凰八景之一的"龙潭渔火"

指的就是这一块水域，是城里居民闲暇时最喜欢来的休闲场所之一。

春天，龙潭周围远远近近的田野里油菜花盛开，满垄的金黄。夏天，大杨树下面是大片的浓荫，沱江水清澈凉爽且叮咚作响。秋天，两边的高山与近处的田野里色彩缤纷，黄的黄、绿的绿、红的红，山上有不少诱人的野果。冬天，白雪覆盖下的龙潭一片寂静，早晨起来时有各种野生动物脚印撩拨起年轻人探山的欲望。我曾在一个非常温暖和煦的秋日，邀了几位最要好的朋友，分别带着家人在那里举行过一次开心的野炊。烧烤烹煮畅快朵颐之余，我们躺在暖烘烘的稻草上聊天，看几个孩子在身边奔跑打闹叽叽喳喳，看飘浮在蓝天之上的奔放而洁净的白云，温馨的场景在记忆中闪烁着柔和而温暖的光芒。

另有一次，一个明媚的春日上午，我远远看到男女老少二十来人簇拥着一矮个精瘦老头，热闹哄哄地来到这片河滩上，大呼小叫，玩得不亦乐乎。我在水坝边静静地坐着，看他们开心，有些莫名的落寞。后来才知道，那个精瘦老头就是大画家黄永玉先生。

官庄乡是我在凤凰工作的第二站。当时年纪轻，乡政府里与我同年龄的人不多，我最喜欢与当地的小孩子一起玩耍。在公社食堂吃饭的时候，大家都很少上桌子。我和他们一样，一边端着装满了饭菜的大瓷碗，蹲在地上慢慢往口里扒，一边和身边的小孩子们说笑玩闹。因为我刚到凤凰，正向他们学讲本地话，很多方言还说不准，于是被孩子们围着大声取笑："哦豁，话都港冇圆（话都讲不完整），嘻嘻！"

说到吃饭，这里的风俗与凤凰其他农村乡镇差不多，一般每天只吃两顿：上午九点多吃早餐，下午四五点钟吃晚餐。中午如果弄吃的，在这里不叫午餐，那叫"点心"。这个风俗由来已久，原因是山里人一年四季都要上山做功夫，而山上的田地离家比较远，到中午的时候他们没时间回家弄饭吃，只能吃点自带的干粮充饥，所以叫"点心"。功夫做完，已经是下午四五点钟了，再回到家里弄吃的，自然就是晚餐了。刚开始，我不习惯这种一天两餐的日子，每到夜里十一二点肚子就会饿得咕咕叫。有时候我会吃点零食，要是零食没有了就只有空着肚子挺到明天，因为这里晚上很难找到开门的商店。

沿着沱江继续往下游走五六公里，就到了桥溪口乡，每到春天，这里才真的称得上是油菜花的海洋。阳春三月，油菜花漫山遍野地开放，密密匝匝，车辆经过都像是在花海中漂浮着，坐在车里的人会被两边垄里的油菜花熏晕熏醉。隔马路一里多远有个寨子叫溪口，当年的村书记约四十多岁，记不清名字了，是一个非常热情谦和的人，很受村民尊敬。我曾拨开田埂上密密的油菜花去过他家里，听他讲十里八乡的故事，听他聊村里的过去和未来。村书记家有个十一二岁的小女孩，才上小学四年级，半透明的瓜子脸泛着粉红，长得十分漂亮，眼睛闪亮得能溢出水来，又特别地羞涩、聪明，惹人爱怜，我曾和她有过一次很开心的对话。三十多年过去，不知当年的溪口村书记和他的美丽女儿如今都过得怎么样。

从沱江镇经官庄、桥溪口到木江坪的公路，当时是简易砂石路，沿着沱江一路曲里拐弯地延伸，始终与沱江保持着若即若离的关系。一路上沱江水还算清澈，隐约可见河底两边的水草，旱季的时候水会比较浅。沿着公路行驶到木江坪，就进了一个大寨子，可比官庄和桥溪口热闹多了。

木江坪常住人口比较多，镇上的商铺也多，最热闹的还是赶场的时候，抬起头会有望不到边的人流。这里的单位和企业也多一些，除了乡政府、财税所、供销社、烟草站外，有一个较大型的木材加工厂。还有一个木江坪火车站，这是我印象最深的地方。

木江坪火车站是枝柳线上的一个小站，绝大部分火车是不会在这里停留的，只有慢客以及装卸木材、煤炭的小部分货车停靠。如果当天工作任务没完成，我们就会在木江坪过夜。于是晚饭后，我就一个人或者邀上同事一起，踱步到镇外约一公里的木江坪火车站，看蜿蜒而去没有尽头的铁轨，看铁轨两边的道灯，与驻守车站百无聊赖的铁路工作人员聊天。

当时，年纪轻轻的我，离家到这千里外的偏远山区工作，十分想念自己的家乡，而眼前的这条铁路正是通往家乡的必经之道。木江坪火车站的夜晚，有时候是繁星满天，记忆中更多的时候是下着绵绵细雨。我经常手持雨伞，在铁轨边默默伫立，想念铁道那一头的父母亲，想念离我而去的恋人，伤感至泪下。

汽笛，车灯，火车的哐当哐当声，远远延伸而去的铁轨，雨雾中凄迷的路灯，这是年轻而孤独的我在这里领略到的最美的风景，最深刻的记忆，最清晰的离乡之苦。

我翻开地图查找，当年的官庄乡和桥溪口乡现在都因撤乡并镇而改为村了，官庄被划归沱江镇，桥溪口则属于木江坪镇。

三十多年的时光过去，哪能没有一些大大小小的变迁呢？

凤凰人

凤凰人的乐子

赶场，又称赶集，这是凤凰农村最热闹的盛事，也是乡下人最传统的娱乐活动。与之同时进行的，是苗族青年男女利用赶场的机会找个隐蔽的场所谈情说爱，那叫赶"边边场"。我年轻时的文友、而今的著名作家彭学明，在其散文作品里面有非常精彩的描述。

我虽在湘西工作生活了十五年，在凤凰县各乡镇赶场无数，但因为是外地人，无法真正地融入其中，所以对赶"边边场"始终停留在好奇的层面。我看赶场，也就是看个热闹而已，只看到大人们在那些买和卖之间赚取的快乐，那都是摆在明面上的。至于那一层热闹和繁华下面的很多细节，男孩子和女孩子怎么样借赶场的机会互相吸引，如何一起偷偷溜到旁边山坡上玩耍、私定终身，这些我都没亲眼见过。因为没有和他们一起共同生活过，山民们的喜怒哀乐，他们的文娱生活，就像是一个窗户紧闭的房子里面发生的事情，我了解得太少了。

对于凤凰城里人的娱乐生活，我倒是了解不少，包括打麻将、钓鱼等，虽然自己参与的不是很多，但是见得多。印象最为深刻的，最让凤凰人开心快乐的事情，我觉得当数划龙舟和抢鸭子比赛，这是每年端午节凤凰人必定端出来的一盘"经典菜肴"。

端午时节，气温已经升高。虽然这里的早晚还是很凉快，但到了白天，夹层的衣服就穿不住了，汗水开始频繁地光顾我们的身体。每到五月初五这一天，吃过早饭后，不管天晴下雨，全城的人都会往沙湾段的沱江边赶，早早地占据有利地势，为的是方便看龙舟赛。

这天上午，沱江两边的巷子里必定会被挤得水泄不通，人的呼喊声，河上传来的锣鼓声，划船的号子声，如滚锅中的气泡一样在身边汹涌，一波接一波。沱江里，暗黄色的龙舟往来穿梭。划船的汉子大多是年轻人，一边吼着一边摇桨，十来个身子整齐划一地前后摇晃着，龙舟像翠鸟一般往终点射去。划到紧要关头，岸上的人会忍不住屏住呼吸，似乎比船上的人更紧张，随后便是一阵惊呼声，岸边掀起的吼声似乎要将沱江淹没了。

参赛的选手一个都不认识，对我这个外地人来说，龙舟赛看多了就感觉有些程序化，远不如随后而来的抢鸭子游戏有趣。有人站在沙湾河边吊脚楼的高处，一声吆喝，一只肥肥的鸭子被抛往河里，一会儿又一只。一群几十个水性好的年轻人，一个个姿势各异，像蹩脚的芭蕾舞演员一样踩在水面上，已经做好了充分的准备。有的鸭子还没落入水中，就被人接住抓在了手中。有的鸭子正巧落在人头上，本人为了躲闪没抓住，却被旁边的人抢走了。有的鸭子被故意抛在了人与人之间的空隙处，扑腾着往人少的水面逃跑，最后不是被人追上就是被大家围拢起来，总有一个抓到手上才会罢休。那种爆笑的场面，那种没心没肺的快乐，抢到了鸭子得胜回家的喜悦和荣耀，真让人有沉醉其中的快感。

抢鸭子游戏结束，声音的潮水开始撤退，人们要赶回自己的家里过节去了。熟人见面互相打着招呼，三两人在路边站着讨论刚才的热闹场景，小孩奔跑大人打趣追赶，大街小巷洋溢着一派节日的喜悦气氛。

老城区偏西边有一个宽阔的广场，那时候广场中还没有黄永玉先生设计的凤凰鸟雕塑。广场既是一个田径场，也是凤凰人举行各种大型活动的主要场地，除了大型公捕公判活动外，这里举行最多的就是机关单位组织的各种体育赛事。椭圆形的广场中心经常是热火朝天的场面，运动员在场上奔跑、呼喝、投掷，围观者在广场边里三层外三层地吆喝、大声点评，时不时有人与场上的运动员打招呼开玩笑。有些没事的人整天在广场周围闲逛，聊天，晒太阳，看热闹。

没有大型活动或赛事的时候，广场就成了老年门球赛的固定场地。一群退休老人，年纪大的有八十好几，除了刮风下大雨，每天都在这里玩门球。从广场边经过，常能看到老同志们那种饶有兴味而又得失淡然的神态，他们时而开心大笑，时而聚精会神，时而轻声地争执，春夏秋冬、从早到晚，活像一群顽童。

广场的北边是凤凰县文化馆。爬上几十层整齐的麻石阶梯，迎面是县文化馆一排简陋的红漆斑驳的木门，里面偶尔会举办书画作品赛，或是少数民族服饰、剪纸等的展览。文化馆的旁边是体育馆，下面有一层地下室，摆着上十张乒乓球桌，经常有工薪族或者其他业余爱好者在这里训练和比赛，凤凰县乒乓球队的训练也在这里进行。你来我往，闪展腾挪，乒乓球四处飞舞的场景，至今还忽闪在我记忆里。

广场的西面是一个高台，比广场高出两米左右，举行大型活动时的主席台通常都设在这里。没有活动的时候，这里一般会摆放一张乒乓球台，体校的一位乒乓球教练张老师的办公室就在高台的侧面，我与他是多年好友，因而得以经常在这里出出进进，有时玩玩乒乓球。如今这位张老师已年过花甲，听说他现在是南华山上一座庙里的志愿者，已经向佛很多年了。

南华山位于凤凰城的南边，得闲的时候，凤凰人偶尔也去爬爬山。山上树木茂盛，几十上百年的古树不少。有一条简易公路可以开车绕行上山，但有意锻炼的人是不会走公路的。一条石板小路弯弯曲曲地通往山顶，隔一段就有麻石砌的台阶，这是我们晨练爬山的必经之道。凤凰人当年爬山搞晨练的氛围不是很浓，因而南华山的早晨就显得很安静。我每周有三四次利用早晨的时光跑步到山顶上，然后再跑下来，每次大约需要一个半小时。锻炼是一个方面，来这里呼吸新鲜空气，穿过幽深的树林，听听松涛声，感受一下树林的生机和登高望远的畅快，这是我非常喜欢的。每次晨跑上山，都能碰到一个矮墩墩的圆脸中年汉子温和地打招呼，在我之前他已爬到山顶并开始往下走，他就是当时的凤凰县县长、后来的县委书记陈久经。

到沱江游泳，是当年凤凰人夏天早晚最舒心的一个娱乐项目。沱江宽约百米，夏天水深大部分只及腰部，水流清澈，不很湍急。水流来自上游的长潭岗水库，即使是炎热的酷夏，这里的水也是清凉清凉的。年轻人下班后，小朋友放学后，最念念不忘的就是到沱江这个天然游泳池来游泳，打水仗。河两边的石头台阶上，有女人们在捶洗衣服，棒槌举起来捶到湿漉漉的衣服上，啪啪啪的声音传得很远，从对岸传来响亮的回声。夕阳照在河边的吊脚楼上，照在东边山坡的房屋顶上，映得满世界一片通红，然后夕阳又从烟厂后面的山坡上渐渐地落下去，留下一片片或红色的或蓝色的彩霞。游泳者兴致不减，还在打闹嬉戏，溅起的水花是白白的，叫声笑声在水面上穿梭。当年女友在浅浅河水里弯腰选拣卵石的身影，轻轻唤我的声音，还在眼前，还在耳边。

凤凰的傩堂戏很有名，但那是很久以前的热闹了，现在难得一见。逢年过节，老一辈凤凰人就喜欢聚集在万寿宫里，看戏台上各种地方戏曲表演。1982年，文学大师沈从文回凤凰，当时他已经八十岁高龄了，在黄永玉家的祖宅古椿书屋观看傩堂戏表演时，沈先生一边用手打拍子一边跟着唱一边不停地抹泪，后来还大声地哭了起来，可见老一辈凤凰人对这些地方民族艺术的留恋和深深的情结。

在这个当年不怎么起眼的小山城，涌现出的先贤和杰出人物非常之多。或许正是因为有这些明亮的星星在天空中闪烁，所以凤凰人豪侠仗义、尚武崇文的风气很浓，尤其是很多人对文学艺术有着很强烈的兴致和偏爱。文化人总体来说在凤凰是比较受人欢迎和尊敬的。这里看书的人多，文学爱好者多，爱好书法、绘画、摄影的人都很多，在本职工作之余，他们陶醉和沉浸在自己对高雅兴趣爱好的追求中，且有不少造诣较深。

杰出先贤对一个地方的后辈影响无疑是很大的。这就好像天空中燃起的璀璨焰火，即使你不刻意地想起，那景致也会烙印在大脑深处，给后来的人们一些振奋或提醒。

凤凰美食

这里喝酒一般只喝高度白酒，50度以下的白酒配不上凤凰人的豪侠个性。凤凰人敬酒的套路很多，金句频出，"宁愿伤身体，不愿伤感情""宁愿身上开个洞，不让感情留条缝"……凤凰酒文化太丰富多彩了，说不完。

凤凰人虽好吃，但也不是很讲究，三五好友相聚，必定离不开一个火锅，若干个菜。开始还是七荤八素，碗是碗、碟是碟的，吃到最后，各种碗碟里的食材都往火锅里面倒，吃成一锅大杂烩，反而更加有味。这里的火锅以干锅为主。

首先，令我念念不忘的，还是在凤凰乡下工作时同事们打平伙吃的牛肉火锅。一口大铁锅直接架在地面的火坑上，放上足够多的牛肉、牛筋、牛腩、牛油、牛杂碎，还有辣椒、花椒及各种香料，炖上几个小时，直到牛肉炖烂，再加上魔芋、香菜、白菜、萝卜片，还有大把大把的生大蒜，就可以开吃了。一圈矮木椅，一群熟识的同事或朋友围坐在火锅边，端着装满苞谷烧的大碗，大块吃肉，频繁敬酒，不停地神侃，大冬天的时候也能吃到汗流浃背。

离开凤凰后，我再没有吃过这么痛快而美味的牛肉火锅了。这么多年全国各地到处寻找，自己也尝试着凭记忆买回各种材料自己加工，但是怎么也尝不到那种味道了。是技艺不精，还是缺少当时的那种环境和气氛？

其次，让我流口水最多的，就是凤凰有名的地方特色菜血粑鸭了。每逢春节、端午、中秋，凤凰城家家户户餐桌上都有血粑鸭，尤其是端午节，绝对是缺不得的。血粑鸭的制作不复杂：将预先浸泡的上好糯米装入瓷盆，选四五斤左右一只的嫩鸭子，宰杀时将鸭血倒入糯米盆，加点水搅拌均匀，等鸭血凝固后上锅蒸熟，冷却后切片并用茶油煎炸好，将炸好的血粑放一边备用。然后，用新鲜肥猪肉炸出清亮的猪油来，加上茶油，将切块的鸭肉放进去爆炒，加盐和生抽用大火焖十几分钟，闻到香味了，再加入花椒、切片的新鲜嫩姜和大红辣椒继续焖。最后，将炸好的血粑放入锅里拌匀后小煮，加入自己喜欢的各种香料，煮到色泽金黄浓香扑鼻就成了。倒进一个特大号的瓷碗或大脸盆，端到桌上金灿灿红亮亮的，一众的食客莫不口水直流。鸭肉鲜美味浓，血粑清香糯软，汤汁稠而不黏，吃起来令人停不住口，就连其中的嫩姜片和辣椒也不会剩一块，真是人间少有的美食！

凤凰还有一个挺有名的特产：姜糖。将生姜和红糖加水放到锅里慢慢熬，熬到软绵绵黏糊糊的，取出来放到青石板上冷却凝固成团，再到铁钩上反复拉扯，就像拉面一样，拉成一根根细长的糖条，再用剪刀剪成水果糖大小的均匀的一块块，即成热乎乎香喷喷的姜糖。好的姜糖色泽金黄，光亮亮的，入口后甜、脆、酥、香，有微辣味，比纯甜的糖果更让人喜欢。姜糖能促进胃肠蠕动，起到增进食欲、帮助消化的作用，还能发表、散寒、止呕、开痰、治疗风寒感冒等，作用不少。

印象中那时候道门口前面的直街上有一家做姜糖的小作坊，不温不火做了几十年。随着凤凰旅游的火热，姜糖现在更出名了，生意更好了，凤凰城里做姜糖的听说已经发展到几十家。

社饭是凤凰绝佳美食之一，但不是轻易可以吃到的，只有立春之后不长的一段时间才有。春暖花开，待到蒿菜和野胡葱从田坎上、溪边、山坡地里冒出青嫩嫩的叶子，将蒿菜尖掐下来，野胡葱要连根一起挖出来，洗干净剁碎，与切碎的干腊肉、泡发的糯米、油盐慢慢拌匀，放到蒸锅里蒸熟，一季社饭就成了。清香扑鼻，松软滑溜，鲜美的感觉留在齿颊之间久久不去，令人回味无穷。这是一款没人不喜欢的美食。等到蒿菜长老了，社饭就做不成了。离开凤凰几十年，直到现在，我和老婆每年立春之后只要有机会下乡，一定会采些蒿菜、野胡葱回来做一季社饭，过过瘾，齿颊之香可满满当当回味一年。

腌酸萝卜是凤凰的一大特色小吃。萝卜片、萝卜梗、白菜，好像只要是青菜，都可以腌制成酸菜。酸酸的、甜甜的，再舀一勺辣椒末拌匀，吃起来特别爽口、提神。道门口原县委对面靠东边的一个角落，长年有一位卖酸萝卜的大妈，每天早晨就会将一把大伞撑起，小摊子摆起。得闲的时候，或者从这里路过，男女老少都喜欢在这里花个三五分钟，点一份萝卜片、萝卜梗什么的，拿一双筷子，或站或蹲或坐在小摊的旁边，慢慢地嚼。爱好这个美食的，最多的是小孩子，白天常见三五个小孩子围着摊子，一边吃一边叽叽喳喳。到晚上，路灯亮了，灯光下面还有个把小朋友，叫停一起散步的爷爷、奶奶、爸爸、妈妈，来几碟尝一尝。也有附近人家或周围上班的工勤人员，没事端个小碗来，买上一份带回去跟家人和同事们分享，这就以中青年女性居多了。

还有糍粑、腊肠。虽然这两样特产整个湘西地区都有，算不上凤凰独有，但当年在凤凰，这也是我挚爱的两样东西。糍粑一般家家都会做，入冬后春节前，将糯米蒸熟后放在石槽里不停地揉搓捶打，然后用手或木板压成光滑美观的圆粑粑状即成。在没有冰箱的年代，将糍粑放在清水里可以保存很长时间，清水要每天换。每年冬天上班前，我会不急不慢地提前来到办公室，先将铁制火盆里的炭火烧燃，放上一个小铁架，然后在上面烤两个糍粑当早餐。随着炭火升起，糍粑越烤越软，当你看到糍粑的表面裂开，有气泡从糍粑里面涌出、炸开，浓浓的糯米香往外面喷射，这个时候糍粑就烤好了。将糍粑从铁架上取下来，掰开，在旁边准备好的糖罐里沾点糖，一股浓浓的、糯糯的、甜甜的糯米香就进入了你的鼻腔。边吃边和同事聊天，谈事情，一天的工作就在这种喷香的轻松愉快的氛围中开始了。

凤凰腊肠用的是本地正宗原味腊肉，瘦中有肥，瘦的居多，其中放有花椒粉、辣椒粉等香料，吃起来与其他地方的香肠有截然不同的味道。我最酷爱的就是那种微微的麻辣味和腊肉香味。每每切一小碗，蒸饭时放高压锅里顺带一蒸，又美又香又下饭又方便！直到现在，每年过年前我都要想方设法采购一批凤凰腊肠放家里，慢慢地享用，回味那种浓浓的湘西味道，怀念那段愈远愈浓的情怀。

人的喜好是可以传承的。像这种地方特色美食，虽不是天下绝无仅有，但一旦你适应了、习惯了，它们在你的舌尖上留下的那种快乐，是一辈子忘不了，甚至是一代一代传承下去的。时间久了它们就成为乡愁里最重要的那一部分。

凤凰美食在我生命里种下的，正是那份一辈子也抹不去的浓浓乡愁。

凤凰人的脾性

如果你在一个地方生活时间长了，一定会发现这里的人会有一些共有的脾性。

刚到凤凰头两年的一个夏夜，我们两三个朋友在位于凤凰老汽车站旁边的一个朋友家里喝茶。大约晚上十点多钟，突然听到楼下一阵吵嚷声，还有沉闷的打斗声和刀子、棍、棒、撞击的刺耳声。当时我们几个正当年轻，也不知道害怕，好奇地打开窗户往楼下瞄，只见楼下的马路上一群年轻人在追跑、打斗，持续几分钟之后，吵嚷打斗声又逐渐远去。我有些吃惊地问当地的朋友是怎么回事，他们叫我别少见多怪，凤凰街上打群架是常有的事儿。凤凰"蛮子"多得很。

　　与蛮荒的大自然做过数千年的抗争之后，"蛮"已是流淌在凤凰人骨血里的东西。凤凰人大多有一些"匪气"，沈从文曾在他的文章里多次提到过，著名画家黄永玉也曾自嘲说"自带一股匪气"。

　　与"蛮"相伴相生的是"勇"，凤凰人是不缺勇敢、勇气和勇猛的。山里的孩子，从出生开始，被大人赶着下河游泳，上山砍柴，与大自然抗争，到一定年纪了要在山里挑起一家人的生计，或外出讨生活，都是要靠自己的勇敢才能闯出来的。对于身处芥豆之微的他们来说，这一生必须克服自身的怯弱，才能练就一身谋生的本领，才有可能改变命运，谋得一方生存的空间。他们从小耳濡目染，听到最多的故事，是成功靠拼勇猛，拼武力、拼性命换来的，凤凰人尚武从军的风尚已流传数百年。

　　鸦片战争中的抗英名将、凤凰沱江镇人郑国鸿，时任浙江处州镇总兵。在英军进犯定海时，六十五岁的他率兵扼守竹山门，与敌人血战六昼夜。在英军水陆并进致竹山门失守后，郑国鸿把将印交予手下，单枪匹马冲入敌群，挥刀斩杀多人，受伤十多处，血染沙场，壮烈殉国，不可谓不勇。郑国鸿阵亡后，道光皇帝挥泪下诏，诰授其为正二品武显将军。

　　清末竿军第一代掌门人田兴恕，出生于凤凰县麻冲乡一个贫苦家庭。他十六岁参军，在长沙攻打太平军石达开部时，率二十人充当敢死队，利用夜色掩护，驾一小舟偷袭太平军，火烧二十余座营垒，泗水凯旋。因作战勇猛，这位苗人子弟二十二岁当上副将、总兵，二十四岁担任贵州巡抚兼提督，集军政权于一身。由于不满外国人仗着不平等条约以及坚船利炮肆意欺压中国民众，怒火中烧的田兴恕，下令诛杀数名殴打民众的天主教徒，处死法国传教士文乃尔等人，酿成"青岩教案"和"开州教案"，引得海内外震惊，不可谓不"蛮"。

民国时期"湘西王"陈渠珍，出生于凤凰县城，二十四岁毕业于湖南武备学堂，曾加入同盟会。奉命进藏抗英平乱后，参加过工布、波密等艰苦卓绝的平叛战役，后率湘黔籍官兵一百一十五人返回内地，因误入大沙漠而遭遇惨绝人寰的绝地求生，断粮七个多月，茹毛饮血，与狼争食，到达兰州时仅剩七人存活。返回湘西后，陈渠珍在军阀混战的局面下纵横捭阖，不断壮大实力，被任命为湘西屯边使、国民革命军第十独立师师长、新六军军长，所辖武装人员最多时号称有逾三万之众，成为名副其实的"湘西王"，可谓蛮勇与谋略兼备。

凤凰人做事有韧性。他们往往明了并遵从内心的喜好，因而大多能持之以恒，最终有所获。历史发展到信息化时代，逞强斗狠、舞枪弄棒等靠蛮勇发达的机会自然没有了，但不论是政治、经济、文学、体育，还是艺术（书画、音乐、摄影、舞蹈）等，都有不少凤凰人取得相当的成绩。

被誉为"凤凰神童"的熊希龄，十五岁中秀才，二十二岁中举人，二十五岁中进士，后点翰林，四十岁出任北洋政府财政总长和热河都统，四十三岁被国民大会选为民国第一任内阁总理。熊希龄后辞职退出官场，收容伤兵，救济难民，毕后半生之力从事慈善教育事业，被推举为世界红卍字会会长，是一位难得的慈善家，一辈子奔走在救国救民的事业上。

沈从文、黄永玉两位文学艺术界的代表人物，也是一辈子坚忍地扑在文化艺术事业的追求上。二十世纪五十年代以后，沈从文的文学创作之路没法按其理想持续下去了，但他转而在文物方面开始了潜心研究，取得《中国古代服饰研究》等研究成果，填补了国内空白，震惊学术界，终于在另一条通往兴趣和理想的道路上捧出沉甸甸的果实。著名"鬼才"画家、作家黄永玉，年近百岁每天还在坚持画画、写文章，古今少有。

当年的凤凰烟厂厂长陈久经，是凤凰县腊尔山人。毫无背景的他，仅用几年时间就将凤凰烟厂做到上缴利税近亿元，后来历任凤凰县县长、县委书记、湘西自治州人大常委会副主任、湖南省人大民侨外委副主任委员，做到正厅级干部。退休之后，他不愿歇下来在省城安享老年生活，而是回到自己的老家凤凰腊尔山，指导带动当地农户开展有机农产品种植，又做出了令人瞩目的成就。

当年经常在一起交流的凤凰小说家刘萧、摄影家杨文洁，还有我所熟识的凤凰画家刘鸿洲、毛光辉，非遗传承人、民间蜡染艺人刘大炮等，都是成就突出、韧劲十足的文化人、艺术家。

1989 年 1 月，被称为"边城文疯"的凤凰县农业银行年轻干部、业余诗人田晓清因结肠癌离世。这个对诗歌有着疯狂爱好的年轻人，在得知自己身患绝症后的一年时间内，对人生没有半点怨言和后悔，他一边忍受疼痛与死神赛跑拼命地写作，一边组织自创的湘西文学社开展活动，自费印刷《湘西文学报》，如同一位高歌谈笑在通往死亡列车上的侠者，令人惊讶而敬仰。作为田晓清的挚友，我参加了他丧事的全过程。其父田时列，时任凤凰县旅游局局长，在儿子的丧事上从没掉过一次眼泪，从未在人前流露过哀伤之情，平静如同常人。办完儿子丧事之后，这位田局长照常东奔西走，促成了沈从文大师的骨灰葬回凤凰等大事，为凤凰县旅游产业的崛起出谋划策，做了不少实在的贡献。

凤凰人的达观，从当地街头巷尾的老人们的豁达表情上就可以看出来。能实现平生志向的人古往今来能有多少？凤凰人不纠结、不抱怨，他们喝茶、饮酒、聊天、写字、画画、下棋、打门球，或者坐在庭院里静静地观看来来往往的旅者，在这小城里过着自己平凡而安定的生活，平生所经历的坎坷和挫折，在他们的谈笑之中如同欣赏别处的风景。

凤凰人的蛮勇、坚韧、旷达的脾性，既有先祖们刻在他们基因里的记忆，也有他们在后天的人生打拼中磨炼和思索的成分。一方山水养一方人，这个地处云贵高原东坡、交通和信息闭塞的小城，因为有一代代先贤以成功的人生道路树立起强势的价值观和人生观，故而塑造出了凤凰人与其他偏僻封闭之地的人所不同的脾性。凭着这些独有的秉性，与外面的各种先进的思潮一经融合，凤凰人便极有可能成为所向披靡、战无不胜的勇士。

我刚到凤凰不久，朋友给我介绍过一个漂亮的女孩，她父亲是长沙人，来凤凰工作几十年了，母亲是本地苗族人。她兼有长沙女孩的泼辣和凤凰女孩的温柔，我们之间很有好感，但当我提出将来一定要设法调回我的故乡的时候，她沉默了。她父母亲极力阻止她离开凤凰，她自己也很犹豫，没多久我们就友好地分手了。那个时候的凤凰，可没有现在这么高的知名度和旺盛的人气，但凤凰人就是迷恋它。

我的凤凰朋友，绝大部分都抱着一种死也不肯离开故乡的坚定信念。即使离开凤凰在外地工作生活几十年，也绝不会断了家乡的那条线，有的老了退休了还会落叶归根，住回凤凰来。更有甚者，生前回不来，死了之后骨灰也要安葬回凤凰。

正像沈从文墓地边黄永玉先生手书的那几句话："一个士兵要不战死沙场便是回到故乡。"因为凤凰，才是他们心目中能让灵魂休憩的最安逸之地。

那些风驰电掣的时光

骑着摩托车风驰电掣在湘西山地的那些青年时光，偶尔在脑海中回想起来的时候，有如耳边不经意响起的某一首老歌，总能唤醒我心底所剩不多的那一份豪迈，又或者勾起一些莫名的伤感情怀。

二十世纪九十年代初，湘西凤凰还不如现在这般车水马龙、人流如潮，县城的马路上连货车都难得见到几辆，私家车就更别提了。但街上的摩托车开始慢慢多了起来。年轻男子大多像着魔一般喜欢摩托车，我也一样。

参加工作几年后，单位添置了一台边三轮摩托车，我艳羡得很，对摩托驾驶员这个岗位垂涎欲滴。但当时还轮不到我，我只能听从领导的安排，先学洗车再学开车。在凤凰县城那栋老式办公楼的水泥坪坝里，我经常抢着将摩托车洗得干干净净，为有朝一日能掌握摩托车的方向盘而积攒机会。

　　不久之后我学会开摩托了。一年之后拿到了驾驶证。接下来的想法自然是要买一台自己的摩托车。好在通过几年时间的工作，加上我业余写作编书也有些稿费收入，总算有了点儿积蓄，结婚的事还没想呢，就决定先买一台摩托车。

　　市面上摩托车品种很多，高档的有日本进口的铃木、本田，价格太贵，一般要两万元以上。湖南产的摩托价格便宜些，但性能差得远，因为点火发动经常出现困难，当时被人谑称"南方闹药，踩一万脚"，开起来会觉得没面子，不想要。后来打听到老家附近的长沙县有一台九成新的二手日本川崎，价格一万三千元，哈，买得起！我动心了。

　　初夏的一个周末，我和一位老乡兼好哥们坐火车回了长沙。在看到摩托车的第一眼，我就被它漂亮的流线型身材给吸引了，心里一阵暗喜，毫不犹豫地买了下来。先是兴冲冲地骑回老家给父母看，给邻居们看，然后又从老家骑到一百公里外的女友父母家，嘚瑟显摆了一大圈。之后，同我哥们起了个大早，从女友父母家出发，轮流驾驶，一路风驰电掣往凤凰赶。

　　那个时候的道路没有如今的宽敞、平坦和顺畅。好在我这位兄弟曾在武警部队服役，多次参加摩托车驾驶表演，开边三轮过独木桥对他而言是小菜一碟，驾驶技术十分了得。因此，五百多公里的距离，各种困难和风险，都阻挡不了我们欣喜快乐的行程。仰仗着胯下"骏马"的良好性能，我们犹如两肋插上了翅膀，见车超车，听着耳边呼呼的风声，一路享受着自由翱翔的快感。晚上十点钟赶到湘西自治州首府吉首市，两人都已疲乏至极，坐在后座的我抱着前面的兄弟，几次因为睡着了而松开手，差点儿从摩托车上摔下来，每次都因惊吓而遽然醒来。实在撑不起了，于是在吉首开个房间住了一晚上，第二天一早开回凤凰。

年轻的心总是充满着激情，何况在这么挚爱的东西面前。摩托买回后，凤凰古城的大街小巷，县城周边的各个村镇，到处留下了我带着朋友飙车的身影。这台漂亮的摩托车，在给我工作和生活增添了便利的同时，也给年轻而爱慕虚荣的我涨足了面子。那些骑着摩托在古城周边山野间飞驰的时光，让我感觉自己就是一只游弋在青山绿水间的轻巧燕子，有着说不尽的自由惬意和飘飘然。安全问题是双方父母提醒得最多的，我每次都非常自信地答应"好的""我会小心的"，其实全没当回事。

一个人对生命中可能遭遇的风险认识有多浅，那么生活回报给他的教训就会有多深。当年冬日的某一天，我要开车去吉首办事，女友执意不肯，说她感觉不好，要去就得她和我一起去。当我们从吉首起程回凤凰的时候，天已擦黑。在离凤凰城只有几公里的一处下坡转弯路段，我突然发现前面有一排垒起来的大石头堵住了整条马路，没留一丝空隙，且近在咫尺。因车速过快，我们的摩托车随即撞在了石头上，车头瞬间弯曲，连人带车向左边的悬崖飞去。幸好悬崖一侧的路边停了一辆拖拉机，我无可选择之下让摩托车撞在了拖拉机的车轮上，才得以将车停下来。女友在车辆撞到石头的那一瞬已经飞过我的头顶，重重地摔在前面的马路上，头上流着血，躺在马路中间痛苦地呻吟。

黑暗包围着我们，视野所及的范围内无一星半点灯火、无一户人家，没有人听得到我们的呻吟，只有倒在地上的摩托车转向灯咔哒咔哒有节奏地响着、闪烁着，告诉我们什么是孤单和无助。顾不上腿伤带来的疼痛，我蹲在女友身边紧紧抱着她，跟她说话安慰她，心里在喃喃念着"挺住啊""我们会挨过去的"，急切地盼望着后面有路过的车辆来救援，全然没去想是什么黑心人为什么要在这转弯下坡的马路上设此路障。

十多分钟后，一辆怀化市溆浦县的双排座货车驶来。中年男性司机停下车，看到躺在地上呻吟的女友，简短和我交流几句后，果断将她背到车上驾驶室后排，移开公路上的石头，飞快地送到凤凰县中医院，并将她背到医院三楼进行紧急救治。当我勉强推着摩托车赶到医院时，医生已帮女友做过头部、肩部的表皮伤口缝合，但她还是捂着肚子在痛苦地呻吟。医生有些狐疑地用针筒从她肚子里试探着抽了一针，抽出满满一管鲜血来！于是，女友立马被推进手术室，刚进去她就昏迷了……事后医生说，如果迟来十几分钟，女友的生命很可能因失血过多戛然而止。

当晚，女友已经破裂的脾脏被切除，放在一个小洗脸盆里面，足有半脸盆。当装着破裂脾脏的脸盆送到我面前时，我心如刀割，失声痛哭。我为女友的伤痛而心痛，深知这个祸闯得太大了，后悔，自责，为尚未明朗的结果而恐惧，犹如一个落入深潭的溺水者，胡乱扑腾着，不知道岸在何方。时隔三十多年后，回想起当时的情景，我仍会有一种不寒而栗的后怕和深深的痛悔。

出血太多，急需输血。但由于与女友适配的血太稀少，医院打电话找遍周边城市，才从吉首市的湘西自治州血库找到血源。在运送血源回凤凰的途中，女友单位的司机大哥不惜刮坏轿车车身，从拥堵的车流中强行挤过来，终于按时将血送到。另外我的一位杨姓好友得知消息后，第一时间跑来医院，主动验血并成功为她献上了第一袋血。及时的输血使女友与"死神"擦肩而过。当时的凤凰县委秦副书记得知消息后，一直守在医院，叮嘱医院院长一定要全力抢救，不能让这个外地来支援湘西的青春少女就此失去生命。

我不知道有什么更好的办法为我的错误埋单。第二年五月份，女友身体基本康复，我们俩结婚了。

时隔多年，我和妻子依然经常念叨着当时的那些救命恩人，让我们最感歉疚的还是那位善良的司机。当时，为了将她背到医院三楼，他累得气喘吁吁，眼见她得到医生的救治后，没留名、没留姓，他就在夜色中悄悄地离开了。之后我们也曾通过各种办法去打听和寻找这位好人，但我们掌握的线索太少了，一直没有结果。人海茫茫，不知恩人这一生过得可好。生命中有太多的偶然，命运安排你成为拯救我们的天使，却没让你享受过来自我们的一烟一茶一句谢忱，就将你从我们的生命中永久地隔开了。三十年了，我和妻子每每提到这事，总会唏嘘不止，祈祷这位好大哥一生健康平安富足。

车祸发生后，后来成为我妻子的她再不搭乘我的摩托车了。一年后，我被调到湘西自治州委机关工作，之后的每个周末，我都会从州府所在地吉首市骑摩托车回凤凰，驰行五十公里的山间公路，回家与妻儿团聚。每个周一早晨，我又从凤凰骑车到吉首上班。有时候凤凰家中有事，往返次数就会更多。不论春夏秋冬、寒来暑往，我往来穿梭在湘西大山之中两个城市之间达三年多时间，直到举家迁往吉首。因为长期骑行在风里雨里，尤其是冬天的早晨和晚上，迎着寒风在山间公路上疾驰，我的胸口和膝盖染上了发凉怕冷的毛病，至今还没有完全恢复。

买车后第五年冬天的一个晚上，由于忘记锁车，我停在吉首住宅楼下杂物间的摩托车被人偷走了。从此，我生命中唯一的一辆摩托车就从我的视野里消失，再也不见它的影子。

五年的相伴，曾经的挚爱，三十年后的我至今仍能清晰地回忆起它那俊美的模样。流线型的黑色车身，两边镶嵌着银灰色和红色相间的线条，真皮坐垫抚摸起来有一种柔软的质感，尤其是发动起来时那种激昂高调的嘶吼声，就像是我那段青春激情的岁月。

由于妻子的恐惧和担忧，以及我对摩托车的复杂感情，此后我们再也没买过摩托车，记忆中此后也再没有骑过摩托。三十年的时间磨平了很多记忆的皱褶，我现在轻易不会想起那辆摩托车了。偶尔想起它，以及骑行摩托时度过的那些风驰电掣的时光，心里还是会涌出莫名的伤感情绪。

很多心心念念的美好事物，稍不留心就可能给我们一个猝不及防的反噬，带来一生的痛苦和遗憾。摩托车给我们带来过快乐和便利，但在我妻子的身上留下了永远的伤，让我的身体积下了多年的病痛。它让我们遇上了好心人，也引来了拦路者和偷盗者。就像我们一生中孜孜以求的很多美好，在给我们带来精神或物质享受的同时，又从我们身上夺去了许多。

很久以前

歌声

　　那时，我常从凤凰古城的这条小巷中经过。小巷右边楼上第二层的宿舍中，有一间是她的寝室。她在这所小学任教。

　　偶然的一个阴雨天，我独自在这小城的大街小巷中踟蹰。从这巷子中经过时，右边二楼一间教室里正飘下来一阵细嫩的歌声，听得出是一位少女正在教孩子们唱歌。她用很甜、很嫩、很柔和的嗓音教着孩子们，而夹杂其间的顽皮孩子们的笑声，也时时引起她轻柔的笑。正是春日的阴雨天，我沉思着从这楼下巷子中经过，在歌声中止住了脚步。我在这里伫立了很久，谛听着她和孩子们亲柔的声音，心里充满了温馨和美丽的幻想。

　　后来，又是一个偶然的机会，我们相识了。渐渐地，我们相爱了，很多的故事就这样发生了。

　　一年以后，她被调离这所学校，这个小城，到了另一个城市。就像一只美丽的风筝，飘离我越来越远，渐渐地看不到了。而当那不能经久的某根长线被偶然的原因触断了之后，我们就再也无法聚到一起，我们分开了。但是，她走了之后，我却常常徘徊在这条小巷里，在幻觉中谛听我曾经听过的那一次美丽的歌声。

几十年后的今天，我再次偶然回到这小城。还是那条小巷，但没有了教室，没有了孩子们，没有了在我记忆中曾如此深深地烙印下歌声的那个人。

仍是春日，仍是在蒙蒙的雨中，我在这昔日走过的小巷里踟蹰着，心中满是淡淡的怅惘。在记忆中曾飘下歌声来的那层空间，而今是一角漂亮的阳台，簇生着几株茶花。一对年轻的恋人，正在洁白的茶花后摩肩静坐着，共读一本很厚的书，他们诧异地抬起头看了我一眼。

因为时流的汹涌，许许多多的故事在同一个地方无止境地发生着，我们相互之间却一点也不知道。

静静地沉思着，然后我慢慢地走了，天上的雨还在下。

那个朋友
——怀念英年早逝的朋友田晓清

友谊诞生以前，他只是一个不太熟悉的悦耳音符，常常不经意地在我的耳边被人轻轻弹响。

之后，他是我最亲密的朋友。独步心旅的时候，在某些孤寂的夜里，常常有他沉重的叹息于我的房子里轻轻回荡。

再之后，他是一块墓碑，就那样默默无语地矗立在我屋子后头的山岗上。独坐于月下他的坟旁的时候，深深的草丛里，我常会听见他昔日低沉的歌声，在我耳边久久地久久地回响。

很久很久以后。

很久很久以后啊，当他墓碑上的文字开始被岁月剥蚀，当历史把那些无耻的结论变成谎言，只有他的思想，一直在我的脑子里隐隐地流淌。

大约在冬季

这是一个特殊的节日。属于我和她的。

很早很早起床，活动身体，然后看《圣经》故事。早饭后来到乡镇检查工作，一天都在忙碌，思想在尽力避免碰触那个名字。现在是晚上，在大山里，天上挂着一轮很明朗的月。下面是桥，是河，是清澈而无声的流水，水里晃晃荡荡地摇曳着那颗半圆的月亮。

刚从河边那间升腾着酒香和回荡着谈笑声的小屋里走出，脑子里还有些纷乱。

默默地伏在桥的栏杆上，望着桥下的水和水中的月，任那些模糊的思想缭绕在我的脑海。

寄出的那封信，不知对方收到了没有，信封上写不出具体的收信地址，只有一个很平凡但对我来说很特殊的名字，夹在寄给别人的信封里。还不知能否帮我带到。

那么多的话都已说过，那么多的事情都已发生，但现在，她在世界的哪一方却无从知道。想起这些时，我心里也不似从前那般战栗不止了，只是在恍惚中隐隐地生出一些感慨和怆然来。

或许，这已是最后的结局。或许，这依然只是一个过程。正如两条在汪洋中漂泊的船，分离是发生在很久以前的事情了，而此刻，我们正在各自或冷或暖的洋流中沉浮着。但谁知会不会有那么一天，在某一场灾难性的飓风之后，抑或某个风平浪静灯红酒绿的港湾，我们会把那淡漠了的故事接续下去呢？

信已经寄出，但我没有等待。我诚挚、清纯而凄怆的文字，为的是纪念我青春的一处伤痕，是竖在那往事之上的一块墓碑，是为了祭祀这样一个曾经属于我和那个身影的特殊节日。

第一次，有人问我："你是大地方的人，怎么会到了这种偏远的山旮旯里呢？"

我的心止不住地一阵抽搐，那时候，脑子里很快地浮起了恋人的脸庞、妈妈的眼泪，还有想象中某位领导尖锐刺耳的声音，以及在我的心上残留的那许多若隐若现的伤痕。千言万语涌向嘴边，但我如何才能说得尽心中的块垒，而不会被人耻笑，被人拿作茶余饭后的谈资呢？我只是轻轻地叹了口气，淡然一笑，说："一言难尽啊。"

早几天，黄昏的时候，与一位同龄人在田野中散步，在冬日里的淡淡薄雾中，我们难得地谈起了往日的辛酸和坎坷。

我说："那时候，我们的感情很真很深，每天都在一起吃饭，每晚都在一起做功课。每次下了课将吃饭时，总是谁先下课谁就去打饭（我们不在一个班），另一个下课了赶紧到食堂去接，然后在一起甜甜蜜蜜地吃。我至今记得有一次她夹鱼喂我时在我脸上的轻轻一吻。"

"那么，"同伴问，"你们是怎么分开的呢？"

我犹豫了很久很久，没有回答。

真的，是怎么分开的呢？为了什么呢？有多少个早晨或者夜晚，我曾有意无意地回避着这个惨痛的现实而沉浸在对往事的回忆之中。但是，我也在多少次沉思中严肃而冷静地思索过。为了什么？！那个答案，被我轻而易举地找到了，但随即又在滚滚而来的岁月中淡漠、淡漠……最终只剩下一些甜蜜又揪心的记忆，让我永恒地回味。

世间不幸的人不知多少，我居其中。从遥远的思绪中踯躅而还，仰望头上那冷冷的天涯之月，止不住猝然心颤。此时，当我冷如月淡如水的这颗心在纷繁的人间徜徉时，却再也不敢想象复归原路去重逢那个我已经失散了的人！

往事依稀，只有我深彻的思想和隐隐的痛是清晰的。

在宁静的月下这样静静地站着、想着，渐渐觉出些微的寒意浸入衣裳。这时，从水边一扇透出昏黄灯光的窗子里，飘出一支熟悉的歌，那充满柔情的歌词，一下一下狠狠地叩击着我的心：

轻轻地我将离开你，
请将眼角的泪拭去，
……

当我离别那个我们共同待过的城市的时候，她为我唱的就是这首歌，而且深情地嘱咐我：相逢在冬季。但现在呢，一个冬季过去了，又一个冬季过去了，我们却再也找不到一个能相逢的机会。

唉，愚顽的人类啊！为什么我们总是将前人的悲剧一个又一个地顶在头上永不厌弃地继续下去而不知悔悟呢？为什么我们宁可陷在那彻骨的伤痛中煎熬而不去找一条躲避的路呢？

那主宰我情感的尘世中的"神"啊，晓谕我吧！

命运如风

寂寞小院

每天，我必从沱江东边的那座院子前走过。

院子是用围墙围住的，围墙又矮又破，墙里一年四季可见的是那几棵高大的桃树。每到夏天，围墙的里边会升起很密很密一排青翠的美人蕉，火红的花朵一簇一簇的，就在院子里绽放着。

院子的门是两扇的，很旧但很宽，常年开着，随时能看见里面几间破旧却打扫得干净的瓦屋和一个慈祥的老人。夏天天热的日子，他就坐在院子里的美人蕉下，摇一把扇子，把日子慢慢扇过去。其他的季节，只要是天晴，就可见他搬一把旧木椅坐在台阶上，看墙里和墙外发生的一切。

每次经过，都是如此，几年的时光慢慢地就这样过去了。

这年冬天，我仍常从这院子前经过。慢慢地觉察，在晴和的日子已不见院子里的老人坐在台阶上看风景了，瓦屋的门关着并上了锁。我心里不大在意，只是淡淡地想：或者是被他远方的孩子们接去住了吧，或者是死了吧，或者……

冬天就这样不知不觉地过去了。春日的一天，我偶尔侧头看了一眼，发现院子的门又开了，院子里那老人又独自坐在台阶上，正默默地看着从院外经过的我。只是经过的那一刻，我留意到了老人眼中流溢出的黯然和孤寂，以及他脸上的病迹。走过去了，又忍不住回过头来，愕然地发现：院里伸出的桃枝，已绽开粉红粉红的花了。

春天过去了，夏天过去了，老人仍然如往日那般等日子慢慢地过。

一个晴和秋日的早晨，我从院子外经过时，不见了那老人。第二天，仍然如此。一连十几天，总不见他，从门缝里可以看到，只有柔和的阳光静静地洒在院里的台阶上。几朵将残未残的美人蕉花，在渐渐枯黄了的蕉叶上冷冷地绽着。

之后不久，我就离开了小城，再也没有见过那座小小的寂寂的院子。

那位老人我也已渐渐地淡忘了。只是在汹涌的人流中，或在独自一人的夜里，不知为什么，我有时会愕然地看到他那双黯然和孤寂的眼睛，就好像看到了我自己的影子。这时，我总是有些怅然地想：或者他又生病了吧，或者他已经死了吧，或者他被孩子们接到远方去住了吧……

拾落叶的老人

那是一个温馨的黄昏。当时我刚从学校毕业分配到凤凰工作不久。

吃过晚饭后，年轻的我一个人信步来到屋后的喜鹊坡上，经过一块菜地，在一片长满野草的开阔地上，面对有些喧闹的山城，疲倦地坐下来，领略秋天的景色。

在我身后不远处，有一位经常遇见的老妇人，年纪应该过了七十岁，正像往常一样，在山坡上捡拾枯枝落叶，应该是拿回去当柴烧。我感觉她今天有些异样。

老妇人蹲在坡地边落叶了的板栗树下，迟缓地拾起一片枯黄的落叶，久久地端详着，叹了口气，然后将落叶随意地丢进随身带来的破烂竹筐，又随手拾起另一把枯叶……她的面容平静，她的手瘦骨嶙峋，她的头发是苍白的。这时，我注意到，照耀在我们这片山坡的夕阳，是通红而柔美的。

我慢慢走过去，站在了老妇人的身边，但她没有察觉到我。她仍在漫不经心地端详着一片片枯叶，像是在思索着什么。

我于是问道：“老人家，您这是在忙什么呢？”

老妇人抬起头来，温和地望着我，笑了笑，缓缓地说：“我在这里回想我过去的事情，我年轻时的那些事。”老人抬着头，怔怔地望着天边的夕阳，慢慢地跟我讲起她的故事来。

十八岁的那一年，她从一个很偏远的山村里面，嫁到这个县城边的一个老实农民家里来，对未来的生活充满了美好的幻想。但是，由于两口子都没读过书，缺乏知识和文化，一生中错过了很多次可以改变自己命运的机会。他们的儿子现在县城的一个工厂里上班，也没有什么出息。好在老两口身体还好，还能够劳动，而今他们一家子的希望就寄托在他们那个快二十岁的已经考上大学的孙子身上了。

这片山坡是他们家的自留地，老人说。年轻的时候，她在这片山坡上栽满了板栗树，然后看着树苗长大，开花结果，将这片坡地当成他们家最大的财富。周围人家有的出去当官了，有的做生意发财了，只有他们老两口一辈子死守在这里，既不晓得交朋结友，投机取巧，也从来没有出过远门，没看过外面的世界。

"唉，现在老了，就像这些枯黄了的板栗树叶，不是被人捡回去烧了，就是要被埋进土里去了！"老人喃喃地说。

我静静地坐在老人身边，听她讲述自己的故事，一边感动于老人的直率和诚恳，一边充满了对老人的同情。当时心里还在想，作为普通老百姓，老两口能如此平安健康地在这么美丽的小城生活到老，有子有孙有希望，其实也还是蛮不错的。反思我自己，才刚满二十岁，从省城长沙分配到这么偏远的县城工作，一个人孤零零的，还不知是否能够调回自己的家乡，也不知道这一辈子是平坦还是坎坷，最后是个什么结局，沧桑和迷茫的感觉就涌上了我的心头。

夕阳从对面的远山后落下去了，老妇人也打过招呼回家吃饭去了，我一个人还在那片山坡上久久地静静地坐着，发着呆。

三十年过去，我早已调回了自己老家附近的城市，生活稳定安康，当年的迷茫已不复存在。偶尔，我还会想起那位拾落叶的老人，想起寄托着老人希望的那位孙子，他一定早已成为她一生最大的安慰与骄傲了吧。

红山茶

多年以前的一个早春，孤独而失意的年轻的我，在凤凰古城的大街小巷里漫无目的地徘徊。

我的内心在渴望着发生一个什么故事，但什么也不曾发生。我只在小巷深处的一个阳台上，发现了一盆鲜红的山茶花。

这个记忆是如此深刻，让数十年后的我，仍能清晰地记起我当年的那份温馨的感动。

天下着蒙蒙小雨。刚来这个陌生小城不久的我，在那条安静的小巷里，思忖着戴望舒的诗，一个人孤独而沉默地走着，寻找一个美丽的故事。

但我什么也没找到。

只是在蓦然回头的那一刻，在小巷深处的一个阳台上，在蒙蒙雨雾之中，我发现，一盆鲜艳的红山茶，正默默地盛开。

有风轻轻拂过，红山茶簇拥着，摇着头，浅浅地微笑。晶莹的水珠隐约可见，倏倏滴落在街道的青石板上。

正是乍暖还寒的早春时节，我因漂泊和失恋而寒冷的心，正在无意识地渴望着某种温暖和抚慰。这盆山茶花的勃勃生机感动了我，震撼了我，让我发现原来世间的美好离我仍是如此之近，让我瞬间感觉青春的我正在悄悄地回归。

什么也没有发生，我就这样久久地伫立着，默默看着，忘记了时间，在这条安静的小巷里，在盛开的山茶花下。

今晚，又是这样的早春时节，我坐在自己惬意而温暖的家中，在明亮的灯下，慢慢地就想起了几十年前那个小城和那次小雨中的徘徊。

我曾在那里惆怅地寻觅，但什么也没有找到，只有一盆鲜艳的红山茶，在那阳台上的一角，温柔地对我浅笑着，摇曳着。

她是如此鲜艳和充满生机，至今仍在温暖着我浅浅的回忆，温暖着我漫长的人生。

河边小女孩

还记得刚参加工作的时候，有一次在凤凰县一个偏远的小乡村办事，遇见一个漂亮的小女孩，大概八九岁的样子。她在小河边玩耍，一边听我跟她说话，一边羞涩地笑着。

我开玩笑地问了她好多问题，她只是羞涩地笑着，或点头或摇头，但不开口。问了好久，我准备走了，小女孩说了一句话："我知道了。"

"你知道什么了？"我问她。

很久很久，她一直害羞地看着水里，最后，用那种几乎听不到的声音轻轻地说："叔叔喜欢我。"

我笑了，说："叔叔不是喜欢你。"这时她愕然抬起头，有点儿不知所措地看着我。我赶紧说："叔叔是喜欢你的眼睛呀！"

她笑了，羞涩地笑了。

过了十多年，一个偶然的机会，我又来到这个小乡村。我在河边的草滩静静地坐下，欣赏着四处的美景。这时，那张羞怯的笑脸和那双美丽的眼睛，慢慢地从水波中愈来愈清晰地浮现在我的眼前，还有她甜蜜的稚嫩的声音。我的心里溢满了温柔的回忆。

我在这里茫然地坐着，很希望能再遇见那个小女孩，她应该已出落成如花似玉的大姑娘了。我想找人打听打听，但没有人走近我。头上只有暖暖的太阳晒着，身边只有潺潺的春水流着，我在暖暖的草滩上蒙眬地睡去。

当我醒来的时候，黄昏已悄然来临了，夕阳映在那方山坳里，通红通红。小女孩没有来，只有一叶小渔舟从河的上游慢慢漂下来，船上有一个沧桑的老人。渔舟经过的时候，我问老渔翁："老人家，您可知道这附近有一个二十岁左右的姑娘？”

"这附近有好几个二十岁左右的姑娘。”老人笑着答。

"这姑娘长得蛮漂亮，有着羞涩的笑容和美丽的眼睛，但我有十多年不见她了。”我笑着说。

"我认识很多那样的好姑娘，她们有的夭折了，有的长大了，有的老得不成形了，你说的是谁呢？”老人似是喃喃自语，陷入了沉思。

我一听有些愕然，继而开始茫然，没再说话。

老渔翁也没再搭理我，没有停留，划着小渔舟碾夕阳而去。我望着小渔舟的影子和水上荡起的圈圈波纹，怅惘地走了。

三十多年了，我再没有回去过那个小乡村，但那小女孩的影子，还经常在我记忆里悄悄泛起来，引起我甜甜的感动。

我总是不由自主地想知道：害羞的小女孩，命运的风如今将你吹到了哪里？现在的你还好吗？

时间的声音

这条谜语
其实是命运当年给我的一道考题，
直到现在不经意被我答出来时，
才发现为时已晚。

瞬间

很久没出门了，欠了朋友们许多的人情债，必须去走动走动了。

早晨起来就开始忙碌，像个要溜出教室的小学生，三两下将作业划完迫不及待地交给老师就要溜。终于搭上从湘西吉首市开往古丈县的长途车，其时已是中午。

冬日的午后，竟是这样淫雨霏霏，这就是我恼人的湖南！冰冷的风，从公共汽车的每个孔隙钻进来，把人的心都吹得冰冷且微带老意。我穿着厚厚的羽绒服，低头瑟缩于车窗下，一动也不想动。偶尔扭头看窗外，萧瑟的冬日旷野里一片蒙蒙的雨雾，更让我体味到心里苍老的感觉。

另一辆公共汽车从对面开来，擦着我们的车而过，车上一张熟识的面孔，一瞬即逝。在回想和辨认这个面孔的同时，一种奇异的感觉突然闪出，并开始在我的头脑中蔓延开来。

哦，是这样，人世间的一切都是这样啊！

我们都从过去匆匆走来，偶尔相遇在某个熟悉或陌生的地方，几声亲热或冷漠的招呼之后，便匆匆地向未来走去。此后，有人还会有与我们再次相遇的机会，有人便永远地从我们的生命中消逝了。就在这过程中，我们的一生已飞快地过去，有的人可能还来不及将这些故事的片段和过程仔细地回味一遍。

我曾有那么多熟识的人，其中还有那么多深深地牵掣我感情的，也有些影响我命运至今，但现在有几个还在身边呢？现在他们都在哪儿呢？即使我知道他们现在在哪里，在干什么，我又有多少心思去凝神地听他们的哭泣与欢笑呢？即使我全身心关注着他的人生，相处的那一段故事却已经翻过，我们只能是两条轨道上各自运行的两颗行星，即使关心又能怎样呢？徒增牵挂而已。

想得多的还是童年和少年时的伙伴。

十岁左右时的一个中午，我正在厨房里看妈妈为午饭而忙碌，帮着收拾桌子、筷子，忽然听到屋子外一阵嘈杂的叫闹声。我赶紧跑出门去，正迎着我小学同班的一群顽皮小伙伴，簇拥着一个羞涩的小女孩推她进门来，同时叽叽喳喳向我妈大声地喊："快来看你家儿媳妇！"我吓得一溜儿烟从后门跑出去，偷偷钻到屋后的竹林里，一边偷听他们在我家门口尖声叫唤，一边捂着肚子偷偷地笑。

那是我们班上一个漂亮的女孩，因为我和她两人的成绩在大队小学的同一个班上总是最好的，家里又是同一个生产队的，同学们就经常拿我和她一起取笑。我当然也很喜欢她，常和她在一起做作业和打闹玩耍。后来长大了，不再是同学了，我们就再也没机会在一起了，那个最小最美的泡沫也就炸裂了。现在，她早已是一个妇人，依然在那个小乡村里默默地生儿育女并老去，即使知道我在这里想起她，正在写她，又能怎么样呢？啥都不会改变。

人的一生，其实都是由这些相遇的瞬间串缀而成啊。

我们无法抓回过去，也不可能提前预知未来，只有珍惜现在的每一刻，让我们在"这一瞬间"拥有一份或喧嚣或恬静的快乐。长此以往，我们的一生也就完美了。

一路上断断续续地沉浸在这些茫茫然的思绪中，不知不觉已到了目的地。我默默看着眼前这平常的一切，微笑着走下车，怀揣着有些不一样的开心，去看望我现时的朋友们……

心系何方

佛家有言：心无所住。这得是多高深的修行啊。

回首自己的大半生，执念缠身，情丝不绝如缕，处处放不下，何时能做到心无所住呢？

今天星期二，算算离周末还隔着三天时间，我得耐心再熬几天，才能够赶回乡里老家去看望、陪护老母亲。春天来了，我还得去乡里看看我栽种的花草树木，哪些发芽了，哪些开花了。

母亲八十多岁了。放在前年，身体还挺好的，步行四五里路出去打麻将，还经常能赢钱回来。每周末等我回家，还能下地扯青菜，下厨给我搞好吃的，还喂养着十几只鸡鸭。这两年母亲身体就明显不行了，去年到医院住了三次，查出来患有轻度中风、高血压、脑萎缩等诸多毛病，下地行走都有些困难了，真是令人揪心。好在今年春节前后病情稍微稳定了一些。

　　不管怎么说，这么大的年纪，离我们而去的日子终归是不远了。虽然想起来心是痛的，但也知道这是自然的规律，逃不脱的。爸爸去世已经十多年，最大的遗憾就是老人家去世的时候我没能守在他旁边。母亲这里，我不想再留下遗憾，唯愿她老人家离去的时候我能陪伴在她身旁。我无数次设想过告别的方式，最理想的是，母亲被我抱着，依靠在我的怀里离开这个世界，这样我相信她将会没有恐惧，没有痛苦，没有牵挂，坦然而行。正好像当年我们来到这个陌生世界的时候，能安全地躺在母亲的怀抱，能有母亲温柔的拥抱和喔喔的呢喃声慰藉因恐惧而啼哭的我们一样。

　　提前退休一直是我的一个心愿，最好是趁着现在精力尚可，年纪还不算老，还有很多的事情想要去做，但是政策不允许。好在去年（2023 年）下决心将单位的行政职务辞去了，现在的工作相对来说单纯一些，压力也小了很多，业余时间也多了些。有太多的事情想做啊，除了抽时间多多陪伴老母亲，我还有很多的人生计划有待实现，有些是二十多岁的时候就已规划过的。

　　为了体验更深刻的人生，我这大半辈子曾有意识地尝试过各种行业、各种职业，积累了诸多的人生经历和感悟。我一直计划在五十岁后，用我的文字将一些有意义的人生过往记录下来，留下我们这个时代我们这一类人的蹒跚的足迹。

我有一些与我一样有过青春梦想和理想追求的朋友，他们如今很多已经成就斐然，我想用散文的形式为他们分别画像。我想用文字更多地记录和反映我所认识的底层老百姓，他们的喜怒哀乐，他们的欢笑和痛苦的呐喊，为这个社会、为这个时代传递出更多真实而感人的声音。

　　不只是工作，我还有很多魂牵梦萦的东西，有十分向往的地方。我和老婆的青春栖息地——湘西凤凰、吉首等地方，我们得多去看一看，走一走。我要迈着舒缓的脚步去重走我曾经走过的路，见一见曾经与我一起打拼过的同事，一起喝过酒、交过心、朝夕相处过的暖心朋友。还有远方那为数不多的几位给过我帮助、指点过我前行道路的恩师，他们有的已经故去，我要到他们的墓前鞠躬忏悔，倾诉我的怀念和感激；有的年事已高，我要去陪他们坐一坐，说说话，一起回忆当年的温暖时光。

　　年过半百的我，和天下所有正在老去的人一样，刚刚发生的事情可以忘记，很多久远的儿时记忆，却依旧那么清晰地存储在脑海中。那时候，坐在低矮破旧的土砖屋子前的台阶上，脑子里面想的是什么好吃、什么好玩，心所向往的是门前的水塘，不远处田野里面那条小河，后山里的一根根竹笋、一窝窝蘑菇，还有家里那只母狗小二黑和它的孩子们……虽然那时候家里贫穷，衣食不足，但在父母亲的庇护之下，我从不知忧愁为何物。

还记得六岁的时候进小学，第一天上课，妈妈将我送到相隔不到两里远的学校之后就回家去了。也就大半个上午，我竟感觉离家是那么久，中午放学急匆匆跑回家，每个房间每个角落都要去看一看，觉得家里的一切都是那么亲切，有一种久别重逢的感觉。进初中一年级的时候，我才十一岁，因为学校离家远，只能寄宿，头一个星期的时光对我来说真是度日如年，没日没夜地想家。现在回想起来，才明白过来：当年之所以如此念家，是因为那个时候，我小小心灵里装着的，只有自己的父母，只有这个小小的家啊。

从学校毕业，长大成年，想法也就不同了，心里系念和渴望的是远方。当年我从中专学校毕业的时候，有两个选择：一是到山东省教育厅去报到，因为我在毕业之前向山东省提交了求职申请，并收到了来自山东的报到通知；一是到湖南最偏远的地区湘西自治州去报到，这是所在学校的主管单位做出的分配安排。是去沂蒙山区还是去武陵山区？权衡多日后，我还是听从父母亲的意见，留在本省，到相隔五百公里外的湘西自治州去上班，实现了自己追逐远方的梦想。然而，十五年后，"诗和远方"的美好终于抵不过亲人和家乡的牵引，我还是没法调回来了。

这一辈子心里系念最深且受伤害最深的恐怕还是青春期的那一份爱恋。在而今看来，已经彻底放下的那个人，不敢想象当年如何地为她痛，为她喜，为她笑，为她哭。虽然完整的相恋仅一年时间，而之后的痛楚却可以折磨我数十年。三十年后，那个远去了的身影，以及原来拼死也要再见一面的渴望，如今都已成一缕缕淡淡的烟，仅仅隐约飘忽在某些不经意的暮霭中。

最纠结最彷徨的还是这颗追求事业的心。少年时的凌云壮志，成年后的孜孜以求和忙忙碌碌，到而今的淡漠烟云，一不小心就消磨掉我三十多年的光阴。前几年痴迷于文学，后面二十多年对各种职业各种角色的尝试，左冲右突，虽然也曾有过人生的高光时刻，但最终还是抵不过宿命的安排，放下铠甲，辞去无足轻重的职务，回归本心。我一辈子始终坚持谦虚谨慎、低调为人，在各种岗位都能全力以赴，都能做到光芒四射、引人注目，但那种不肯摇尾乞怜的傲骨是遮掩不住的，从始至终对各种潜规则的蔑视，已经注定了自己事业上的纠结。既不愿全身心地入戏，又没办法过早地离场，只巴巴地渴望有一两个正直公平的领导给自己带来上进的机会，可想而知这过程是何其艰难。时间就这样流逝，白发日增，当你发现最长的坚守换来的只是一张用来诱惑你的薄薄烙饼，最高的天花板已经摸过，还能有什么期待呢？于是，我放下了，我终于得以重新回归文学，回归自己的兴趣和爱好。

我想，人生如果能够重来，除了谋生之外，我一定会一直坚守自己的本真和兴趣爱好而决不放弃，做自己能够主宰的事情。而今，我只想对自己的儿子说："专心致志地钻研自己的技术，将其做到专业领域的极致，这个社会最终不会亏待你。其他的不用去考虑去渴盼，尤其不要为技术以外的事情浪费太多的时间。"

将自己这一生如同观影一样回味一遍后，才发现，前几十年心心念念的人和事现在都已经烟消云散，只剩下一堆不堪回首的模糊的记忆。除了童年的欢乐时光，最轻松、最踏实、最明白的时光原来就在当下：有放下一切重新再来的勇气和底气，有尚能承担自己想望的躯体，有许多自己想做且能做的事情。

但是，再过三十年，当我将愿望清单中的任务完成或尚未完成的时候，耄耋之年的我又该心寄何方呢？那时，虚弱的身体已经背不起自己的雄心壮志，我们极有可能会在养老院里孤独地老去，心里念着远方的儿孙，回味着自己所经历的地方、人和事，数落着一生的遗憾和来不及实现的心愿，想想，那该是一种怎样的落寞和伤感？

心无所住，活在当下，顺其自然地做好手头的每一件事情吧，没有纠结和企盼。不管愿不愿意，我们终将走向一个心无挂碍的归宿。

时间的声音

年龄

童年时将它得意洋洋地竖在手指上。少年时将它欢喜而惴惴地写在日记本上。青年时将它哼在轻快的歌声里。成年了将它沉甸甸地压在心头上。老年来到的时候，将它无可奈何地刻在额头上。

一个又一个日子自檐下滴落，留一束滴滴答答的声音在朦朦胧胧的回味里。偶尔昂起头，只觉得心里很沉很沉，眼眶很潮很潮，哦，刚才的事情想不起，但儿时那堆陈旧的往事却变得越来越清晰，一圈又一圈年轮在那些故事外面斑斑驳驳地皱褶着。

摘几瓣桃花放在水面上，任它悲欢离合地漂下去，穿过夏夜的蛙鸣，钻过秋晨的薄雾，然后洋洋洒洒地欢乐在北风中的时候，便成纷飞的雪花了。

身处时间的浓荫下，看着滚滚逝去的人影和烟尘，隐约觉出一种疲惫，于是轻轻地躺下来。岁月便从身边的小溪泠泠地流过了。一觉醒来时，不知不觉胡须已从下巴拖至胸前。

想起往事的时候，总觉得一下子人就老了，头上就覆满了冰冷冰冷的雪花。

突然有人问起自己的年龄。默默站着想了好久，怅然地望了望他，不想说话。拖着腿慢慢转身，却听到身后传来一句朦胧的话：

"你的孩子们会告诉我！"

谜底

曾经有一条谜语，我冥思苦想了很久，仍然猜不出，就将它丢到一边，忘记了。

若干年后，一个细雨霏霏的春夜，我有些伤感，开车行走在梦一般虚幻的华灯之下。车载电波中响起一支旋律忧伤的曲子，如一根柔软的羽毛，轻轻地撩拨着我的心扉，让我周身有一种异样的共振感。

突然间，那条谜语和它的谜底从我的脑海中跳出来，原来谜底是如此简单。

这条谜语其实是命运当年给我的一道考题，直到现在不经意被我答出来时，才发现为时已晚。虽然我找到了谜底，但再也无法回到当初，按照谜底的提示去重新选择另一条人生的路，重新选择一个全新的自我。

因此，每当夜深人静的时候，我就会听见我的心，为昔日的懵懂和任性而淡淡地懊悔。

就好似听见身边潺潺流逝的时间的声音，在轻轻提醒我：人生无法回头。

人生路

一颗小小的种子，于一番风雨问询后，从严实的泥土中伸出一星半点娇柔的芽。而后成一株孤零零的小树独领寒秋。数十年后，当它分出强健的枝杈傲然挥舞于云空，似锦繁花在山头热烈绽放时，它是否忘得了几十年风雨中说不尽的辛酸和苦涩？

然而，一日之间，在一柄小小的斧头之下，大树轰然倾颓，数不尽的繁枝茂叶，迎风狂泣。

或是一个早晨，当人们沐着明媚的晨光轻轻走向它时，花已凋谢。凋谢于一夜之间骤来的风雨。

孩提时候，我和她是一根枝上最相邻的两朵花，是一棵树上最相邻的两枚果子，我们在温馨的阳光下最纯最挚地互相关心关注着。而后，当我独自踏茫茫天涯路，历童年、少年而至成年，再回头去寻觅她那朵灿然的笑时，她已枯萎。她已枯萎成一眉弯月下凉凉的坟堆。

　　有一夜，我独自走近她的坟堆，默立于清凉冷风之中。坟上是荒芜的杂草，而坟下，是否便有她凄然的笑？

　　踟蹰间，有声音悄然传来，我愕然便听到了她几十年前的一声呼唤。

　　某一天，我独自静穆于空寂的房子里，这一些纷纷扬扬的故事便无声地袭入我的沉思。

　　于是默默走出来，到野外去漫步。以心灵注视着眼前那神秘的一切。

　　一个小孩，从前面跑来，怯怯地向我问路。我很耐心地告诉了他，然后认真地说：

　　"这条路很难走，但它是唯一的一条路，你必须沿着它一直走下去！"

和光同尘

冬日暖阳

那是一个下午。

深受抑郁症困扰的我，躺在乡下老家卧室的床上，因为药物的作用，我已经昏昏沉沉地睡了很久了。

不知何时，我感觉到全身有些发热，随手将被子掀开了。本以为很快就会冷下来的我，慢慢地感觉到身体被一层温暖给包裹了起来。

正值初冬时节，我睁开眼睛，发现和煦的阳光满满地洒在我身上。我索性将被子全部掀掉，完全沐浴在暖阳之下。惶恐没有了，所有的痛苦和阴霾都不见了，我体会到了想象中的婴儿躺在母亲身旁的摇篮里的那种安全而舒适的感觉。

阳光从窗外涌进来，灿烂地照在我身上，轻柔地抚摸着我的每一寸肌肤，让我完全融化在她的温情之下。

床上有暖阳倾洒，屋外有绿水青山，脚下有生我养我的故土，隔壁有我的亲娘。迷失在匆匆旅途中的我，突然得到了某种提示：富足而幸福如此，还有什么欠缺和不安的呢？我的心里生出一种莫名的感动，心想即便就此长眠也该会是多么安详!

我在这种幸福的感动中又沉沉地睡去，安然而舒适。

再次醒来的时候，太阳已经西下，气温开始凉下来，我也重新盖上了被子。但是，那种被阳光温暖地包裹和抚摸的感觉，让我倍感温馨一直到现在。

此后，每当心里有阴影的时候，我就会有意无意地想起那个初冬的下午，和那个下午温暖的阳光。然后，暖意会驱散阴霾，我又可以闲庭信步地去赶我人生的路。

可怜的桂花树

今天上午砍掉了家门口的一棵桂花树。

这树少说也有十岁了，树干直径有十多厘米，高有三米多，勉强称得上是枝繁叶茂、高大雄伟了。又长在水泥路旁的绿篱之中，一年四季郁郁青青，夏天遮阴，秋天开花，我其实是很喜欢的。

为什么要砍呢？一是因为树干长得歪斜了点，不太好看，偏到路面上来了，也不好移栽；二是因为它长在房门口的东边，冬天出太阳的上午，它挡住了坪坝里温暖的阳光，将来树越高枝叶越密，遮挡的阳光会越多；三是因为这一块地方的树栽得密了点，旁边有一株乌梅和一株红梅，都有六七岁，快成形了，那也是我的挚爱，却被这棵桂花树挡住了生长空间。所以，只好牺牲它了。

很久前我就和老弟商量过，两人意见一致：该砍。但两人都没动手，有点儿舍不得吧。老弟总是不得空，今天我只好自己拿了把电锯，摸索着把树从腰部锯断了。下半截继续留着做篱笆桩，上部的枝丫用刀一截截砍了，丢进林子里面，阴干将来做柴火。

老妈过来看了看，问为什么砍，我说了原因。老妈说，这棵树她也喜欢，每年秋天，满树的桂花香，真的好闻。老妈这一说，让我又有点忐忑了。

一般来说，自然界的竞争比人类世界公平一些，但也不一定。只要有外力的作用，尤其是有人的介入，原有的公平就很可能被打破。这棵可怜的桂花树，本来可以凭借其实力，压制住旁边小树的生长势头，恣意发展，独占鳌头，但这不符合我们的意志和需要。尽管我们也不舍，但它还是被淘汰了。

放飞

老弟无意中捉到一只鸽子，直接用手轻轻就捧到手心的那种捉法。带回家装笼子里喂养了四天，发现它两只脚上都有线圈，原来是一只信鸽。我们明白信鸽主人那种等待的焦心，虽然恋恋不舍但还是决定放飞。

美好的东西，总是惹人怜爱的，总会让人忍不住要占为己有。我们不想落入这个俗套。

今天上午，将鸽子喂饱后准备放飞。它像是有所感觉，在我手上稳稳站立着，与我对视了很长时间，才缓缓飞到家门前那根电线上。

站在电线上面，它一会儿抬头看看远方，一会儿又回头盯着我看，却迟迟没有飞走。十来分钟过去，它依然不动身，我有事就出门了。半个小时后回来，小家伙还停留在原来的位置，没有挪动一下。

人心有时候是很柔软的，我这个时候感觉特别明显。我担心它是不是还有什么困难需要我们援助。我又希望它能飞回来，让我们再喂养几天。人和鸟都这么犹犹豫豫地对视着，又过了十几分钟，它终于振翅飞走了。

怅惘之余，我又有些感慨。我们总喜欢拿周围人的智商或情商说事，我倒是觉得，虽然动物的智商赶不上我们，不过它们在感情上却未必不如人类。

世间有太多的美好，被我们疏忽。有太多感人的细节，我们却懒得去发现，去回想，去研究。

窗前

万籁俱寂的夜里，独坐窗前灯下，想起一些人。

如一扇訇訇打开的闸门，自第一个名字涌入后，便有五颜六色的泡沫，在思绪中泛滥，漂起许许多多朦胧的记忆之碎片，有苦有甜，有忧有喜。

于是在房中踱步。

走过来，走过去……再走过来时，蓦然发现一个大大的喜字粘在窗玻璃上，露出讥嘲的笑。那是昔日这房子的主人给我留下的故事。红色的剪纸已被长长的岁月漂成粉白色，让我在不知多少年后的今夜，去臆测那以前在窗前灯下飞扬过的笑声和哭声。

便微笑着走过去，探手窗玻璃上要撕它下来。手指触处，剪纸碎裂，如一片片破碎的记忆，在窗下飞舞如蝶，然后抖落在窗台上、地上，驳斑一层，于是用手轻轻去扫……

无意中抬起头来，默视窗玻璃，便蓦地发现玻璃上映着的影子正与我对视，似有一层不知深度的禅意，在眼与眼之间交流。刹那之间，心中有动，才悟及在这四楼窗前灯下无由地徘徊着的人，曾如何在千里外的故乡安稳地渡着他童年和少年的船。突悟之间，仰天轻喟，打开窗子，外面有淅沥沥的雨声，从五月夜间的树上、路上、水洼上扬开去。

默立窗前，开始思索此生的流向。

窗台上，有一只蜻蜓，我似乎听到了它振翅的声音。用手拾起，原来只是一个空壳：头已失去，体内所有的汁液都已被不知名的什么天敌掠夺走了。只剩两侧长翅，告诉我它曾如何在空中欢乐和忧伤过，这就是一个善良生命的结局。

　　猛地又记起来，这不就是昨夜扑入我屋子停落在我头上，后来又被我用温柔的手放回空中的那只吗？

　　人生无常，唯有淡看身外物，珍惜我们的每一个今日。唏嘘之间，又开始陷入静坐冥想中。

沉重的翅膀

美的光芒

一个人在灯下，下颌枕在手臂上，双手交叉地伏在面前的桌上，静静地、凝神地谛听着。他前面的桌上，是一台小型的磁带播放机，一盘久远的磁带在磁带播放机中缓缓地旋转，满屋子飘扬着沉重的旋律。桌上是凌乱的茶缸、书本、插花和书信，身后还有些什么在幽暗的灯下静穆着，但他什么都看不见。此刻，占据了他整个心房的是屋子里旋转着的沉重的音乐声。

这个人，这个坐在灯下的人，就是我，在今夜，在我窄窄的房间里。

很多的故事经历过了，很多的事情想清楚了，但在今夜，在这样沉重的音乐声中，我沉重的感情和思想如一座古旧的碾坊中的磨盘，又在沉重地吱呀着旋转起来了。

我静静地听着，大量历史的痛苦和忧伤，星星点点我自己昔日的影子，以及往事中曾碰痛过我敏感的心的记忆，汇集起来如浓云一般朝我压来，让我在沉重和痛苦之时看到一缕一缕艺术之美的光芒，并渐入对我自身创作前途的沉思。

在文学艺术的大殿上，我自觉是较少做过认真的思索和选择的。所有的崇拜和信仰都只集中于灵感——这是我最原始的对文学艺术的执着，而现在，我是否能因此而有所启发和进步呢？几十年的生活沉淀和感悟，应该能促使我进入一个相对平和稳定的自主创作期。

"美是到处都有的，只有真诚和富有情感的人才能发现她。"罗丹的这句名言，我应该玩味得更深些才是。

不只是我独自的忧乐

夜深人静的时分，在我独处的房子里，寒冷的空气冻僵了我的手脚和脸颊，但没能阻止我欣喜而忘情的心灵在浩瀚的书海——这古今中外人类的智慧和情思中尽情地游弋。在我不由自主的浅笑和低泣声中，我体验到了心底那一层甜意和世间曾经或正在发生的无数的美。

窗外忽然传来隔壁年轻女人的喃喃哭诉声。她轻轻地啜泣着，呼唤着孩子的乳名，向孩子哭诉着丈夫的远行以及独自生活的艰辛，孩子在她的怀抱里不曾发出一点儿声音，我想应该是睡着了吧。我的愉悦的心灵此刻为什么会开始震颤起来，再也转不回我手里原来捧着的故事中去？为什么此刻充溢我心的却是那种异样的深沉的苦涩呢？我的思绪久久地飞跃着，飞跃着，再也拉不回刚才驻足的那片天空……

有一种根

在这世上，有一种根是永远也刨不出铲不尽的，那是我永恒不变的出身。

在我心里，有一根神经是最敏锐的，那是我为我受苦的农民兄弟们的命运在深深战栗。

纵使我的躯干，我的枝叶飘舞于九天之上，纵使时间漂过数千年、数万年，我的根永远深扎在那块深沉的黄土地上，与黄皮肤、黑脸膛的男子汉、堂客们为伍，无法更改。

命途多舛的农民啊，你们就是我最深的根。你们就是我的祖父母，我的父母亲，我的兄弟姊妹！即使再生活四十年、五十年、一百年，我也无法忘记我这尊潇洒放荡的躯体，曾是怎样从那块黄土地里爬出来的，我也无法抹去心里对你们的崇敬和深爱。

一张张黝黑的脸，一个个龇牙咧嘴的憨厚而坦诚的笑，一个个怯弱的眼神，一个个黑沉沉的背影。不知谁能告诉我，这一些曾映在我脑海中却并不让我多么动情的图片，而今，为何却唤起并牵动着我内心深处最含蓄、最赤诚的那份对父亲的爱，对生于斯、长于斯的这片黄土地的深爱。

人生旅程中，每走过一片无知的荒原，我就会清晰地发现，我还是回到了原来出发的地方。

阳光似曾相识

下午五点钟的时候，走在这弯弯的桥上，秋日的阳光照在身上，竟有几分似曾相识之感。

河是浅浅的，枯水的时节，水草、岩石都直直地平躺在水面上，看上去十分宽阔。阳光从天空中斜斜地射下来，照在身上清新而又温馨，时有一阵阵凉风吹过低矮的河面，让心情缓缓地轻松明快起来。

这阳光似曾相识。

我猛然回想起来，见到这阳光，曾经是在故乡的家门前，在故乡旷野中的小路上，在故乡谷子即将成熟的稻垄中。久居城里分辨不出节气，此时该是故乡收割晚稻的时节了吧，那大片大片金黄的稻穗摇曳在清风中、阳光下，显得分外沉实。收割后的稻田中，一行行一列列紧密密齐整整的稻草墩浸润在温馨阳光下，在我的农民兄弟们踏实而柔和的目光下，显得沉稳端庄而富有格律美。那阳光使收割后赤裸裸的土地烘干了，暖融融地散发出一阵阵稻草和泥土的浓郁的香气，使远方游子在他乡忆起时有一种说不出的亲切、温柔。

此刻，走在桥上的我就沉浸在那浓郁的香气中，浓郁的乡音和暖暖的阳光轻柔地漫在脸上、心上，让懒洋洋沉浸在回忆中的我辨不清楚自己到底是在故乡，还是在异乡⋯⋯

你要进窄门

你要进窄门。在这个物欲横流的社会，你不能随波逐流，那样将导致前功尽弃，你要继续你漫长、孤独而高洁的灵魂旅行，继续寻找属于你自己的灵魂归宿。没有什么能够拖住你，你要谨记，权力、金钱、美色、玩乐、荣誉，以及最平凡的安逸和舒适，哪怕是人所向往的幸福，都不能终止你的行程。

在这样夜深人静的时分，窗外下着冷冷的雨，你一人坐在床上静静地谛听。这孤独和沧桑的情境使你不知今夕何夕，使你感觉所经历的一切恍如昨日，但其实这追忆和伤感的心情由来已久。时光的流逝就如一阵轻微的风，它已从你身边过去很久了，但你的面颊上还能感觉到那种轻柔的抚触，这不能不令清醒时的你愕然和伤怀。当年的一切都还那么明朗，那么清晰，那么伤痛。不屈的向往和追求，一切都如在面前，你不能放弃，不能空叹，你要继续你求索的征程。

你只能进窄门。

我要珍惜

从湘潭三大桥经河东沿江风光带，过体育公园，独自散步回家。一路为不时迎面扑来的桂花的馨香而欣喜，而陶醉。

我要珍惜这种喜悦和陶醉的感觉，以备人生出现波折的时候，我能从记忆中翻出来，慰藉那些可能艰难的日子。

我要珍惜生命中所遇到的每一个人——亲人，朋友，同事，合作伙伴，甚至是竞争对手。每当我想喝酒、出游、垂钓、找人分享喜悦与快乐的时候，我会从脑海中飞快地搜出你来，开心而熟练地拨通你的联系号码。

我要珍惜自己的身体，珍惜自己的羽毛，珍惜自己的良知和品行。当我还想飞起来的时候，你们都还要那么整齐鲜亮，带给我无穷的力量，助我去想去的每一个地方。

如此这样，痛苦时我能独自疗伤，喜悦时我能有人分享，落魄时我还能保持着灵魂的高贵，辉煌时我能清醒地找回我平淡的时光。

不羡众人所有，我只要发现和珍惜我经历过的一切美好，让余下的人生不再有彷徨、无知和荒凉。

孤独的旅程

读一本书

故事在手中一页一页地翻过去，心便渐渐地老了。在昏黄的灯下，我的眼睛流着别人的泪，这是为什么呢？

一个一个地开始，有意无意地走向结局，这都是别人的故事。但这些故事悄然开启的却是我的心扉。

窗外是黑夜，窗里是摇摇晃晃的影子。

生命之门在几十年前开启，我喧哗走出，那么多的风景自此从身边匆匆掠过。很多的哭泣和欢笑在头上的天空中飘舞。但那扇门，仍在我进出之中。直至老去，死去，仍须永恒地走回去啊！

于是明白，逝去的风景只能装在心里，在独自默立的微风中，在静寂沉思的深夜，在每一个故事结局的那一刻的沉默里，成一种神秘的信念或忧伤。而此刻，门正开着，等我再一次走出。踌躇间，天宇深处传来一阵一阵的钟声。

在这昏黄的灯下，年轻的漂泊者静静地坐着，捧着一本书，听一些夜的声音。

故事在手中一页一页地翻过去，心在慢慢地老去。

离开废墟

庙宇已经倾颓，成为昔日创痛的废墟。我们从中爬出，回头看过最后凄怆的一眼，四散而去。

有人说："往梦依稀，雨丝缠绵，但哪一滴是我过去的影子呢？"

有人说："希望的彩虹在狂风中消散，我的眼前没有路……"

有人说："成熟的果实被人收割，我们只有掠夺！"

天边一片血红，振翅的鸽子扑腾着四散飞逃。

我默默地走着，心中呼唤着那个响亮的名字，没有说话。

星光开始照耀的时候，我在孤寂的路途上徘徊。月亮走近的时候，我依然独自沉默着，眺望远方。有一座桥，隐隐地飘摇在通向梦境的山谷……

一个夜晚就这样沉重地过去了。

很多的夜晚匆匆过去，很长的岁月匆匆流逝。

当我带着温和的微笑重新面对那片曾经的废墟，才发现我已饱经风霜，白发日增。在阴冷的苍穹下，还有人流连在废墟的瓦砾堆边，忧伤地沉默着、叹息着、回味并神往着昔日那辉煌的一切。

我微笑地面对着他们，回想起我曾经失去的一切，什么也没有说。是的，我心中的神圣庙宇也曾经倒塌，正如他们一样，但我又开始用我这双已经皲裂的双手，重新搭建一座更雄伟的殿堂。

此刻，在我沉思的时候，从我身后崎岖的山路上，传来一声又一声急切而轻柔的呼唤。这声音让我神往，让我振奋，让我充满力量，让我掩不住发自内心的欢喜和微笑。

循着那急切的呼唤，我转过身，轻松而决绝地，再一次离开那片废墟——那座我昔日的神圣庙宇。

寂寞旅途

清晨，束起简洁的行囊，习惯性地往空寂的屋子里看上一眼，我轻轻带上门，开启旅程。走下楼来，太阳还没升起，只有一丝轻微的凉意缭绕在额前，三两只小雀在头顶枯枝上朝我啾啾告别，我便轻轻地笑了。

独坐列车窗边，微微闭目，听哐当哐当的流浪情绪在身下漫长的路上流淌。打开车窗，白茫茫的山重水复，有雪花在窗外纷纷扬扬。张开手掌伸出车窗去，它却溜进来，洋洋洒洒地飘进我的窗边桌上，慢慢地自顾消融，我便轻轻地笑了。

旷野无人，独立山岗之上，看静寂的夕阳往对面山中密林深处落下去。慢慢往山下走，身边草丛中是啾唧的虫鸣，黄昏的风，从山窝里向山岗上涌过来，一阵阵，一阵阵，让人惬意无比。便欣欣然于峭岩上坐下，我轻轻地笑了。

伫立于似曾相识的江边，看沙鸥三三两两在水上徜徉，有风一缕一缕悄然从头发间掠过。蓦然，昔日恋人遥远而顽皮的笑，故乡妈妈嗫嚅着欲语还休的泪水，一同在江面在对面山深处浓浓的暮色中升腾起来。而此时，正有汽笛在江面呜呜呜响，似一种凄迷而永恒的呼唤，我便轻轻地、涩涩地笑了。

不在家的时间如果够长，房子里便落满了灰尘。当我独自完成旅程回来，推开家门，这屋子里留下的笑声和哭声，与灰尘一起，便在阳光下欢欣地纷扬起来，在眼前飘舞，轻轻地，我又笑了。

夜深了，静坐在自己温馨的室内，回想几十年来一些或近或远的旅程，灯光在头上独自打哈欠。心潮时起时落，怅然抬头，天花板上一只小蜘蛛正偷偷地忙碌，好似要将室内的一切全部网进去，我便轻轻地、轻轻地笑了。

蓦然驻足

我从山上下来，想一些远远近近的事情，目光所及的一切尽在浓雾之中。

有风从山下吹来，吹在我的脸上，凉凉的，一如我最仓皇的岁月里的那些感觉。这感觉让我蓦然止步。

这曾经是我最真切的感受，是我领悟得最为深刻的人生。这凉凉的风，和周围冬日里冰冷的世界，正是我最绝望地深陷过的境界啊，如今不经意地涉过"忘川"，境界依然。

我到山上去游玩，为的是让深深的密林和袅娜的云淹没我鲜红的往事，给我新生。但这凉凉的风，却轻易地掀开了时间的包装，让我不由自主地触摸伤痕，让我隐痛。

难道果真是这风让我驻足，让我沉思，而不是别的什么，诸如那些过于深刻的记忆，或是这心在天山而身老沧州①的人生？

有一首歌

在我的生命里，有一首歌。

天空中星星闪烁，清凉的风从我脸上拂过，我自在地弹着手中的吉他，轻轻地哼唱着。当我将自己所会的歌都唱完，四周一片寂静，但在我耳边悄悄地响起一首歌，一首自由而欢快的歌。

---

① "心在天山而身老沧州"出自陆游《诉衷情·当年万里觅封侯》。意思是自己空有一身报国等热血，但却只能在滨水这种地方居住生活。——编者注

灯光渐次熄灭，人们慢慢进入梦乡。我独自在空寂的屋檐下静静地坐着，散漫地想着，多少的故事从眼前飘过。

我莫名地在自己心底听到了一首歌，一首古老而沉重的歌。

有些事是不能做的。

有些话是不能说的。

有些伤口是不能碰的。

我终日说着别人的话，听着别人的歌，欣赏着别人的脸色。但在我生命深处，始终有一首歌，一首平稳而执着的歌。

交换

在艰辛的旅途中，我一直听见悠扬的笛声在前方的路上鸣奏，温润着我的脚步和心神。很久之后，才发现那吹笛的牧童正在我经过的路边静静地凝望着、等候着，似在期盼着什么。而疲惫的我，却在不知不觉中很快就走过去了，没有停留，没有回头。

我无意中疏忽了一份真诚的期盼，收获了满心的歉悔。

此后的旅程中，我别无选择，只能惴惴地用我敏感的心去迎候一切的美和真诚。然而，现在我的嘴唇已经干裂了，我的心胸已开始窒息，我用眼睛满世界地搜寻着生命之水，却没有发现哪怕是一湾浅浅的泉。

一位村姑从前面的山中走来，肩上挑着一担清冽的井水，从我面前走过。我于是赶过去，欣喜地问道："请你告诉我水井在哪里好吗？"村姑看看我，没有作声，低头挑着水自顾自地走了。剩下我独自疲惫地在路边站立着，深深地屈辱着。

我疏忽了牧童真诚而热切的期盼，然后在村姑的沉默中听到了最真实的回应。但是，我在村姑这儿领受到的无声的屈辱，又能到哪个集市去换回我生命的尊严呢？

寻找

小时候，我去寻找一个人。人们问我："你找的是谁？"我不知道他的名字，于是我被人们送回家去了。

我长大了，有一年又去寻找那个人。我说出了他的名字，以及他的形象，但人们问我："他住在哪里呢？"我不知道。于是我又回去了。

又过去了许多年许多年，我又去寻找那个人。这一次我终于找到了他的住址，但还是没见到他。人们说："他已经死去很多年了。"

我在他昔日的屋子里久久地徘徊，思索着关于他的许许多多的故事和传说，时间在我身边静静地流淌。

我始终没见到他。但是，他那深远的思想和遥远的声音，总是隐隐约约地在我的头顶上悠悠地飘着。

错误

很平常的一天，我将新租来的房子里的墙面粉刷一新，将所有的垃圾都收拾干净，当天晚上顺便就倒往院子外面去了。

在那种迷茫而静谧的夜晚，是常会有一些不经意的错误在隐隐地发生着的。

之后某一天，有一个人客气地走进我的屋子里，他是这房子以前的租客。他茫然地在房子里到处搜寻着，但什么也没有找到，只在干净的墙面上发现了一些隐隐约约的痕迹。他认真地辨认了很久，啥也没说。

我看到了，但不知道那是什么。

他那么茫然而坚定地寻觅着的神情让我疑惑，我终于问道："您是在这里寻找什么呢？"

他抬起头，带着异样的眼神说道："我在寻找我失去的记忆。我曾在这里丢失了某些东西，一颗心、一个故事或其他什么的，但我自己已记不清楚了。你发现过什么没有呢？"

直到这时，我才恍然想起很久以前的那个夜晚。

在那个夜里，屋子里所有的东西都被我当作垃圾收拾清扫过，不经意地倒往院子外的什么地方去了。

家住沙漠边上

我想念那个小女孩。

多年来，每次独自远游，小女孩瘦小的影子都会在我的眼前在我的臆想中晃动，牵起我说不清的怜爱和怀想。我从来没有见过那个小女孩。

我只见过一张两寸的黑白照片。小女孩脸庞小小的，憨憨地笑着，憨得让我揪心。眼睛很大，清纯无比，脑后拖两条短短的羊尾小辫。白衬衣薄薄的，映出她瘦小的身子，领口处带着些花边。在我脑海中萦绕着的小女孩，我只见过她这张小小的照片。

有一段时间，在我远游的日子里，我胸前的口袋里就揣着这张照片。

小女孩喜欢在沙堆里玩耍。她的家就在沙漠边上。

上学的时候，小女孩蹦蹦跳跳，初升的太阳红艳艳的。戈壁滩上的大路显得生动而美丽，在沙漠边上延伸，小女孩唱着歌蹦啊跳啊，歌声都是"红艳艳"的。

伙伴们在远处嬉闹着。小女孩循着骆驼刺走进了沙漠。沙漠那么大那么大，一阵风刮过，所有的路都不见了。小女孩没有哭，她在沙漠边上走啊、跑啊，寻找着回家的路。终于听到爸妈的呼唤了，小女孩发疯地向爸妈跑去，哇哇地哭着，哭着又笑着。

从春天到春天，从家里到学校，小女孩在沙漠边上，在大片的瓜果和蔬菜地里晃呀荡呀。一切的一切，甜甜的西瓜和哈密瓜，大颗大颗的辣椒和白菜，就都走进了小女孩的记忆。长大后，女孩回忆的神情走进了我的记忆。

小女孩的故事很零星很繁细，都撒在沙漠边了。她的家就在沙漠边上。

小女孩也上街。那在都市里只能算是最小的胡同。

上街的时候，小女孩的鼻子很灵敏，她的眼睛停留在橱窗里香甜诱人的食品上，依依不舍。爸爸俯下身来问道："要不要给你买？"她答道："不要！"一蹦一跳地牵着爸爸的手跑开了。小女孩的大眼睛一眨一眨地闪着，清纯无比。

爸爸妈妈出门了，淘气的小哥哥为了将这个跟屁虫留在家里，将她绑在椅子上，也出去了。小女孩无法活动，就在椅子上静静地坐着，喃喃地唤着爸爸，喃喃地唱着歌。爸爸回来了，小女孩腾地站起来，扑向爸爸。椅子绑在她身上，也跟着蹦了起来。小女孩笑了，爸爸也笑了。

小女孩的声音很清脆很清脆，她一年又一年地哭着笑着，慢慢长大了。

小女孩的家就在沙漠边上。

小女孩到哪儿去了，那个瘦瘦小小的女孩？

我的心中默默地渴念着我的她，我在远游的旅途中经常揣着她儿时一张小小的照片。我脑海中时常闪烁着那个遥远的幼小的影子，那个沙漠边上的小女孩。

她青春洋溢，生动无比。但我的思绪总是忍不住要回到沙漠边上，回到她的过去，回到她讲述给我的故事里。

什么时候，什么时候我能回到那遥远的沙漠边上，回到过去，用我全身心的爱怜和她说话。

总有一些音符在生命中回旋

茶杯里的名字

茶杯里的夜色很浓很浓。我静静地坐着，想一些久远的故事。

在这么漫长的岁月里，我被人爱着，又被人恨着，自己竟浑然不觉，或无动于衷。直到今晚，几双熟悉的"眼睛"在茶杯里对我生动地眨着，提醒着，我才想明白一些由来。说不清为什么，我突然忍不住啜泣起来。

茶杯里冒出一些人的名字。

夜已经很深，灯光在茶杯里轻轻晃动。

我朦朦胧胧地睁着眼睛，童年时自己懵懂的影子，在眼前晃动。

几十年的求索，劳作或者收获，快乐抑或酸辛，或近或远，在眼前一页一页翻过。三分愧悔，七分亲切和温暖。对往事，对友谊，对爱，对生命的感激像潮水一样荡开来……

我情不自禁，轻轻捧起面前的茶杯。茶杯里冒出一些人的名字。

我的心思默默地涌动着，有些酸涩，有些沉静。桌上的君子兰纹丝不动。窗外又是雨声，淅淅沥沥却奏不成一支成形的曲调。

意念中那只鹰的轨迹萦回在夜空，振翅的声音清晰而沉稳。纵然还有风雨，还有泥泞，还有阴霾等候在未来某处的，但又能怎么样呢？

我有些伤感，有些激动，有些释怀，有些话突然想对人说说，便惊异地发现——茶杯里冒出来一些人的名字。

一声叹息

灯突然熄了，停电了。

窗子开着，有清凉的风从初夏的窗外轻轻吹进来，我知道它不会带来任何东西，所以依然在房子里静静地坐着，平和地思考着。

突然，我听到一声长长的叹息。

这是谁的声音呢？亲人，朋友，对手，还是更高深的先哲？

房子里漆黑漆黑的，我的脑子里闪过一张又一张熟悉或陌生的面孔，他们睁着深邃的眼睛，对我或温柔或深刻地微笑着，但我找不到答案。

我回味着房子里那声长长的叹息，默默地思索着，喃喃地念着："这是谁呢？是谁在我的世界里温柔或沉郁地叹息呢？"

有幸生在一个和平而多彩的年代，我平凡的生命里虽充满着荆棘和波澜，却也不曾失去我的"小确幸"。

我曾在忧伤的黄昏或暗夜里痛彻心扉地呼吸，也曾在明丽的天空下和亲人一起发自肺腑地激动和畅笑。我曾在落魄而屈辱的旅途上踟蹰，也曾在耀眼的聚光灯下意气风发，挥斥方遒。

芳华退去，潮起潮落，我宁静的心波在至爱的亲人、浩瀚的书海和大自然恒定的友好中温柔而快乐地起伏着，没有一丝愧悔和不安。

但是谁，想用这一声或温柔或沉郁的叹息来传递对我的关爱或失望，让我不由自主地回望来路，回望自己的人生？

灯突然亮了，叹息声从房间里瞬间消失。

我依然在默默地想：这是谁呢？这是谁的温柔或沉郁的叹息呢？到底是至爱亲人对我的关怀和爱怜，还是他人的失望或责备呢……

真好

"真好，真好……"

有个声音不停地在我耳边轻轻低语着。

世界喧嚣不已，呼啸不止，无数的面孔、往事和思想飞一般掠向身后。我在自己孤独的旅途中奔波着，在简陋的客店里坦然地休憩着，在无人的暗夜里静静地渴盼着、思念着、冥想着。

冷漠的微笑，温柔的哭泣，一样教会我深刻的人生哲理，使我的思想清洁而柔和，幻放出霞和虹的晕光。

"真好，真好。"那个声音在心底宁和地跳荡，使我平静而安详，使我感受到生命的充实，以及孤独的与众不同的美丽。

宇宙苍茫，以浩瀚和无垠包容着星辰，也引导着星辰。上天注定，我们的命运都只是由同一个起点生发的两条不同的曲线，时而交叉，时而远离。

在失去的日子里，我孤苦无助地辗转着，绝望地叩问着，但命运不对我的心做出任何回答。收获的日子姗姗来迟，我默默地感激着，深深地沉思着，独自领悟这曾经的一切，不对过去和未来说一声抱怨。

　　"真好，真好。"这喃喃的声音从我的嘴唇滑出来，使我的心灵深深地感受到，命运的温情和冷酷同样让人深刻而富有。

　　"真好，真好，真好。"
　　宁静的时候，欢乐的时候，孤独的时候，幸福的时候，这声音在我心灵深处不止地跳荡，或轻快或沉重地向我闪烁着爱和美的温柔的光芒。
　　真好！

土地上的故事

一

我走进树林里，感觉冷冷清清，只有低矮的灌木和小树表示出对我的亲近。

松树已经长高，最底层的枝叶都已高过我的头顶，油桐树、杉树以及其他的树也是如此，它们对我的到来视而不见。这是由它们所处的高度决定的，我知道。

藤们缠在树上，有的已沿着树干爬到了高处，那该是它们辛苦了多久的结果呀。而有些仍在低矮的树苑或灌木上攀爬着，任何一阵风雨都可能将它们掀翻在地。我看着它们，生发出些许的怜悯和鄙夷，可它们没有时间留意我的态度。

只有低矮的灌木和小树在路边微笑着和我握手。

我想起我的父母和兄弟们。他们在最平凡的小路边居住着，一辈子那么安详而热情。

二

在我所见过的植物中，有一种松枝韧性极强。

用手折断，其断口必定凹凸不齐，如果按其凹凸照原状将折断的松枝对接起来，然后用胶布包扎，同样可以用它去驱逐教训那些不听话的畜类和人类，其坚韧度比折断前差不了多少。

我也用心悄悄地观察过，在我的身边，像这种松枝一样超越生死的人也不难见。他们在平凡的人生道路上沉默而坚韧地行走着，内心揣着深深的伤痛。

三

我见过一些城市，从城市的上空，在夜行的飞机上。

那些城市的灯光闪闪烁烁，稠密如夏夜的星空。人们在灯光下忙碌着，争吵着，谋划着，思虑着，但我所能看见的只是一片祥和而宁谧的气氛。那祥和温馨的气氛，让城市上空的星云回眸，让山河驻足。

我还见过一些蚂蚁。它们在自己的巢穴周围不停地忙碌着，玩乐着，相亲相爱着，它们看起来低贱但温暖的生活画面，也常常让我感动不已。

我为此认真思索过，但我仍不明白：我所见过的这两幅画面，究竟哪一幅更为真实？

四

第一次走进这样的原生态森林——吉林省延边朝鲜族自治州汪清县兰家大峡谷国家森林公园，偶然发现一个小秘密：长得高、"蹿"得快的青壮树木往往被风连根拔起或吹断，夭折得多。稳健成长的粗壮老树被大风折断的却少，最多也只是被折断树冠，无碍其生命力的施展。

虽然"木秀于林风必摧之"，但也可见，生命的高度与自身积累的厚度也是有关联的。

五

去年亲手栽种的树苗都陆续发芽开花了。今天又亲手栽了一些，买苗、挖坑、施肥、培土，累得够呛，但我很喜欢并沉醉于这种感觉。

大自然的回报相对来得比较准时和有规律，只要你努力就不愁没收获。不似人类社会，存在多少复杂的真与假，多少的规则。

六

今天上午我又撒了几抔草种，它们是今年播下的第一批种子。

去年播种之后，我期待着能长成一大片郁郁葱葱的草地。结果播下的优质草种没怎么见长，倒是本土的野草蓬蓬勃勃，又密又高，盖住了一切。冬天来了，繁茂的野草开始枯黄，才发现我播下的草种已顽强地长成一小片一小片的绿草地，而且整个冬天不见枯萎，一直葱绿如新，绿得让我欣喜甚至有点儿感动。如果多给它们点儿时间，或许梦想还能成真，所以我今年继续补种，待明年后年再慢慢看结果。

很多事情是计划不如变化快，有些时候优秀也免不了被平庸所淹没，但我想，只要不迷失、不放弃，优秀者的品质迟早会显现出来的。

人生百年，长得很，急什么？

七

原来蜡梅开花有这么香。凑近一闻，香浓似桂花。

两株蜡梅，相距不过五米。一株叶落殆尽，枝头梅花竞相绽放，香气袭人；一株树叶尚茂，滚圆的花蕾挨挨挤挤，一朵也未开，闻不到花香，似乎在等待某种召唤。

人类世界个性十足，因个性而使社会更丰富多彩。梅花的世界也是如此，我喜欢。

花谢花飞

一

　　站在时间和空间的这个节点，遥想那些逝去了的日子，恍若一片片匆匆开放又飘零的花瓣。

　　今夜，我试图用我浅陋而散漫的文笔，将那逝去的半截人生描出一些浅浅的感悟来，摆在明日行程的前面。

　　虽然不会改变什么，但只要让我这有些倦怠的心，能再释然地发出几声轻微的叹息就行。

二

　　这一片片黄土高坡，一座座翠绿的村落，从我的车窗两边匆匆掠过。我能看见的是人们在这里平静地忙碌或清闲着，却看不见这里曾经滚涌着的战火与硝烟，看不见这地下埋藏着的揪心或欢乐的故事。

　　我从世间匆匆走过，只浅浅触碰到一点点生活的表层。

如果没有书籍的滋养，人生该会是多么苍白！

三

　　我在豪华的酒宴上默然无语，落落寡合，沉郁的思绪将周围的喧嚣声轻托在心的净土之外。

　　但在狭窄的田坎上，在幽深的森林里，我舒放的喉咙里发出的尽是一首首欢快的歌。

　　我在静寂的原野上清新啼唱，在喧嚣的酒宴中黯然无声。

四

　　夜已深，橘黄的路灯在河对面泛着幽暗的光。那个人行色匆匆地径直走过去了，没有回头。独木桥嘎嘎地叫了两声，又开始沉睡。

　　只有我这孤独的游子，还在河边独自静坐着，在古老的故事里清醒着，在纷飞的思绪里考问着自己的灵魂。

　　并非所有的高贵都会有人欣赏，却见太多的无耻总有苍蝇追随。

五

　　这世俗的河流那么肮脏，却又那么宽，那么深。

　　我该怎样才能涉水过去，却不会打湿和污染我净洁的灵魂呢？

六

天才的头，刚从泥土中探出来，只匆匆瞟了他周围的世界一眼，便悄悄地缩回去了，继续他永恒的昏睡。

七

门大开着，你们在我的房子里偷偷地逡巡，气恼地寻觅，但有谁能发现我心底的那一隅财富呢？

你们什么也没有找到，摇着头、叹着气沮丧地走了。我却在这里悠闲而神秘地微笑着，目送你们远去的背影。

八

我在最紧张地写作的时候不见了我的笔。我在最饥饿的时候找不到食物。我在最忙碌的时候发现我工作的徒劳。我在最需要清静的时候撞上了嘈杂的市声。

显然，这世间的每一事、每一物从不曾真正地属于谁。我们都是匆匆过客，只是在暂时的主宰和承受中交替地变换着角色。

九

守住自己的口，别让它虚伪。守住自己的心，别让它沉沦。守住自己的魂，别让它丢失。

守住一个完整的、丰富的、正直的自己，既需要良知和品行，也需要孤独、勇气和智慧。

你需要善待一切善良和弱小，要有一颗悲悯之心，别让张狂麻木吞噬了你一生追求的美好。你需要不断前进，不断超越，让身边曾经貌似强大的丑陋因距离而渺小，进而淡出你的视野。你不能停顿，因为停顿将让你提前闻到腐朽的气息。

若干年后，争论会停止，喧嚣将变得寂静。在宁静的故乡，在有先祖和亲人呵护着的故乡，你将有的是时间去平静地体会水面上的宁静波光。不管结果如何，你都会感到满足，因为你坚守了。不在乎机缘巧合，浮华尽头，你收获的终会是你自己看重的那一份收成。

十

计较太多，是对有限生命的一种亵渎。

因为计较，我们缺失了宽容，从而错过了幸福。

十一

家门口的油菜花海，仍然如此让人沉醉，让人回味，这种回味和记忆陪伴了我大半生。恍惚间又回到了儿时……

三十年前，我义无反顾地离开乡土，和农民身份告别，带着一份无知的欣喜与自得。

到现在才发现，人生最终的理想是复归乡土，融入乡土，做一个最安分、最朴实、最本真的泥土上的劳动者。每天呼吸最清新自然的空气，享受种瓜得瓜、种豆得豆的自然劳作，每一刻都充满感恩和欣喜，忘记了尘世中还有算计与烦恼。

三十年的漂泊与奋斗，就好像是不小心打了一个盹。醒来才惊喜地发现，曾经以为丢失了的故土还在这里安静地等着我。

十二

果子太熟了，大多自动裂开了，香香甜甜的，很多鸟很多蚊虫都围着转，赶走了又来。太熟了也无法保存。

十三

读史使人清醒。

太阳底下没有新鲜事，我们的所见所闻所历，都不过是在重复前人的故事罢了。

每读一书，总能不经意地明白几个道理。有多少爱恨情仇，有多少波谲云诡，有多少尸横遍野，有多少梦想和忏悔，都只会消失在历史的云烟之中。

读史让人平静。多大的委屈、失望和痛苦，都不过是史海中的一星儿微沫。

十四

喧嚣和宁静，只有两者都经历过的人生才是完整的。

十五

冷漠的微笑，温柔的哭泣，一样教会我深刻的人生哲理，使我的思想深邃而柔和，幻放出星辰和虹霞的晕光。

一生的遗憾

昨天，老班长就在召集一个聚会，今晚十几个三十多年前同班的同学准备请老校长和班主任老师吃个饭，提前给他们拜个年。这怎么能不去？我当时就答应了。

不过，答应的时候我心里还是很不踏实，这几天烦琐的事情实在太多了，很多要做的事情都还没安排出时间来，只是不想说出口。果然，到了今天下午，根本无法抽开身，只好遗憾地跟老班长请假了。

下班后，在单位食堂迅速地解决了晚饭，回办公室加紧看文件和整理材料。不经意间打开了一个旧文件夹，是我近几年偷闲留下来的一些碎小文字，这两年几乎没有打开过。其中有一篇标题为《告别父亲》的文章，明知是不能轻易点开的，偏偏理智拗不过情感，手一抖就打开了……

对于生命的个体而言，不管是多么忙碌的伟人还是凡夫俗子，有些事情的重要性是可以超越万丈红尘，让紧要的军国大事和沧海桑田都相形见绌的。想起去年参观毛泽东遗物馆的时候，看见他老人家珍藏在柜子里三十多年的一件旧衬衣，那是毛岸英的遗物。看到这个，你就可以想象在伟人心灵深处埋藏着多么深的哀痛。

整个办公楼安安静静，一个人坐在电脑前，我迫不及待地打开了这篇五年前自己所写的悼念父亲的文字。我思念我的父亲，无时无刻不思念，尤其是一个人的时候，尤其是这种下班后无人打扰的一个人的时光。我渴望沉浸在一种平和的对老父亲的思念之中，但是我做不到。仅仅六页的文字，才看完第一页，眼泪已经遮住双眼，唰唰地滴在衣襟上。呼吸过于急促，让我几乎喘不过气来。不行，我今天还没有做好准备，不能深入对细节的回忆，我根本不能读下去……匆匆再瞄了几眼，我关闭了页面。慢慢地使自己平静下来后，开始做起其他事情。晚八点半，关电脑，下楼，顶着凛冽寒风我开始往湘江风光带方向散步，然后回家。

一路散步，一路在回想关于遗憾的事宜。对于父亲，我有太多的愧疚和遗憾。父亲长我三十五岁。年轻的时候我太向往外面的世界，不到二十岁就离别父母到千里外的湘西参加工作，一晃就是十五年，回家看父母每年最多不过几次。后来设法调来湘潭，离父母近了些，每个月可以看望两三次，但是父母已经苍老，我已不能看到他们在我面前展现生命的活力。

原来我们家的条件不太好，父母亲一直住在一栋二十世纪八十年代初砌的土砖房子里。回湘潭后，我一直想为他们建一栋新房，因为没时间的原因一直没有动工，父母亲也都一直不想让我花这个钱，我至今仍在后悔为何不设法早些动手。父亲的去世是在秋末的一个周一，前一天的周日我还回家陪了他老人家。当我预感到父亲留日不多，向单位请了十天公休假，准备第二天早晨就回家守着他时，不料当天晚上父亲却提前离我而去。等我深夜接到哥哥电话，全身颤抖着驱车赶回家时，却只能抱着他还留有余温的尸体痛哭不已，抱恨终生……

很多的遗憾，有些是让你遗恨终生的大憾，并不需要经过艰难的选择就已经悄悄发生。你自己当时根本感觉不到，甚至让你想要骂人都找不到对象……

父亲走了，我的人生从此残缺。从此有了夜深人静时对自己的无情埋怨和猝不及防的泪如泉涌……儿时的记忆太美好，我太想念和父亲在一起的时光……我从此郑重地提醒自己，希望我的余生不再留任何遗憾。

我不愿潦草马虎地对待我的工作，因为我不想让本可以实现自我价值的人生留下遗憾。我不想参加很多价值不大的酒局应酬，因为我不想让自己的家庭和亲人因相聚太少而感到遗憾。我希望能够早些脱离一线忙碌的事务，更快地踏上我喜爱我向往的旅途，因为我不想让自己的人生因错过那么多美好的风景和精彩而留下遗憾。我一直用心珍惜和呵护着我的亲人、朋友、师长和同事，因为我不想待我老了的时候会因为缺乏温情的慰藉而感到遗憾……我知道其中会有冲突和矛盾，但我会尽可能地设法减少我生命中的遗憾。

今天本应该见面却遗憾地错过了的老师，当年抱我在怀里舍不得我中途转学离开的老师，学生衷心地祝愿你们，一直健康快乐，幸福一生！

那些闪烁的人间烟火

那些在我生命旅途中
闪烁过的人间烟火, 那些人,
那些物, 那些地方和风景,
生动了我的文字和思想,
使我的生命更加深刻而丰满。

越过长城

柯原、严炎等老师将文学年会安排在嘉峪关——这个大西北的千古雄关和军事重镇。

对于我这个来自江南的游子来说，粗犷而神秘的大西北，它那传说中无边无际的茫茫大戈壁和沙漠，在我的心中依然是一座难以企及的神圣殿堂。当接到会议通知时，我高兴得不能自制，独自在空空的房子里来来回回踱了几十步。

一

我的出发时间是 1991 年 5 月 3 日，乘坐绿皮火车，沿途分别在大庸（现张家界市）、洛阳各停留了一天，到达嘉峪关时，正是开会的前一天——5 月 9 日正午时分。

铁路两边风光可餐，一路上目不暇接，下车时我已双目倦怠，大概是由于感冒症状严重吧。拎着厚实的小皮箱，摇摇晃晃地走出检票口，顿时有一种空阔的感觉，发现没有接车的人名牌，天气又燥热，便有些失望了，只得一步一步怏怏地往前走。

走来一位面带微笑的温厚的中年学者，径自问我们："是去开会的吗？"

"哦，是的是的！您也是……"正握手时，一路同行来自古丈县教育系统的汪祖宝老师惊喜地叫："涂老师！"对方谦笑作答。

涂老师一身灰色西装，敦实的身材，英俊的脸上是热情而诚恳的笑容，声音很有磁性，操一口微带河南口音的普通话，显露出一派自然而随和的雅致风度。我们就这样一路闲谈着，慢慢往前走。我走在后面，低声问同行的汪祖宝老师，这才弄明白，他就是河南省文联老牌大刊《莽原》杂志的涂白玉老师，特别风趣而又坦诚的一位编辑。

说说笑笑间，一辆黑亮的伏尔加汽车从前面急速驰来，在我们身边戛然停下，随即从车上跳下一位年轻人，正是来接我们的。大伙儿请涂老师先上车，可他硬要让其他人先上，他等下一趟。我们只得抢了他的行李包塞进车里，簇拥着他一起上了车。

车停下来，司机说到了。我们于是走下车来，前面雅洁、敞亮而又雄伟的建筑就是嘉峪关市第二大宾馆——雄关宾馆。走进宾馆大门，一股清凉之气迎面而来，有几位负责会务的同志在这里迎候。在大厅休息一会儿并办好入住手续后，按工作人员的安排，我们开始回各自的房子休息。

我和涂白玉老师住一间房子。

<h2 style="text-align:center">二</h2>

七天的时间，接触了一百多人，这期间行程达七八百公里，给我印象最深的还是这位涂白玉老师。

涂老师说："我不擅长与人争名、争利、争气。"俨然一位得道的高僧。我记忆中最深刻而又最滑稽的，是他与人分别时的那个独特姿势：双手合十，上身微倾，笑意虔诚。我感觉，他身上是很有佛性的。

到嘉峪关市的第一天下午，我们分坐两张沙发闲聊。说笑之间，涂老师忍不住从旅行包里取出三张照片，交给我看，并告诉我这分别是他爱人、小孩以及一家三口合影的照片。他爱人才二十多岁，十分漂亮，圆圆的脸蛋水灵而又甜蜜。孩子才八岁多，惹人爱怜。我于是开他的玩笑："涂老师，您是随身带着您整个的家跑大西北啊！看得出您对爱人小孩的感情挺深的！"涂老师笑起来，嘴都合不拢了。

于是我在这里听到了从他的家里传来幸福宁和的呢喃声。

果然，有一天晚上，凌晨三点钟的时候，我们不约而同地醒了，一时都睡不着，就很随意地聊了起来。我说起开会时，一位年轻的女作者向我哭诉她的苦难经历后，涂老师轻轻地叹了一声，很久很久才说话："也是她不会把握自己啊！"然后，他就将自己两次恋爱失败后终于找到完美归宿的故事，原原本本地告诉了我，并感叹说，人还是得把握住自己，只要能坚定地把握住自己的人格和志向，世间这么多美丽的归宿，难道一个也找不到吗？在这漆黑漆黑的房子里，静静地躺着，脑袋因为严重的感冒而剧烈地疼痛着，我一语不发，一边默默地听着涂老师好似从梦的那头传来的娓娓话语，一边久久地沉思着……

天亮时分，涂白玉老师窸窸窣窣地起床了，他要去宾馆大厅给孩子打长途电话——那天正是他孩子的生日。待他穿上鞋子还没洗脸漱口就走出门去，空阔而豪华的房子里又陷入宁静，但我的思绪却波涌得愈加厉害了，我心里有些隐隐的激动，因为一种美好的感觉。

没过多久，涂老师满面春光地回来了。我躺在床上笑着问："怎么样，涂老师？"

他喜形于色地说："通了！小家伙正准备上小学，接过话筒就叫'爸爸，爸爸'，叫得好甜……"

三

嘉峪关市是个地级市，如此盛大的全国性作家聚会在该市以前据说是不多的，政府十分重视。

但让大家感触和记忆颇深的，还是开幕式上数百名手舞彩花、夹道高呼"热烈欢迎"的小朋友。其努力和辛苦状，据我事后了解，许多到会的作家朋友都为之感到怜爱和歉疚。这使我想起著名作家丁一老师。

那天晚上，嘉峪关市电视台的新闻栏目为这次会议做了一个长达二十分钟的专题报道，我坐在丁一老师的房子里，和其他几位朋友一道，在电视屏幕上寻找着自己的身影。其时正播出开幕式现场，一百多位作家和诗人分两队并列入场，少先队员们在两边夹道高呼欢迎，当每人看见自己入场的雅态时，都忍不住笑了起来。屏幕上的大家都走进会场以后，丁一老师突然问我："你呢？"

我说，我在前面进去了，看到小孩子们那种虔诚和辛苦状，心里觉得歉疚。丁一老师说"有同感"，我们不该滥用孩子们的时间和崇拜心理。这便让我觉得和他的距离近了许多。

丁一是全国著名散文诗作家，他的几本集子包括《丁一散文诗合集》受到读者和专家学者们的高度赞扬，他曾兼任过多家出版社的特邀编辑，在文学界影响很大。丁老师是个严肃的人，常常不苟言笑，因而有人觉得他架子大，其实并非如此。

会议期间，我曾拿一本散文诗书稿向丁一老师请教。他看后给出的评价很高，还一一详细地给我分析了书稿中的许多优点，并对我的文学创作发展前途提出了建议。我很随意地说了句："能不能麻烦丁老师帮助推介一家出版社呢？"

不到半天时间，他就将书稿推荐给了严炎老师。严炎老师审阅后，当场拍板决定放在他的丛书中，由哈尔滨出版社出版。

丁一老师是个热情而又诚恳的人。在游览古长城最西端残迹"天下第一墩"时，我和他相遇了，他赶紧拉过我，叫人用他的相机给我和他照了个合影，之后他又亲自为我单独照了一张。待吃过晚饭，我去看他时，他愁眉苦脸，第一句话便是低沉着声音、有些气恼地告诉我："今天的胶卷不小心全给报废了！"我原本轻松的心，也不由得随他的遗憾而有些沉重起来。

我们正边看电视边谈笑时，屏幕上又播出了本次会议几位主要散文诗作家接受电视台记者采访时的情景。继著名作家柯原、严炎等人之后，丁一老师在屏幕上侃侃而谈，将中国散文诗的美学官能，其现状和前景等向观众娓娓道来，既严谨又深刻，丝毫没有仓促接受采访的凌乱痕迹，倒像是一章精短而深刻的散文诗论。看着看着，大家禁不住为丁老师喝起彩来，而他却淡淡地说："太仓促了，没有准备，讲不好。"

四

会议进行到第三天的中午，大家盼了很久的邹岳汉老师才到。因是我的湖南同乡，听说他要来参加会议，我心里十分高兴，所以也盼得艰难。他到的当天下午，吃过晚饭，我就去他房间里拜访他了。

　　房间里人很多，他刚到也没能休息一刻，拜访和请看稿的就一批接一批地来了。我到之后，邹老师客气地让座，说到我长沙县的老家，他竟十分熟悉。可没能说几句话，就又有文友来向他送稿子了。一遍一遍地看，约三四遍之后，他才发言。左手拿着稿子搁在膝盖上，右手指点着稿子内容，他详细而明确地点出作品的优点、缺点，提出修改建议，让旁边的作者点头不止。看到一篇好稿子，邹岳汉老师显然是高兴了，飞舞着右手，很精神地指点着稿纸，用带着浓浓的湖南益阳口音的普通话说："嗯，这几句好，有味道！这一节还得修一下……"我们的话题就这样开阔起来。

　　邹岳汉老师是《散文诗》杂志主编、创始人。他的散文诗集《启明星》在国内影响很大，销量也很高，许多报章杂志都发表了评论文章。他主编的《散文诗》小巧玲珑，装帧精美，内文质量很高，极受散文诗爱好者们的推崇，期发行量已达五万多册，在同类刊中为全国第一。

　　已是五十四岁的人了，但邹岳汉老师身体很好，经历一周多时间的奔波，坐火车，乘汽车，过戈壁滩，爬沙漠，他一直安然无恙，十分活跃。通过几天时间的同吃同住同旅行，我发现他竟然和年轻的我一样，对很简单很简单的求人之处，他都会带着十分难为情的腼腆表情。邹岳汉老师也不太多说话，似乎总是在沉思之中，只有当心情特别高兴或激动的时刻，他才会突然地冒出一两声感叹来。我从他的言谈中经常感受到一颗未泯的童心。

　　5月15日，一辆大客车将我们从嘉峪关市送到敦煌莫高窟。我和邹岳汉老师一道游完千佛洞出来，离开车还有一个多小时，于是我建议去逛逛莫高窟外的小商店。店子里工艺品很多，且都十分精致而昂贵，只有一种印有飞天图案的真丝小手帕，我比较喜欢，价格也合适，带回去给女朋友做礼物是最好的了。我于是买了一对，另给邹老师送了一块。离开小店时，我将手帕从包装中又取出，抖开来，只觉得眼前熠熠生辉，莹洁一团。邹老师在旁边看见了，马上叫起好来，然后喃喃地说："咦，是漂亮咧！每次回去时，'小鬼'们总是眼巴巴盯着我空空的旅行袋，才想起又忘记给他们带东西了，我再去买两块来！"说完，他马上转过身去，回小店又选了一对图案和颜色合适的，给我也送了一块。

　　坐在车上，看邹岳汉老师盯着手中一对漂亮的手帕欣喜地微笑着时，我也止不住会心地笑了。

　　若再提一件小事，就只能让我感到有些愧疚了。我原本不知道，像邹岳汉老师这样卓有成就的人，还一丝也不曾失去他朴实和勤俭的本性。

　　游过莫高窟千佛洞，我们的车开进了敦煌市，大家住进市政府招待所后，开始分头出来吃晚饭，准备去游鸣沙山。菜是我们两人一起点的，四个菜一个汤。到餐馆楼上刚坐稳，服务员很快就端上菜来，我们这才发现，菜呀、汤呀全是很大一盘的，被吓了一跳。邹老师直叫苦："怎么吃得完哦！"我因第一次到大西北，伙食一直适应不了，胃口不好，吃不上几筷子就想放手。邹老师说："吃呀！这么多菜不吃就浪费了！"说得我心里也隐隐地有些内疚了，拿起筷子又继续吃。直到最后，两人肚子都撑饱了，菜还足足剩下一大半，我用我的长沙方言解嘲："开头以为蛮贵，哪晓得不是贵，是他们的盘子有咯么大（那么大）！"

五

古长城的巍峨雄壮，嘉峪关城门的幽深往复，敦煌千佛洞壁画的精妙丰邃，古阳关故址的荒凉空阔，我都默默地渴盼过很久，也终于有幸欣赏了很久，但都比不上我对西北沙漠风光的向往和之后的留念。

我至今还能清晰地记得当日我们遗留在敦煌市外鸣沙山中月牙泉边的爽朗笑声和那些悠长的呼唤。

来到鸣沙山景区前，有一群骆驼在路边或跪或站地等候着，有个汉子走到我面前，问我要不要骑骆驼，十块钱一趟来回。听说有真正的骆驼骑着进真正的沙漠，我很高兴，邹岳汉老师也兴奋不已，我们两人毫不犹豫立刻骑上一头骆驼，准备开拔。

这时，文学评论家曾镇南老师携妻走了过来，经不起我们的怂恿，也骑上了一匹骆驼，四个人于是欣喜有加地向鸣沙山的沙漠进军。

　　风很大，夹着或粗或细的密度很大的沙粒往我们脸上扫过来。虽然有一架变色镜架在我的鼻梁上，但起不了多大作用，风沙还是直往眼里钻。我坐在骆驼的前头，邹岳汉老师紧贴着我坐在后面，曾镇南老师和爱人的骆驼则紧紧跟在我们的后头。随着骆驼的步伐移动，我们一上一下地颠簸着，这感觉并不特别舒服，但大家都十分兴奋。

　　往前看去，对面鸣沙山的山脊上，很多一道来开会的作家文友正顶着风沙往上艰难地爬，我们的骆驼经过的路边也有几位作家在踟蹰而行。我记得较清晰的有丁一老师、《厦门日报》社的副总编辑王者诚老师、黑龙江人民出版社的编辑流溪老师、《西安晚报》副刊部主任袁林老师、贵州《花溪》杂志社的编辑西篱老师等，大伙儿都在兴奋和激动中前进着，呼唤着，欢笑着，全然忘了砸在脸上、头上那无可阻挡的风沙。

　　我们的小小骆驼队在快到月牙泉的地方停住了，大家下了骆驼开始步行。曾镇南老师忙于照相，落在后头，我和邹岳汉老师在猛烈的风沙中首先抵达月牙泉边。所谓月牙泉，是一个形似月牙的狭长水泊，其水清澈甘甜，似一丝也不曾受到风沙的影响。水泊里有一种长得很密，约一人多高，叶片宽宽如南方的菖蒲一样的植物，颜色碧绿，惹人喜爱。这时候，虽然风沙十分猛烈，夕阳却是红红的，正安详平和地"蹲"在水泊那边的沙丘中，十分美丽而壮观，让我们这些从南方来的游子赞叹不已。

这时，曾镇南和爱人赶来了，我们眯着眼睛，在猎猎风沙中大声地说话，大声地笑，惊异于眼前神奇美丽的自然造化，他们将随身带来的照相机按得咔嚓直响，不知留下了多少令人回味无穷的记忆。当我为曾老师和爱人照过一张合影后，曾老师又在风沙中兴高采烈地向我招手，大声呼唤着邀我一起照一张合影做纪念。如此照过一张之后，便一发而不可收，到最后我们已记不清楚留下多少沙漠中的剪影，直到照相机最后的那一声咔嚓。

一道骑着骆驼往回走时，大伙儿心里仍然兴奋不已。下了骆驼，在景区外边的茶桌前坐下，曾镇南和爱人、丁一、邹岳汉、我以及山西的诗人杨炼等几个，一边攀谈，一边又开始品起大西北的冰糖桂圆茶来。刚才那风沙中无忌的欢笑，大声的呼喊，及各人看见对方的那个摇摇晃晃的身体，此刻似乎又从手里的茶杯中，从甘甜的茶水里，一一冒着泡泡涌出来，令人回味无穷，兴致居高不下。

旁边的店主人告诉我们，今天的风沙特别大，平时没有这么厉害。

六

仅仅七天的时间，我已数不清有多少人、多少有趣的故事，连同伟岸的大西北一起深深地嵌进了我的记忆里。给我印象

很深的其实还有很多，如柯原老师那既和蔼可亲又兼具军人
威仪和诗人气质的高大形象；如严炎老师那果断刚毅的行事
魄力和为散文诗事业奔波操劳的辛勤付出；如王者诚老师那
极为风趣的话语和淳朴谦和的笑容；如西篱老师腼腆、朴实、
轻言细语却掩不住的诗人气质；如《南京日报》叶庆瑞老师
那儒雅亲和的江南文化人气息。还有许许多多老师、文友生
动活泼的语言和形象，还有大西北人淳朴而热情的性格特征，
以及大西北那旷远、苍凉而幽邃的夜晚……

胡仙

"小刘啊，我不疯，你莫听他们讲的！"胡仙有一天眨巴着眼在我耳边说。

"嗯，你不疯，就是有点宝（傻）。"我冷冷地答他。

"我不宝（傻）！"他急切地叫起来，然后又慢慢地说，"我只是想喝酒，喝了酒就高兴，就想说一说、唱一唱。"

我指着前面一群围着他起哄的小朋友，慢慢劝他："莫喝酒哒，胡仙。听我的嘎，你看，你要是不喝酒，不成天发酒疯，他们就不会这么围着你指指点点，叫你酒仙，就会把你当成真正的'老革命'，尊重你。叫你老爷爷，请你到讲台上去讲课，那多光荣哩！"

隔了好一会儿，他才说："我不喝酒心里发慌哩，小刘啊！"说罢转过身子，在椅子上坐正，两脚掌稳立地面，双手捏紧拳头，黝黑精瘦的脸上，两颗眼珠子满布血丝，恶狠狠地盯着前面看热闹的孩子们，威胁着"哼——"了一声，感觉那声音就和一只发怒的狗的叫声差不多。稍小的孩子于是被他吓哭了，吓跑了，稍大一点的却只是稍稍退了几步，依然笑着起哄。胡仙真的发怒了，腾地站起来，往前一跳，一边双手乱舞像赶鸭子一样，一边吼着："都给我滚开！滚开！小来不学好，长大没教养！"余下的孩子们终于被吓得跑出好远好远，又停下，惊魂不定地朝这边看。

这边胡仙如得胜一般坐了下来，朝我挤着眼做鬼脸。

胡仙原名叫什么没人跟我提起过，就因为成天喝酒撒酒疯，像个酒仙，于是被人叫作"胡仙"了。他年轻时在国民党部队当过两年兵，新中国成立前起义投诚当了解放军，还参加过抗美援朝。从部队转业后，他回湘西老家当了一名税务干部，在乡下老家找了个老婆。他因轻度精神分裂症提前退休后，就回到乡里老家长住了。因为无所事事，每天骑单车来乡政府所在地的街上喝酒，撒酒疯。我是在他退休三年后参加工作的，第一个岗位就是到他所在的这个乡担任驻乡税收专管员。因为同样做过税务干部，我没有当他是疯人，经常和他在一起开玩笑，听他吹牛皮，我们的交情很不错。

胡仙在部队当兵多年，回县里又当了几十年的税务干部，所以资格很老，什么人他都不买账。这些都是他亲自跟我说的，也基本属实。作为他本乡最要好的朋友，我几乎每次都要听他吹他的英雄历史。

六十来岁的年纪，精神挺好，看起来只有四五十岁，黑红黑红的脸显得很健康。总喜欢在一件黄背心外套一件脏兮兮的白衬衣，一条酱色长裤，裤管高低不等，卷得高的那一边便露出一截黑红黑红的瘦脚杆来。他成天就喜欢在乡政府前的街上转来转去，和人讲个白话，讲得兴起，便撸起衣袖做健美运动姿势，让人看他青筋暴凸的手臂。"我有劲哪，没有哪个有我的本事高！"说着说着他就会站起来，一只手将坐的椅子用力一抡，举到头顶上。因支持不住，只得又放下来，依旧坐着，口里干哼几声。若椅子是哪个凶婆娘的，必定要喊几声："你举咯举咯，砸烂了我找你赔新的！"

胡仙傻笑着犟嘴："赔吧，打烂一张我赔你三张！"

有一天闲时，县里下来几个钓鱼的人，正是他原单位的。就有个当股长的小头头儿板着脸说，要回去向局长汇报，停了他每月的退休金，因为他在乡下胡作非为。

胡仙一听，本来快活的脸一下就变了色，眼睛红红的："你敢汇报！你汇报我就怕哒？！我闹革命那么多年，上海、北京哪里没去过？哪个都不敢停发我的工资，不然我跟他告到中央那里！"

"你莫摆老资格！"

胡仙开始一怔，随即又理直气壮了："毛主席讲的，革命不分先后，你晓得个屁！"

　　说着说着，又气势汹汹地瞪着那小头头儿，长长地拖了一声："哼——"

　　胡仙有一套保存得不太完整的个人历史资料——几张老照片，两个笔记本，装在一个破旧的公文包里，那旧包包一刻也不离身，吊在他屁股后头。一旦小街上来了外人，他一定会很有心计地引出他那英雄历史来作为话题，最后必定会引得人家迫不及待地争看他的"革命档案"。这时，他就不紧不慢地从容地取下随身的旧公文包，津津有味地向人炫耀他那不朽的英雄历史了。

　　但有时候，结果会出乎意料。比方有次在几位下乡游玩的大学生那儿，他就栽了跟头。

　　看着他那邋里邋遢的样子竟在他们面前瞎吹英雄历史，那帮见多识广的大学生哪里肯信，于是起哄。

　　"你们不相信？不相信我拿给你们看！"胡仙一反常态，立即从身后取下旧公文包，忙不迭地掏出照片和笔记本来，还一一指点着，"这是在北京天安门广场，这是在鸭绿江边，笔记本上是毛主席像，支援朝鲜时部队发的！"

　　大学生们依然嗤笑着："鸭绿江，这哪里是鸭绿江？！你以为随便一条河就叫作鸭绿江了，这天安门怎么看着像照相馆里的布景，这种笔记本，哈哈，哪里没有？到处都可以买，都是假的！"

　　"什么？你讲这个是假的？！"胡仙一把从大学生手中夺回笔记本，几页纸片随之零零散散飘落地上，"你敢讲这个是假的？！"

　　"当然！"大学生们继续起哄。

　　"哼——哼——"胡仙气得暴跳如雷，一边踢开椅子抓起破包转身就走，一边血红着眼睛骂，"××养的，竟敢说这个是假的！你到哪里都可以调查清楚，看我姓胡的是什么人！"一径骂去了。

　　有知情的人说，他上酒馆去了。之后我经过酒馆门口一看，胡仙果然在里头，垂头丧气地喝酒，旧包包立在椅子边。我于是说："胡仙，相片借我看一看好没？"

　　"看个屁哦！××养的！"说罢右手抓起旧包向地上死命摔去。只听啪的一声，正坐在墙角昏昏欲睡的店老板被吓得身子一抖，蹦了起来，惊慌失措地望着站在店门口的我，不知发生了什么事情。

　　胡仙嗜酒的名气，当时在全县怕也算得上前几名了，没有听说过比他更厉害的。他隔两小时须上一次酒馆，平均每天不下斤半白酒。

　　说到酒，胡仙有一句远近皆知的名言，他也说得最多："到北京我啤酒不喝、喝白酒！到贵阳我要喝茅台！在湖南我得喝湘泉！"三句话分别用北京、贵阳和长沙的方言说出来，透出各地方言中很纯朴的语音美，那"啤酒"的"啤"字被他说成去声，真是好听得很。因此，他每次说完脸上便有极快活的得意神色，十分光彩可爱。这时候，他十有八九是不请自到地混在人家的餐桌上，酒也是乡里很普遍的苞谷烧。

所谓酒醉心里明吧。胡仙喝酒，每次二至三两，绝不至于太多。他老生病的老婆和务农的孩子对此绝对地放心。有几个闲人多次特地买了酒试着要灌醉他，没成，好像是每次快过量时他手中的酒总会在不慎间倾完了，或者是发疯了酒杯被他摔碎。

可没人逼他时没听说过倒酒摔杯这档子事呀，于是人们都说他其实是狡猾的。我曾拿这话题去问他，胡仙不言，不说是，也不说不是，顾左右而言他。

喝酒之后便是唱歌，凡有胡仙的地方必有歌声缭绕。歌的种类不少："东方红，太阳升""雄赳赳，气昂昂，跨过鸭绿江""鞋儿破，帽儿破，身上的袈裟破"，以及街头的流行歌曲等。可他唱歌有个缺点：每一首歌都只记得前面两三句歌词，唱不了几句便自觉地换上了另一首。

"什么？你讲我一辈子唱不完一首歌？"有一次胡仙很不服气地问我。"当然是啊。"我说。"好！你听哒，我今天就非得唱完一首歌！"他咳了咳，清了清喉咙，往旁边的地上饱满地噗上一口浓痰，直起脖子开唱，一边还用手握拳有力地上下挥动着，自顾自打拍子："革命军人个个要牢记，三大纪律，八项注意……"才唱了两句，哑了，怎么瞪眼睛也想不起下面的歌词。

我于是喝彩："唱得好！好听！接着唱嘎！"

"喉咙不舒服，要喝酒哒！等我喝上二两再来接着唱好不？"话未毕人先行，手一甩一甩地就往酒馆颠去了，跑出七八步还回过头笑着招呼，"等我一下啊，就来！马上就来！"

"鬼"才来，到第二天黄昏的时候才见他的影子。

我于是说："胡仙啊，要是世上的老人都像你咯样（这样）就好了。你看你，成天到晚乐癫乐癫的，也不晓得什么叫愁苦。"

胡仙听了没作声，作若有所思状，转过脸看远方暮霭中的山，缓缓地又唱了起来："蓝蓝的天上白云飘，白云下面马儿跑……"那音调是渐渐往高处走着的，极雄浑又极柔和，在越来越深沉的暮色中听起来十分苍凉悠远。

这时，远处中学校舍旁边的马路上，那位正独自踱步的老人停住了步子，朝这边默默看了一会，又低着头慢慢地走了。

走失了的兄弟

"××算个屁！"那是在 1996 年的一天，当时我在湘西自治州州委宣传部一份综合性内部刊物做编辑，正趴在桌上看稿时，突然听到一个大嗓门在办公区中间的过道里嚷嚷。声音听着很熟悉，我跑出去一看，果然是他，彭世贵！又喝醉了酒，因为对什么事情不满意，到州委宣传部找领导麻烦来了。我赶紧跑过去将他拉到办公室，把门关上，细问原委。具体是什么事情，现在也记不清楚了。

那个时候，世贵是湘西自治州州委机关《团结报》社的一名副刊编辑。一个下级单位的员工因为一件不如意的事情，敢跑到主管部门的办公室找领导发飙，可见这个龙山人的彪悍性格。

还有一次，那是在更早以前，我和世贵还分别在凤凰和古丈上班，机缘巧合在吉首市聚到了一起，那就必须吃夜宵喝酒。碰巧，我们看到《湖南日报》驻湘西记者站站长张湘河，也在相距约二十米远的街边夜宵摊喝啤酒，当时张湘河还不认识我们这几个参加工作没多久的文学小青年。只见彭世贵背对着张湘河所坐的方向，手端着啤酒杯，毫无征兆地突然大吼一声："张湘河！"喊完之后，若无其事地继续喝他的酒。那个时候，我们对媒体人，尤其是省级党媒驻湘西的负责人，在心中那是无比敬畏的啊，且张湘河在湘西政界文化界知名度很高，我们想接触都还没机会呢。那边的张湘河清晰地听到有人叫他名字，放下酒杯站起来沿街找了一圈，经过了我们这一桌，却没见到熟面孔，也没有谁和他搭话，又疑惑地坐回去嘀咕着继续喝酒。我们这边，被彭世贵这么一喊，几个人开始都有些目瞪口呆，见张湘河转一圈又走了，才知道是个小恶作剧，大家忍不住望着彭世贵吃吃地笑了起来。后来，文学小青年们都成了湘西新闻宣传行业的资深人士，自然先后都认识了，张湘河听我们讲到这个故事时也不免觉得好笑。

我们之间类似的趣事少说也有一箩筐。都还是单身汉的时候，我们曾一起骑着单车哼哧哼哧地颠簸二十公里，到吉首市河溪镇一个当老师的朋友处喝酒。那时候大家都还是那么健康，朝气蓬勃。他于1992年调《团结报》社之后，我在1994年调入自治州委宣传部，负责一份综合内刊的编辑工作，两人经常一起外出采访。其中有一次为湘西自治州某系统做一组系列报道，我们有半个月时间同吃同睡，一起跑遍了大半个湘西，合作完成了一组系列报道，在《团结报》上刊发。
1998年我也调入《团结报》社，跟他成了同事，两人在一起
的时间就更多了。

世贵是个太爱生活的人，我们经常笑骂他"五毒俱全"，
尤其离不开烟和酒。除了睡觉的时候，他的烟是几乎从不离
手的，说起他嗜酒，那话可就更长了。他参加工作之后就没
有离开过酒，而且白酒、红酒、啤酒统统来者不拒，常常是
白酒之后喝红酒，红酒过后还需要喝啤酒漱口，因此经常喝
得酩酊大醉。没喝酒的彭世贵，一般是沉默寡言、不苟言笑的，
常给人一副沉思者的形象。喝酒之后话就多了，声如洪钟，
妙语如珠，在"粪土当年万户侯"的同时，点评当今风云人物，
纵论国际国内局势，微醺之后免不了总要骂几声娘。

世贵大学毕业后没回老家龙山，而是在古丈县司法局参
加工作，那是因为他恋人是古丈人。他们举行结婚典礼就在
古丈县，应该是1991年前后，那个时候我也找到了女友，我
们俩和几位共同的朋友一起，坐公共汽车去古丈为他们庆贺
婚礼。我在他们简洁的新房和办喜酒的酒店之间来回跑了两
个回合，一边观察他们婚礼的流程，一边看新房的布置，一
边规划着自己即将到来的婚礼。记得婚礼上的彭世贵是喝得
酩酊大醉的，我们走的时候他还没醒来。

2003年我调离湘西《团结报》社之前的那个把月时间，
世贵陪我和朋友们一起聚过多次，当时他已经被发现有肠胃

方面的毛病，白酒开始喝得少了，改喝啤酒。我调回湘潭后，两人还在长沙、湘西分别见过几次面。

印象中是 2020 年的某一天，我在休病假期间，曾向年轻时的朋友、《团结报》社社长田应明兄索要彭世贵的微信号，想和相交近三十年的老朋友聊聊天、叙叙旧。应明兄告诉我，世贵因胃病已于 2017 年 11 月 18 日凌晨去世，还看到一篇老朋友何旭兄为世贵写的吊唁文章《与阿贵绝交》，看到最后忍不住悲从中来，泪流满面。算起来，距离我上次回吉首与世贵见面，也就两三年的时间，他竟然就悄悄地走了。近七八年时间，因为工作太忙，我一直没有回过湘西，也很少和湘西的老朋友们联系。

彭世贵是土家族人，1965 年 2 月生于湘西龙山县咱果乡。我与世贵的缘分起始于 1989 年，因为共同的文学爱好。那时候我在凤凰县税务局上班，业余加入了凤凰的一个文学社团"湘西文学社"，后来成为文学社的主要负责人，与州内的文学青年开始横向联系。世贵的起步比我早，他还在吉首大学政治系读书的时候，就已经在《青海湖》等著名刊物上发表散文、诗歌。我们建立联系后真有相见恨晚的感觉，很快就开始了密切的往来。1991 年，我开始编辑出版《中国当代散文诗选》丛书的时候就邀请他做了编委。自 1998 年之后的二十多年，我与文学渐行渐远，而世贵却一直孜孜以求，成果丰硕。他先后在《民族文学》等刊物上发表很多诗歌散文作品，公开出版过散文集《经典湘西》等，曾荣获"全国百佳新闻记者"和"中国少数民族文学骏马奖"等多个奖项，是中国作家协会会员，后任过湘西自治州作家协会副主席，湘西自治州政协委员。自从进入团结报社以后，他负责文艺副刊编辑工作多年，在政文副刊部主任岗位一直做到生命的最后时刻。

世贵有着天生的艺术家气质，这一直是我颇为欣赏的。他在文学创作上算不得特别勤奋，作品也算不上丰硕，但是他才华横溢，一直是有感才发。他的所有文学作品质地都极佳，空灵中带有质感，豪情中自有细腻，是他真性情的倾泻，是他智慧和灵感的呈现。应该说，世贵是个比较慵懒的人，他太容易放飞自我，但是他真诚、勇敢，从不矫揉造作，从来都是直言快语，敢于表达自己的观点。

曾经有一次，我跟我们的共同朋友何旭兄说："世贵不世故。"

几十年了，有一个最熟悉的镜头一直在我脑海中频频闪现：在宽厚的黑边眼镜后面，一头卷发的世贵眯起一只眼睛，努起嘴唇，恶作剧般对着我狡黠地微笑。

那是我最挚爱最珍惜的兄弟啊，几年时间不见，竟不辞而别，从人群中匆匆走失了……

碧泉书院的回响

一

"买山固是为深幽，更有名泉洌可求。短梦正须依白石，澹情好与结清流。"约九百年前宋代理学大家胡安国在《移居碧泉》一诗中提到的"名泉"，正是我眼前的碧泉潭。

这是一个初秋的早晨，从位于湖南湘潭市境内的射埠收费站驶出许广高速，沿一条平坦宽敞的马路，蛇行般游弋在隐山脚下的碧青禾苗和多彩莲荷之间，不久就来到了湘潭市锦石乡碧泉村。马路在一座被唤作龙潭山的翠色山峰下轻巧地拐了个弯，拐弯处的路边山脚下"镶嵌"着一口被白色花岗岩栏杆围起来的小水潭，靠山的潭边石壁上刻有三个古朴而醒目的金色字：碧泉潭。

碧泉潭呈圆形，宽约十米，水深约三米，清澈见底，澄碧如玉，一泓泉水从潭底石缝中涌出，携零星小水泡在水面上炸开，一股沁凉之气便扑面而来。潭中墨绿色的纤细水草随着泉水的流动而轻轻摇摆着，像极了一群惬意的游鱼。

绕潭边石阶往上，有一座十多年前仿建的六角亭，黑色木匾上书"有本亭"三字。木匾两边的立柱上有一对联："汨汨碧泉继春秋绝响，苍苍云岭奠湘学鸿基。"有本亭最初为胡安国之子、人称"五峰先生"的胡宏于宋绍兴十一年（1141年）修建，亭旁石壁上刻有四百余字的《有本亭记》，就是胡宏自述当年同父亲一道移居碧泉买地筑室的过程。有本亭的后山上，常年绿树成荫，大多是本地常见的樟树、翠竹、松树等常绿树种。风从林中吹来，清凉而惬意，携了一份幽深的历史气息。

"沙净蒲芽绿，风牵荇带流。澄澜立白鹭，细浪逐轻鸥。翠鸟来还去，修鱼跃更游。动成春色好，愈觉道情幽。"在胡宏诗词中清幽静美的碧泉，千年来一直在汨汨流淌，从未干涸过。碧泉潭水温常年在十八至二十二摄氏度之间，水流量约每秒七八立方米，从潭边水泥马路下的涵洞涌出，便汇成碧泉溪，往东南方缓缓流去，滋润着周边的千顷良田。

顺碧泉溪下行一百多米，马路边有一块"碧泉书院遗址"的指示牌，旁边一条宽阔的水泥路通往山下几栋水泥砖混结构的民居，一块被岁月侵蚀得字迹无法辨认的古旧石碑斜卧在房前泥土中，这里就是当年碧泉书院所在的位置了。碧泉书院于公元1131年由胡安国、胡宏父子创建，经多轮兴毁后，直到二十世纪八十年代完全消失。有位年近八旬的刘姓老人，指着面前这几栋民居告诉我，他小时候常在碧泉书院老房子里玩耍，青砖黑瓦白墙，四合院式建筑，前后分两栋，前低后高，中间有天井。

在碧泉书院遗址旁，当地村民新修建了一面诗墙，在汉白玉石板上镂刻了三十余首胡安国、胡宏、胡寅父子当年的诗作，以及部分后学者在此怀古思幽的缅怀诗。

远去了那些清癯的身影和琅琅的书声，留下的是飘逸的文字和天地间回旋的思想。当我在碧泉潭和碧泉书院遗址间流连沉思的时候，先后有三四拨游客自驾来此参观，他们或会聚于泉水边，或徘徊于诗墙下，为九百年前的那些人和故事争论着什么。

再行车十多公里，我独自来到隐山南麓锦石乡黄荆坪村。接近隐山时，首先从道旁掠过的是一株树龄近九百年的垂丝香柏，树干粗壮挺直，据传为当年胡安国所栽。对面两棵连理银杏，枝繁叶茂直冲云霄，树龄三百多年。右边树丛中矗立着一块一人多高的巨石，上书"天下隐山"四个红色字。再沿柏油路直行约两百多米，过一座小桥，爬上数十级台阶，便到了隐山脚下胡安国夫妇和胡宏合葬的墓地。背景是墨绿色的神秘隐山，墓地被围在山坳间高耸入云的松柏丛中，稍稍隆起的墓堆上生长着稀疏的青草。青石墓碑上用楷体书有"始祖胡公文定老大人、胡母刘氏老孺人之墓"和"二世祖五峰公之墓"，碑旁有一石联"秉春秋大笔，葬天下隐山"，另有一诗分刻在两边石头上，简要概括了胡安国的生平和其历史地位。墓碑上攀爬着几株绿植，正往墓地边的树林中从容蜿蜒而去。

1138 年，胡安国在碧泉去世，归葬于隐山。1161 年胡宏离世，与父母合葬于此。之后八百余年，在他们的思想光照下，一部雄浑而厚重的湖湘文化发展史在辽阔的中华版图上被生动绘就。

二

作为中华文化的重要一脉，凡提到儒家湖湘学派，绕不开的就是这一山一泉一书院。隐山号称"天下隐山"，碧泉被称"湘中名泉"，碧泉书院是湖湘学派的发源地，也是湖南最古老的书院之一。

南宋建炎三年（1129 年）冬，国家动荡，本已辞官定居湖北荆门的胡安国，因不堪荆州的兵荒马乱，在弟子黎明与杨训的邀请下，来到湖南湘潭，寻访到隐山碧泉。碧泉距湘潭县城约四十公里，距南岳三十公里，青山绿水，美景怡人，僻静人稀，远离战乱，兼有绝世好水碧泉潭，因此成为胡安国隐居研学的最佳选择。次年，胡安国携家眷正式迁居碧泉，开舍结庐，栽花种树，稍后以自己的居所为书堂，一边研学著述、一边为随从弟子开堂讲学，时称"碧泉书堂"，后人称为"文定书堂",乃"碧泉书院"的雏形。一时间"远邦朋至,近地风从",偏僻的碧泉迎来了琅琅书声和之后的九百年回响。

初始的碧泉书堂比较简陋,直到1138年胡安国辞世,尚未完全竣工。胡宏继承了父亲未竟的事业,将书堂扩建并定名为碧泉书院。当时碧泉书院的建筑格局是以院门、明伦堂讲堂、文昌楼为中轴,两厢角门、考棚等以对称的形式排布。之后,胡宏有感于"人希探本"而创立了他的性本论儒学观,在碧泉潭上修建"有本亭"兼以纪念其父。

胡安国(1074年—1138年),福建崇安人,北宋绍圣四年(1097年)参加科举考试,得中榜眼,被任命为太学博士,管理湖北路、湖南路学事,累迁成都知府。北宋政和二年(1112年),父母亲相继去世,胡安国称病退出仕途。1130年胡安国隐居碧泉后,朝廷又先后多次召用他。至绍兴三年(1133年),彻底厌倦了官场倾轧的胡安国下决心不再出仕,回碧泉书堂专心著述和讲学。《宋史》评价胡安国"忧国之心远而弥笃",意指他虽身隐碧泉但心忧天下,始终牵挂着国家前途命运。胡安国潜心研究《春秋》三十余年,结合自己的教学讲义,在碧泉书院修改撰成《春秋传》这部呕心之作。书成之后,宋高宗赞扬该书"深得圣人之旨",并在胡安国逝世后赐谥"文定",赏赐金帛,委命湖南监司处理其丧事。《春秋传》一书在元、明两朝被定为科举考试的经典教材。

中原王朝历经西夏、辽、金等少数民族政权的挑战,偏安于临安的南宋朝廷面临着巨大的存亡危机。胡安国认为，《春秋》是一部寄寓着华夏礼义内容和孔子大一统思想的经典著作，他创办书院聚徒讲学，推崇《春秋》并撰写《春秋传》，就是为了唤醒时人对中华民族文化的认同和自豪感。正是这种强烈的救国救民理想和文化担当意识，促使作为程颢、程颐再传弟子的胡安国，在传承讲授周敦颐和"二程"理学的基础上，带领弟子们开创了内修心性道德、外求经世致用的湖湘学派，形成了其独特的思想体系。《春秋传》因此成为湖湘学派的开山之作，奠定了湖湘学派的学术理论基础。

而湖湘学派的学术扛鼎之作，则是胡宏的《知言》，这部著作采用随笔札记的形式，辑录了胡宏历年在碧泉书院讲学时的主要内容。胡宏在教学理念上与胡安国的思想一脉相承，他在《知言》中提出："圣人之道，得其体，必得其用。"治学目的就是"治国平天下"。该书标志着湖湘学派以尊王攘夷、内圣外王、体用并重、知行合一为核心的经世济民思想体系的成熟与定形。

胡安国父子俩以民族大义为重，推崇儒学的大一统思想，有着强烈的爱国主义情怀，加上他们重视引导弟子们深入思考和身体力行，强调传授"实用之学"，对当时通过文采章句换取富贵之道的八股学风进行抨击，因此吸引了大批湖湘学子，包括张栻、杨大异、彪居正、吴翌、孙蒙正、赵孟、赵棠、方畴、向语、谭知礼、彪虎臣、乐洪等名儒会聚于此，探求复兴中华文明的学问，为湖湘文化的崛起播下了星星火种。

当代著名学者陈代湘认为，碧泉书院在湖湘学派以及湖湘文化乃至中国学术史上都具有非常重要的历史地位，它是湖湘学派的发源地和第一个学术基地，也是湘学和湖湘文化兴盛之源。

宋绍兴三十一年（1161 年）胡宏去世后，碧泉学子渐渐转移到长沙岳麓书院、城南书院等地研学。碧泉书院在经过三十余年的红火之后，渐渐沉寂下来。十年之后，胡宏弟子张栻重游碧泉，触景生情而感言："书堂何寂寂，草树亦芊芊。"

三

胡安国、胡宏父子在碧泉书院培养的一大批著名学者中，张栻、彪居正、吴翌等人逐渐成为湖湘学派的主要传人。三人先后被聘主持岳麓书院学政期间，得以将胡氏父子的思想与学风发扬光大，又受益于长沙在湖南政治、经济、文化的中心地位，岳麓书院很快走向学术文化的辉煌。

宋乾道三年（1167 年），著名理学家、哲学家朱熹从福建来到岳麓书院与张栻相研学术，"朱张会讲"由此展开，岳麓书院从此声名大噪，传遍全国，很快取代碧泉书院成为湖湘学派的中心。

但其精神内核和价值理念却一直流淌在湖湘大地之上，融入了湖南人的骨血之中。胡安国父子的经世济民之学，与湖南人的"霸蛮"和血性深度融合，便形成了"惟楚有才，于斯为盛"的旷世奇观，受益于湖湘文化经世致用的精神沃土滋养，王船山、曾国藩、左宗棠、王闿运、谭嗣同、齐白石、毛泽东等杰出人物，先后从湖南走向全国政治、文化舞台的中心，对推动中国社会的发展进步起到了不可磨灭的巨大作用。

碧泉书院在南宋末年的战乱中被焚后，元代又由里人衡氏修复，元未再毁于兵燹。明万历四年（1576年），乡绅周之屏予以重修，并读书讲道其中。明崇祯年间，再次重修。清顺治五年（1648年）书院不幸又毁于战火，康熙初年再修葺完毕。虽然今天再也看不到书院的痕迹，但由于碧泉书院在中国文化历史中的巨大回响，几经沧桑兴毁后，掩埋在寻常巷陌中的碧泉书院，始终没有被人们遗忘。

2018年7月，湘潭大学在原哲学系、历史系基础上，组建了碧泉书院，着眼于学术形态上的传承和创新，以延续千年湖湘文脉，打造湘学研究重镇。衷心希望早日看到实体的碧泉书院在原址上重新矗立起来。

离开碧泉时，已近正午时分，初秋的天气依然有些闷热。我忍不住从碧泉溪中掬起一抔泉水送入口中，沁凉的感觉瞬间传遍五脏六腑，一种来自历史深处的积淀久远的神奇力量沁润着我。碧泉溪清柔、凉爽而澄澈，吸引了远近不少小孩来此玩耍嬉戏，然后沉稳地往东南方向流入涓水、湘江、洞庭湖，汇入浩浩长江，最后融入东海。

"半亩方塘一鉴开，天光云影共徘徊。问渠那得清如许？为有源头活水来。"我明白，亘古不息的碧泉之水，不只是胡安国、胡宏父子和其弟子们挚爱的湘中名泉，更象征着湖湘文化长盛不衰的源头活水。正如碧泉书院虽然只在历史上兴盛了短短三十余年，却是中华文化百花园里一泓永不枯竭的文脉之源。

莲城的湖

　　城市因湖而从容，而有深呼吸的空间，而有了故事和思想。湖因周边的环境和游人而鲜活，而有了生命和不同的个性。

　　湘潭因盛产香莲而被称为"莲乡"，湘潭城因此而有了"莲城"的称谓。结识莲城数十年，要说我最钟情它什么，还是莲城的湖。

　　既称莲城，这里的湖自然少不了荷叶田田，莲香袅袅，这是莲城各湖的共性。又因为各湖所处的地理位置、人文环境和与之朝夕相处的周边游人的不同，年长日久，便也生出各自不同的个性来。

　　在我看来，雨湖是一位婀娜灵秀的古典美女，她有朦胧诗般的秀美与柔情，却又历经沧桑，见证了千年莲城久远岁月中的跌宕故事，是一代又一代湘潭人心中抹不去的乡愁；白马湖是一位沧桑的老者，其水墨画般起伏的宽敞湖面，精工雕刻过的每一条小道、每一处石雕，犹如一道道皱纹和一个个斑点，显现出朴拙而随性的艺术家风范；梦泽湖则是一位睿智的中年人，胸中有写意画般的万千丘壑，内里有改天换地的厚重文章，一桥一廊都积淀了千年的湖湘文化底蕴；木鱼湖无疑是一位矫健灵动的美少女，又宛如一幅色彩明艳的油画，充满鲜活的蓬勃朝气，荡漾着纯净的笑声和青春的荷尔蒙；百亩湖则是一位粗犷的壮汉，像一位勤勉劳作的山野樵夫，又像是通红炉膛前敞开胸脯忙碌劳作着的钢铁工人，散发着陕北民歌般粗犷和野性的自然气息；还有碧泉湖的灵动，九华湖的雄阔……

在这个因干燥而让人有些焦灼的季节，我怀揣着对水的温情渴望，一次又一次走近莲城的湖。

千年乡愁漫雨湖

雨湖由来已久，是荡漾在数十代莲城人心中最亮眼的那一汪乡愁。

相传约六百年前，明吉王三世偕徐妃春游于此，途中遇雨，见雨滴荷钱，千万珠跳，感景而命名。雨湖是湘潭的人文大餐，也是自然山水的盛宴。每一处亭台楼阁，每一株参天古树，每一条卵石小道，都渗透着湘潭人朦胧诗般的美好记忆和怀旧情怀。

十七岁那年，我参加高考跳出农门来湘潭求学。正当菊花盛开时节，几个要好的同学一起来雨湖公园参观菊展。在摩肩接踵的人群和菊花的海洋中，我们年轻的内心深处蹦出无限的新奇和雀跃，那种或金黄或雪白的大朵大朵灿烂盛开的秋菊之美，至今闪耀在我的眼前。赏完菊花后，我们在雨湖的亭台楼阁间攀缘踱步，在游船上叽叽喳喳，流连忘返。那是我第一次亲近雨湖。

从此之后，雨湖便与我的生命有了亲密的关联。她见证了我求学时代的爱与梦想，见证了我在外地工作十多年间携妻儿回来游玩时的往事，见证了我调回湘潭工作之后近二十年为事业、为生活而奔波的匆匆步履。在这样晴和的秋日，放下尘世间所有的羁绊，一个人回到久违的雨湖边慢慢走一走，是我酝酿已久的心愿。

雨湖公园建于1954年，位于湘潭河西老城区，靠近湘江，湖面约12公顷，分为上、中、下三湖。沿着雨湖路，从紧挨湘潭一大桥的上湖西入口来到湖边，你首先见到的便是被绿荫和楼阁分隔开的小片水面。

虽然刚刚遭遇过据说是六十年不遇的高温干旱，但雨湖的水却是满的，水面几乎平着湖边的石堤轻轻荡漾。忍不住蹲下来，伸手入水，搅乱一湖清波的同时，一股沁凉的感觉从双手传遍全身。谁说秋水是瘦的？雨湖的水就总是这么丰盈而亲柔，如少妇的肌肤。

湖边有一群鸭子在水面嬉戏。一对小鸳鸯见人来了便一个猛子扎到水里不见了。远处的湖面则荡着细碎的波纹，有漂浮着的点点树叶，有对面树林、楼阁跳跃着的倒影，还有游船，以及游船上开怀的笑声。窃窃私语的情侣，或者年轻的夫妻带着他们的孩子，乘着游船在湖中散漫地漂着。

树是雨湖的贴身外套，是欲掩还迎的古典风情。如果用无人机从高空往下拍摄，雨湖就是一汪起伏着的绿色波涛。即使在最炎热的夏天，行走在湖边或湖心小岛，你也不用担心会晒着太阳，因为一棵棵几十上百年的老樟树、乌桕、法国梧桐在这里排着队，站成一道道自然而紧密的走廊，为游人遮太阳，挡风雨，润泽浮躁的心灵。上了年岁的桃树，将落叶了的枝条挨着水面斜斜地伸向湖中，或许它是担心自己的果实被游人过于随意地摘取吧。

除了樟树、乌桕、梧桐，人行道两边多的是凤尾竹、银杏、玉兰、栾树、松柏、铁树、罗汉松、石榴、枫树等，将你视野所及的空间打扮得清新而自然。除此之外，最惹人注目的恐怕还是垂柳。粗大而遒劲的老柳树一排排驻扎在湖边，树冠伸向近十米高的空中，然后弯下腰来，将柔韧的枝条和绿叶伸入湖面，在微风中与湖水做着蜻蜓点水的游戏。人从湖边过，垂柳拂面来，抚在脸上那种酥酥的痒痒的感觉，也许正是你此刻心情的写照。春夏秋三季，都是柳条们展示风姿的好时节。

雨湖旁的雨湖路，古称"烟柳堤"，就是因为柳树多而成名。

晚清湘潭诗人何承珍曾作诗"烟柳萦堤碧欲流，流翠云缭绕红楼"，晚清另一位湘潭诗人谭半农也曾有"千点桃花万杨柳，雨湖堤上踏青行"的诗句。数百年前诗人们所吟诵的，正是烟柳萦堤的美景啊。

　　亭台楼阁是雨湖的魂，是镶嵌在莲城人记忆墙面上的醒目挂钩，悬挂着诸多流传已久的动人故事。雨湖的亭台楼阁很多，且集中在上湖和中湖。各楼阁之间有弯曲的游廊和小桥相连，并因此将上湖隔开成五六处各有情趣又互相连通的湖面。中湖较为完整，只有一座大的铁索桥将湖面一分为二。凤竹庵、陶公祠、斗姥阁、万寿宫、发源殿、岸花亭、双璧坊、夕照亭等雨湖名景，被合称为"雨湖八景"，均散布在湖的南岸。此外还有远香榭、听鹂亭、湘砚博物馆、免费书吧等，分布在上湖的湖边或湖心。绕湖堤的照壁上，镶嵌着一面长约 13 米的泥塑浮雕《湘潭古城全景图》，还原了 1915 年湘潭九总码头至窑湾的古城原貌。

　　为上湖和中湖划界并让湖水在桥下相通的是一座石拱桥，名曰七星桥。顺七星桥走到湖的南面，临湖并立着两尊汉白玉双鬟少女塑像，还有一座名为双璧坊的牌坊。传说，清嘉庆年间，有民女二人，时称"艳慧双绝"，被骗入湘潭妓院，二人坚贞不从，夜投雨湖而死。湘潭百姓大为感动并为二女立坊于雨湖旁，请当年的探花石承藻题字，怀念至今。总是悲剧动人心。

　　穿过双璧坊，经过一段风雨长廊，就是"夕照亭"。清顺治年间，江西商人在这里建了一座许旌阳祠，题门额"万寿宫"，是一座园林式建筑。而今，这里只剩一座经翻修的四方亭，亭顶有二龙戏珠图案，枋檐有飞禽走兽的彩绘或镂雕，形态生动逼真，是湖南省级文物保护单位。

　　从夕照亭往八仙桥方向走，经过读书林，有一条较为狭窄幽静的小径。一个满脸稚气的小朋友，脚踏红色小单车，哼哧哼哧地迎面骑过来。陡然生出的怜爱之心让我赶紧闪到小路一边，微笑着看小孩羞涩地骑过去了。回头以目光追随他背影的瞬间，脑海里猛然闪出二十年前和我一起在雨湖嬉游的少年儿子的笑脸。

　　雨湖的周边，很早以前就是集聚着湘潭市民且深受市民喜爱的文体场所，沉睡着这个城市很多久远而快乐的记忆。南面的市图书馆始建于1954年，近七十年来绕雨湖周边搬迁过几次，至今还在迎接着来此求知的一代代新老读书人。原来红火的市体育馆已搬迁到河东新区。曾经的天人合一画廊，常年展出来自天南地北的艺术家们的书画作品，吸引众多的艺术信徒来此观瞻，现已无迹可寻。

　　雨湖西北边是原邮政局老楼，一楼有个集邮门市部，二十啷当岁的我们每个周末都会搭公交车跑到这里，蹲在门市部周边空处的水磨石地上，或门外的水泥地板上，心怀欣喜地与集友们交换购买各式漂亮邮票。而今邮票还在家里珍藏着，当年的集友们却再也没见过了。雨湖正北面的红月亮电影院，当年夜色中那些汹涌的人流都去了何方？那个因电影而激情的青年时代，和消失的电影院一起，一去不复返了。

遐思间抬头，发现不知不觉已走近八仙桥，山水、树木、回廊在这里排布得越发紧密。乌桕树可与樟树比肩，所不同的是，乌桕经不住秋风的急躁，通红的树叶染红了头上那一片天空，染红了天空中的云彩和树下的盈盈湖水。密集而小颗的果实将树枝压得垂下来，不少的果实裂开了嘴，露出白白的种子，等候着飞鸟们喜悦的青睐，然后借助飞鸟道将这些种子撒播到更肥沃的土地上，继续它们新一轮的繁华盛世。

所谓的八仙桥，其实早已经不是桥了，它是一条横亘在雨湖中的宽阔水泥马路，将中湖和下湖决然断开。两旁高大威猛的法国梧桐在默默述说着这座"桥"的久远历史。

下湖的水面更宽阔，就像一块巨大的完整的镜面，毫无遮挡，远看对岸一览无余。微风将吹落的树叶轻轻赶到湖的一边，大片的湖面便舒展开干净而清澈的"肌肤"。鱼鳞般的波纹在微风下跳跃，时不时有几只游荡的水鸟，几条跃起的鱼，在打破这种静寂的同时，更加衬托出水面的宁和与恬谧。

下湖南岸的湖腰处有一座万春亭，宁静而少人，有一位长者对着手机在亭中引吭高歌。那种陶然而抒放的神情，令人艳羡。

下湖的东边尽头是杨度广场，立着一尊杨度年轻时的雕塑，下书他的名言"若道中华国果亡，除是湖南人尽死"。杨度身后的假山上，浮雕着他的若干故事图案，中间有"旷代逸才"四个字。广场稍显偏僻，因而有些冷清，与杨度被人争议的一生有些反差。我想，在推动中华民族波浪般起伏前行的历程中，这些慷慨勇韧之人，孤独冷清和不被理解的时候也不鲜见。

绕湖往回走，惊起一只不知名的水鸟，倏地从岸边水烛丛中飞起，落在前方水面上，然后又倏地钻到水里，活脱脱表演出我们少年时的顽皮行径来。鹌鹑，这种南方常见的野鸟，在这边树丛和那边树丛之间悠闲地飞过来又飞过去。

回到八仙桥，湖边的长条木椅上，有一群老年人在悠闲地喝茶、听音乐、拉二胡，个个怡然自得。他们旁边高高耸立着巨大的法国梧桐和老樟树，身后则盛开着大朵大朵的木芙蓉花。突然，一曲洪亮的《再见了大别山》的歌声响起，瞬间唱出了雨湖的久远和幽深，一位老者手握话筒，身躯挺直，浓浓的湘潭口音里流淌出浓郁的怀旧情绪。这有些苍凉的歌声和周遭热闹的场景，让不少从这里经过的市民忍不住停下脚步，驻足聆听。

我一边慢慢走向停在路边的小车，一边有些不舍地回头张望，炊烟般的各种情愫在心头滚涌。那踏动着的游船里曾有我三十多年前恋人在耳边的呢喃，有毕业离校时在湖畔与同学们挥手告别言犹在耳的互道珍重，铁索桥上有我为妻子抓拍的洋溢青春，湖边小道上跳跃着儿子少年时吭哧吭哧晨跑的身影……雨湖边的滚滚红尘，卷走的岂止是岁月，那是我在理想与现实的波涛中苦苦泅渡而不愿沉迷的大半生光阴啊。幸好有雨湖，它见证了一切。

不只是我，雨湖沉默地见证了数十代湘潭人的爱、痛与梦想。

艺魂氤氲白马湖

"百年遗迹留人世，写破湘潭梦里秋。"

白马湖位于湘江西北面的雨湖区白石公园内，距老城区最古老的窑湾和十八总码头不过数百米，于2005年建成开放，总占地面积18公顷，湖面约6.7公顷。这是一个为纪念世界文化名人齐白石而建的文化主题公园。

上午还是艳阳高照，穿着衬衫出门，下午就开始刮风降温，人都有些瑟缩了。深秋时节的这个下午，我乘车经过湘潭十八总码头和窑湾一侧，步行穿过白石古玩城，来到白马湖边。

白马湖极像一只大号的葫芦，顶部朝东，底部坐西，横卧在白石公园之中。我从这只大葫芦的西南方底部，以逆时针方向沿着湖的南岸慢慢地走，如同游走在一幅巨大的水墨画之中。

视野开阔，穿过巨大的湖面一眼就能看到远远的湖对岸。

一个坐落在莲城老城区中心的湖能有上百亩的面积，堪称豪阔和舒展。风有些急，浪有些高，湖水显得有些灰白，将寒意一波一波往我前面的东南方岸边驱赶。靠近岸边的湖面上，有大片的残荷，枯萎的荷杆、荷叶延伸到十多米远的湖中，但仍然精神抖擞，像一群浴血拼搏过后还在坚守阵地的士兵。可以想见，夏日的红花碧叶在这里怒放的景色该是何其红火与生机盎然。

绕湖边有一条两米多宽的人行道，道旁树木繁茂，杜英、栾树、垂柳是白石公园的主打品种，其他还有石榴、红枫、水杉、樟树等。栾树的花还挂在树尖，一簇一簇的，红中偏黄，细看是有些干枯了，但仍傲然展示出一种倔强的生机和绚丽。湖岸有连片假山和江山会景的浮雕，垂柳下几个端坐的钓鱼人，钓风钓浪钓一份怡人的心情。

将上湖与下湖隔开的是一条长堤，如腰带般扎在白马湖的腰部。这是一条用密集的鹅卵石铺面的水泥堤坝，中间有大块麻石随意地横卧在堤坝中间，垒成不规则的人行步道，显得自然而有韵味。堤坝靠下湖的一边，自然生长有水杉、垂柳等植物，靠上湖的一侧则整齐排列着五根高高的方形石柱，每根底部四面各有一字，分别是"诗""书""画""印"四个字，代表白石老人一生艺术成就最高的四个领域。每一根石柱上端镌刻有白石老人的肖像图案，以及老人的书画艺术作品，石柱下面则有一条用青色石板铺就的平整直路，径直通往下湖的水边，这些石板上也雕刻有白石老人治印的文字。这五根方形石柱，应该就是代表齐白石壮年时"五出五归"的故事吧，我默想。

堤坝的南岸，有八根花岗岩制成的圆形石柱，比堤坝中间的方形石柱略小一些，雕刻有一些看不懂的甲骨文和图案，给人以古拙的印象。

上湖稍小，南岸有一大片树林。一片木芙蓉聚居于此，大朵大朵粉红的花正在盛开，让这片园子灿烂宛如春天。数棵树龄一二十年的罗汉松挺拔在路边，稠密的树叶中不时可见小鸟在栖息跳跃，与游人捉着迷藏。一排高大的玉兰树，难得的是叶子都还是绿的，将落而未落，显然对树枝有一些依恋的情愫，才不肯轻易飘零。时令已近冬天，这应该是树叶们最纠结最紧张的时候了吧？自然界的兴衰往复，想想还是有些残酷的，但作为普罗大众中的一员，谁又没有经受过这种残酷？这正如齐白石的"衰年变法"，浴火重生，为他后面四十年的作品带来一派崭新的气象。可以想见，来年的春天，火红的玉兰花竞相绽放在这宽阔湖滨的情形，该又是一轮多么让人欣喜的重逢啊。

白石公园的正门在白马湖东边的白马路一侧。从正门入口到齐白石雕像广场，是一条宽敞平整的水泥通道，一组主题石雕依次横卧在通道正中间，向人们讲述着齐白石从少年看牛娃历青年、中年到老年成为世界艺术大师的人生历程。

广场中心的主题雕塑是齐白石的巨幅石雕像，总高 9.7 米，雕塑上半身写实，精细刻画出白石老人的矍铄神态，往下则逐步虚化，最终和石头融为一体，寓示着白石文化从泥土中来的质朴本质，成为白石公园的主题景观。

从雕像广场走近白马湖岸，地面刻有很多红色印鉴，都是白石老人的篆刻作品。有一处醒目的印章林，四高八矮共十二根或红或白的方形石柱，分别以白石印章及边款内容为题材，集中体现白石老人的篆刻艺术成就。这里被称为"篆之所"。

再往西走，来到白马湖的北腰，是"诗之亭"景点。这是个两层木亭，亭上悬白石自书楹联两副，并有诗文镌刻于四周围栏之上。亭子的周围，栽有很多花果树，以石榴为最多，取白石名画"世世多子"之意，还用卵石拼贴出"世世和平"的组图，表达莲城人民渴望和平的心愿。今年五月石榴花盛开的时候我曾从这里路过，满树的火红在绿叶的衬托下是那样鲜艳和娇媚，一不小心又到石榴籽落地的时候了，时光流淌有如飞瀑，瞬间就从我们的生命中飞逝而去。

白马湖东北侧是齐白石纪念馆，每年举办多次书画艺术精品展览活动，已连续举办五届的中国（湘潭）齐白石文化艺术节主场地就在这里。齐白石是湘潭人的骄傲，曾任中国美术家协会主席等职，被中央人民政府文化部授予"人民艺术家"称号，1956 年被世界和平理事会授予国际和平奖。他被认为是二十世纪中国最杰出的画家，诗、书、画、印，无不精通，这在白石公园的各处景观里有非常明晰的再现。这些以线刻、浮雕等艺术手法展示的所有不同时期的诗文、印章、国画以及世界和平奖章等，充分展示出齐白石非凡的人格、才情和艺术精神。湘潭市书画艺术氛围浓厚，艺术人才繁茂成林，与一代宗师齐白石的带动引领是密不可分的。

沿着白马湖北岸的小道慢慢往白石古玩街方向回转，我心中似有所悟。不论是伟人、艺术大师还是无名的游子，每个人心中都有一个故乡，那是我们心头搬不走的家园，是一个白天回不去、睡梦中也会挣扎着回去的心灵归宿。那些在人类历史长河中做出过杰出贡献的人物，更会被故乡深刻地铭记：刻在墓碑上，雕塑在广场上，印在书本上，流传在影视作品或网络上，镶嵌在每一个家乡人的心头上。

因为有齐白石这样让人仰望的艺术高峰，所以，凡我所认识的湘潭艺术家，都有一种不服输，不歇气，誓要突破自己，登上各自艺术巅峰的毅力与勇气。

白马湖，就是日夜流淌在艺术信徒们梦里永不停歇的长江、黄河。它激荡着艺术家们前行的步履。

湖湘气韵梦泽湖

梦泽湖，顾名思义，是一座凝聚了湘潭人民对伟大领袖思念之情的湖。

　　我所在的工作单位就在梦泽湖边，比邻梦泽湖工作已经整整十五年。五年前，我又将自己的小家搬迁到梦泽湖边的一个居民区，早中晚均须绕湖而过，午休时间常和同事们一起在湖边漫步，闲暇时间的锻炼几乎都在湖边，梦泽湖是我生命中不可或缺的一部分。

　　这是一组由阶梯式分布的上中下三湖组成的自然湖。上湖在西北角，中湖在东北角，下湖坐南面，下湖的面积比上中湖加起来还要大，三湖呈"Y"字形分布在湖湘公园内。湖湘公园位于河东新城市中心区，是湘潭面积最大的公园，始建于2004年，前后三期工程，分多年陆续建成，总占地面积33公顷，其中梦泽湖湖区面积约12.15公顷，是一幅融湖湘文化、自然坡地与植被于一体的超大型写意画作品。

　　在湘潭所有的公园中，湖湘公园的植被是最为丰富的。这里的植物品种多而全，大面积的原生态树林被保留下来，上百年的老树很多，因植被太密，大片大片的密林无法进入。林中栖息着品种繁多的鸟类，我曾在公园一角发现一大群向树林深处奔跑的野鸡。被这么丰厚的植被包围的梦泽湖，可以想见有多清幽了。

　　在莲城各湖中，梦泽湖的莲荷面积也是最大的。盛夏时节，大朵大朵或粉红或雪白的荷花绽放在一层层翠绿的荷叶之上，那是游人观赏和摄影师拍摄的最佳时候。尤其在夏日的清晨，微风轻拂，逼真的人造雾将梦泽湖缭绕成仙境一般，密密丛丛的莲花荷叶在朦胧中轻轻摇摆的姿态，最是令人销魂和忘情。荷叶最多在中湖，坐在南轩书吧走廊里，面前的荷叶几乎占去湖面的一半，没给水面留下多少空白。现在是深秋时节，荷叶大多枯黄，懒洋洋地静卧在秋阳下的湖面，但其中偶尔点缀着的小片绿叶，总能提示你回想它们刚刚离去的满满生机，和来年更加浓烈的盎然绿意。

上湖西北角有一片银杏林，其中一棵树王有三百多年树龄。当此时节，树冠在空中摇曳着一片金黄，地面上铺陈的也是一层金黄，让人发自心底地开心和喜爱。"应知叶上秋，尽入湘潭水。"紧挨着银杏林的是大片水杉林，一半站在岸上一半站在湖水里，树干又高又直又粗又密，树冠簇拥在一起，真是一片火红，与银杏林的金黄称得上惊艳的绝配。

下湖的上半部是密密匝匝的荷叶和水烛，腰部有两座相距约三十米的并行虹桥——湘潭锦桥，从湖面上空高高跨过，端庄而典雅。每座桥两边的石围栏上，各有一长排浮雕图像和石刻文字，向游人讲述着湘潭这片土地的前世今生，以及从这里走出来的杰出人物的故事。时有游人在这里徘徊沉思。

湘潭先民的踪迹可追溯至三十万年前的旧石器时代。相传四千多年前舜帝南巡时曾于韶山赏韶乐。这里出土最早的国宝级文物豕尊，源于三千年前的商周。秦始皇统一中国后，设湘南县，县治位于今湘潭市境，已有二千二百多年历史。这片土地曾经莲香物茂，人民安居乐业，却也曾见证过被屠城、十室九空的惨绝人寰。这里曾是儒家湖湘学派的发祥地，是湖湘文化的重要源头之一，历史上涌现过毛泽东、彭德怀、齐白石、曾国藩、胡安国、王闿运、杨度等为国家为民族或殚精竭虑或浴血献身的杰出人物，他们都曾为中华文明史书写过浓墨重彩的篇章。

湖湘公园是一座年轻的公园，但因为承载着"湖湘"二字，更因为锦桥两边石板上的厚重书写，便与数千年来的湖湘人文历史有了紧密的关联。横跨在梦泽湖上的这两座白色虹桥，更像是一段历史的滚滚烟云，连接着湘潭的过去与未来，灵动着湖湘文化的精神气韵。

夜晚，锦桥之下橘黄色的灯光十分明亮，在微波荡漾的湖水衬托下，更显出梦泽湖的宁静和温馨，并将锦桥映衬出一种规则和对称的建筑美来。

锦桥以下，湖面宽阔而宁静，碧蓝的天空投映在湖水中，使湖水显得更加碧蓝。如果不是被两边的青翠树木和建筑倒影所隔断，你会分不清哪是天哪是湖。秋风乍起，细碎的波纹一层一层从湖面荡过去，渐渐消失在湖的南岸。

沿东岸往南走，旁边是一片高大茂密的树林，有槐树、樟树、银杏和枫树等。一长排原生态的老柳树，紧挨着干净整洁的湖边走廊，其中有些任性的，将弯曲的树干径自跨过走廊，将枝条和柳叶从人们的头顶拂过，再垂向湖面。这里的柳树和走廊相距实在太近了，人从树下过，有时不得不低下头甚至弯下腰来。

湖湘公园的外围是湘潭市的行政中心，隔得最近且倒映在湖水中的几处建筑，首先是东岸白墙黑瓦的湘潭市博物馆。不少的数千年古文物在其中静默无声，与锦桥上的浮雕和文字互为补充，讲述发生在这片土地上的久远故事。湖边东南角是刚建成两年的湖湘小学，课余时间偶有充满童稚气息的嬉笑打闹之声穿越栅栏而来，但多数时间这里都是安静的。湖湘小学前身是一座准五星级酒店——梦泽山庄，主要用于湘潭市党政部门的贵宾接待，据说前国家领导人江泽民、温家宝等曾下榻于此。十八大以后，市委、市政府精简接待，压缩楼堂馆所，同时考虑到周边百姓的民生需要，将其改造成一座高标准小学，颇得市民的称赞和欢心。

梦泽湖南边是刚建成的湘潭市民中心和东方红广场。靠西边的东方红广场，是一座纪念毛泽东同志的广场式主题公园，其中有一座大型主题雕塑《乡情》，描绘的是毛泽东主席1959年回韶山时与周边百姓亲切交谈的画面，真实而感人。其纪念伟人的主题与"梦泽湖"的名称互相呼应，表达出家乡人民对毛泽东主席的崇敬和怀念之情。

梦泽湖西岸有宽四米多的人行柏油马路，因为两边的树木太密太高大，这当然也就只能称之为林间小道。沿着湖边马路慢慢往前走，偶尔会有落叶飘落在头上，嚓的那么一声，让你感觉到时令的变换，让你不由得感悟不知不觉间就走入了人生的季节深处。

回首自己的大半截人生，尤其是在梦泽湖边匆匆行走的这十五年来，我尝试过勤勉和拼搏，也经历了殚精竭虑，收获过成功的喜悦和光环，也咀嚼过失望、无奈与心酸。对比锦桥之上镌刻的那些响亮的名字，便兀自觉得这尊躯体的无比笨重，以及灵魂的无限之轻。好在游历人生大半圈后的而今，还能回归内心的平静与安宁，还能行走在年轻时规划过的理想道路上，用一支自由的笔回味和记述自己所经历过的坎坷与喜悦，这不正是我曾祈求过的平淡而陶然的人生吗？

两只野生水鸟在近处的湖面轻盈地游动，荡动水波，荡动对面建筑物在水中的倒影，荡动一些说不清的情绪和遐思。湖边少不了的还有钓鱼人，一个个脸上都是惬意而期待的神情，我懂他们，此刻他们钓的是阳光，钓的是风雨，钓的是内心的宁静和对人生的思索与期待。

暮色来临之际，下湖南端的音乐喷泉突然开启，高高飘扬的水花和激昂的音乐引发游人一阵错愕和惊叹之声。人们像接到某种指令一样快捷地转身，举起手机、照相机，咔嚓咔嚓地将一些美好的生活横截面收录进自己的设备里。此处喷泉的规模很大，水柱很高，一排排一线线一片片，在高高的空中不断摇曳着，色彩和姿态多样，组合成或清新或明艳的各种舞蹈。即便是惯于沉默的人，见到此景也会忍不住露出轻快和愉悦的笑容来。

走在暮色中的梦泽湖边，时不时还能闻到空气中流转的浓郁的桂花香，沁人心脾的同时，使人顿生美好和浪漫之感，忍不住想要与人分享。随之而来的，你会想起或近或远的亲友故交，想起那些过去了的或者还在憧憬着的美好时光。

梦泽湖，湖湘文化精神和气韵的传承者，它蓄满了莲城人对过往的思索、回望和对未来的勇毅追寻。

青春飞扬木鱼湖

深秋时节，木鱼湖依然水体丰盈，碧波粼粼。周围大片被风霜侵染的乌桕、水杉和银杏，红黄相间，色彩斑斓，将碧蓝的木鱼湖包裹其中，构成一幅多彩的油画，铺陈在湘江的东岸，湖南工程学院的校区之中。

木鱼湖是一座年轻而灵秀的湖，它像一个年轻、丰满而又健美的少女，含羞侧卧在古老高峰塔下的宝塔公园一侧。其所在的木鱼湖湿地公园于 2015 年底建成，总占地面积 14.9 公顷，其中水体面积 6.5 公顷，为湘潭市第一个纯雨水公园。

其实木鱼湖比木鱼湖公园的历史要早得多。它曾是一条汇入湘江的水道，旁边的木鱼山对水道形成阻挡，致使水道拐弯缓流，成为湖泊。随着湘潭河东沿江风光带的建设，木鱼湖被改造为公园后，与周边的山林、滨江绿地、宝塔公园连成一片，营造成了独具特色的自然湿地生态景观。

从福星中路往北走近湖边，必须先穿过一个现代气息浓

郁的广场——木鱼湖广场。广场周边台阶形成的线条非常丰
富，广场中间几尊青春飞扬的人物雕塑，生动地昭示着这座
湖的性格。广场地下一层是木鱼天街，是周边的市民们消夜
纳凉的好场所，夏天的夜晚这里很热闹，空气中洋溢着荷尔
蒙的气息。

木鱼湖的地势南高北低，沿湖岸有一条人行步道与宝塔
北路平行。顺时针方向往北走，路两边立着很多乌桕、樟树、
水杉、杜英、红叶石楠、樱花树等树木。乌桕和水杉正呈一
片火红的颜色，非常亮眼，间或有几棵红枫也来凑兴。

木鱼湖的三面是没有石阶堤岸的，碧蓝的湖水就盛在天
然形成的碗状大坡地之中。除了茂密的树林，湖边更有密密
的芦苇丛一径延伸到水的深处，大片的荷叶、芦苇、水烛在
湖中摇曳，是典型的湿地公园景色。

环湖走道的内侧，另有一条被游人踩出来的亲水小径，
在树林和水草丛中蜿蜒。湖水就在触手可及的身边荡漾，以
致稍不留心，可能就会被湖水浸湿鞋子。间或有一两个湖汊
出现在眼前，便必然有石头砌就的小水坝横过水面，连接到
湖汊的那一边。人在坝上走，可自顾欣赏到自己和水杉、水
烛等亲密接触的倒影。低头看看身边的湖水，清澈见底，远
望湖心，则又碧蓝如镜，舒缓的情境足可融化心中的三千块垒。

穿过一排棕榈和一长溜垂柳，以及两座飞鸟形状的不锈
钢现代雕塑，便来到木鱼湖北边的木质亲水平台。水里沿湖

岸生长有一圈翠绿的石菖蒲。无论什么季节，这里都是木鱼湖周边最热闹的地方，因为有一条木质长廊从这边经过，这是湖南工程学院师生宿舍与教学区之间的人行通道。

北面往东有两个湖汊，长满了荷叶，涨水的时候，木鱼湖水就从这里流向湘江河。每个湖汊上面各有一座木桥，人从桥上走过，有哐当哐当的声音从脚下响起，感觉很和谐，很有韵致，像是回到了很久的从前。

湖的东北方向有一片稠密的樟树林，树径几人方可合抱的樟树很多，林子里灌木丛很密，几乎进不去人。这里就是木鱼山了。林子的外围有一条美食街，每到晚上不少的学生都在这里就餐，美食品种多、价格低，颇为热闹。

湖的东面，有一片水杉林，红彤彤地从岸上一直延伸到湖中，三根五根一丛丛在水里直挺挺地站立着。一对小鸳鸯在杉树下的湖中戏水，还有几只个头稍大的不知名水鸟在稍远的地方游弋觅食。一条水泥环湖小道在木鱼山下延伸，挺长的一溜儿海棠树排列在路边，每到春天海棠花开时节，一径的鲜艳与浪漫。此时却是深秋，一排红枫贴湖边蹲着，个子矮矮的，颜色却红艳得很。环湖小道外边有一大片草地，像一层厚厚的地毯，一年四季都有人或坐或躺，在这里看书嬉戏。

木鱼湖是湖南工程学院的内湖，从清晨到夜晚，年轻的大学生们都喜欢来湖边读书、散步、交友。位于木鱼湖南面的木鱼湖广场更是学校师生们开展大型文艺活动的首选之地，使得木鱼湖明显比这个城市里其他的湖泊更具青春朝气与活力。

木鱼湖西南角是湖南工程学院设计艺术学院的教学区，其中有声名远播的木鱼湖艺术工作室和中格美术馆。木鱼湖艺术工作室比木鱼湖公园建成更早，除了为驻地画家们提供一个幽静的创作场地，每年还会组织多次美术作品展览，参与展览的作品来自学校师生，也有外地的著名艺术家。我曾多次来这里与驻地画家胡大虎及其学生们聊艺术、聊油画，观摩他们创作，也参观过其他著名画家如蔡东、陈和西、陈芳桂、段辉、莫鸿勋、黎柯汝等人的作品展览，深感此地艺术气息浓郁。

"木鱼湖文化艺术节"是湖南工程学院设计艺术学院的一个大型品牌艺术活动，围绕着木鱼湖开展创意T台秀、艺术作品展、交流研讨等活动，从2012年开始，至今已经举办了七届。"木鱼湖艺术展"是每届艺术节的主打节目，因为始终坚持学术独立与包容的特质，每一届艺术展的举办都受到学术界和社会的好评，成为国内高等教育与高雅艺术相互结合、相互提升的典型，吸引了全国各地和美国、法国、日本等国的专家、艺术家来此参观考察。

打造以木鱼湖为中心的文化艺术品牌，早已成为湖南工程学院校园文化建设的一抹亮色。

当公园还在修建的时候，我经常开车绕道从它旁边经过，期盼着早日看到它的建成。眼见着一大片杂草丛生的洼地，一天天变成树木葱茏、生机勃勃、碧水盈盈的公园，快乐充盈了我相当长的一段时光。

此时是深秋的傍晚时分，仍有一阵阵桂花香从树丛中轻盈地飘逸下来。暮色之中，木鱼湖的周围点缀着整齐而柔和的灯光，水中的倒影更显得摇曳多姿。在明亮的灯光下，湖边婀娜的垂柳是可以清晰辨认出来的，但对面木鱼山上茂密的树林却有些影影绰绰。木鱼山的后面，有几栋高大建筑露出大半截明亮的身子，那是为夜读的大学生们闪烁着灯光的教学楼。再抬头往上看，圆圆的月亮在稀疏的白云之间悠闲地穿行，将它清晰柔和的光晕无言地倾泻在远处古老的高峰塔上，倾泻在这湖边端坐着的我身上。

不只是我，还有来来往往三五成群的大学师生，也在湖边徜徉，爽朗的笑声时不时从夜色中的湖边传来，俨然让人回到了年轻的时光。我在想，要是没有木鱼湖，湖南工程学院学子们的青春该会是多么的苍白和单调，就像没了未名湖的北京大学，那还成什么北大呢？

有清纯靓丽的美少女和健壮的小伙从我的身边跑过，从矫健的身姿和急促的哼哧哼哧声中，可感受到旺盛的青春活力扑面而来。灯光照在他们的脸上，分明可见对未来的憧憬和自信。

木鱼湖，是一届又一届湖工学子们的心灵绿洲，是他们最亮眼的青春印记，是一个承载着激情、热血和艺术生命的灵感之湖。

浴火重生百亩湖

湘江在流经湘潭城区时画了一个标准的半圆形，被江水围在里面的这一大片土地属于岳塘区范围，而百亩湖正在这个半圆形区间的中心位置。

百亩湖一头大一头尖，狭长而有些弯曲的水面极像一条即将变成青蛙的蝌蚪，头朝东、尾朝西，悠闲自在地游弋在百亩湖公园的中心。

秋阳和煦，走近百亩湖边，迎面进入眼帘的是清澈而碧蓝的湖水、干净整洁的木栈道和精致的小桥、围栏。一条宽约三米的环湖生态绿道，串联起大面积的树林、草地、广场和湖中绿岛。

没有精致的石砌湖堤和其他奢华的岸基建设，百亩湖的水边是原生态的土坡、草皮和垂柳，还有茂密的杜鹃花丛，感觉其与野外所见的自然湖泊没有多大区别，流露出一种不加修饰的野性和粗犷之美，如一首唱响在耳边的陕北爱情民歌。

水里长满了一种叫再力花的水生植物，与美人蕉有些相似，叶片翠绿而鲜嫩。中间的湖面上，"躺着"好几个品种的睡莲，圆圆的大叶片浮在水面，散发出嫩绿的光泽，有几朵粉白偏黄的莲花星星点点地开着，清新而雅洁。秋阳正倒映在湖心位置，轻风微拂，耀眼的阳光便在湖面上荡动起来，炫亮你的眼睛。几只鸟儿在湖心嬉戏，让人觉得这方世界如此静好。

这里是十里钢城的一部分，西、南两面是湘钢的厂区，东、北两面是工人的宿舍区和商务区。湖边时不时有携着手的年轻恋人或牵着小孩的老人家，从湖边步道悠然走过。沿湖的北面往西走，右手边有一个儿童游乐场和一个篮球场。

此处的水面在渐渐收窄，成了一条稍宽的溪流，往北边延伸。不久之后又豁然开朗，小溪汇入了一个大水潭，碧蓝的水面显得宁静而深邃。潭边一只被惊的翠鸟，箭一样射向湖的对岸。之后，水潭再缩小成一条溪流，往西北方向深入市民生活区，再缓缓流向湘江河。溪流的两边，自然生长着有些年份的高大植物，如槐树、梧桐树、板栗树、柚子树等等。

湖边游人越来越多，脸上大多透着心旷神怡的表情。但他们可能无法想象，这座名叫百亩湖的生态公园，几年前是个什么样子。

六年前，这里原是一个垃圾成堆、臭气熏天的大鱼塘，污水一年四季排往下面的爱劳渠。随着周边居民房屋剧增，爱劳渠成为生活污水排放的主渠道，两边常年垃圾漂浮，水体黑臭，污染十分严重，成为市民反映最多、投诉最尖锐的生态环境问题之一。

2016 年 7 月，湘潭市正式启动百亩湖公园建设。至 2019

年底，百亩湖被改造成了一座集娱乐休闲、水质净化、气候调节等功能于一体的生态湖，填补了湘钢集团附近没有公园的空缺。

虽已是深秋，百亩湖边依然绚丽多彩，新栽的很多水杉、银杏、紫薇、栾树、垂柳、樱花、桂花等品种都已成活。周末的时光，湖边树下到处是悠闲垂钓的人。游人中，有几个穿着红马甲的志愿者正在湖边指点着什么，其中有一位我所熟识的知名环保志愿者，于是和他随意地聊起来。原来，他们正在百亩湖和爱劳渠边开展常态化巡视，将所发现的环保问题及时向主管部门反映，并督促执行部门进行整改，以确保百亩湖水系能维持长期的清洁环保。我由衷地向他们竖起了大拇指。

百亩湖是湘钢工人们的家园，而湘钢有我好几位最亲近的同学和朋友。自从2003年调来湘潭工作以后，二十年来，我一直被他们发自内心地关照着。湘钢企业的兴衰起落、发展壮大，一直都在我的关注之中，而朋友们的喜怒哀乐，大多与企业的发展以及周边的环境休戚相关。

这座充满野性和阳刚之气的湖，正被它身边数以万计的市民亲密地呵护着。

野草觊觎的湘南古村落

一

在六月份的骄阳下，随湖南省第十四届专题文学研讨班的老师学员们一起，我踏进了郴州的多个传统村落。第一站就是永兴县板梁古村。

被岁月侵蚀得斑斑驳驳的接龙桥引领我们走进这个被誉为"湘南第一村"、有着六百多年历史的古村。

在北湖区吴山村，经过一处坍塌的老建筑，在两栋无人居住的老房子之间，我看到野草长满了屋檐下青石板以外的大片空地，苍凉与生机在这里呈现得如此融洽，有一种自然与人类文明和谐共生的美感。这时的我，突然产生一种类似于警惕的恍惚，我分明感受到一种威胁，一种来自野草对周边古建筑蓄积着的觊觎和贪婪。

之后，在桂阳县大湾村，在汝城县金山村，在随后几天走访的多个古村落中，我都看到不少因无人居住而已经或即将垮塌的老建筑，每一处的里面都冒出了深深的野草或灌木丛，有的已经没过窗棂，有的遮住了半个墙面，有的已将倾颓的砖瓦完全吞没掩埋，仍在恣肆且茂盛地向上生长。

野草们正以一种蛮荒的力量阴谋吞噬古村落里先人们遗留的文明脚迹。

从郴州回来后，我与几位长期关注和探访拍摄古村落的朋友进行了电话交流和微信探讨，他们对湖南古村落的热爱和担忧与我一样。其中，湘潭摄影师萧湘平用无人机从空中俯拍的一张照片震撼了我：在汝城县暖水镇北水村，有一大片屋顶已垮塌的古建筑群，墙上地上爬满了厚厚的野草，画面几乎都是满目的青翠，只在房子的中间显出一个个凹陷的绿坑，在画面的边沿剩几处零星的灰瓦屋顶，看起来既精美无比又惊悚荒凉，好一处奇幻的"绿野仙踪"。

忙碌的工作让时间倏忽而过，每当徘徊在静谧的夜晚，我脑海里浮现的总是古村里所见的那些庙宇、祠堂、阁楼、老屋、牌匾、古树和古井，以及先人们留下的诸多智慧和文明痕迹。在思维的间隙，总会有那么一丛丛野草，从我的脑海启程，快速地生长着、蔓延着，觊觎着整个古村落。

如何用一组文字来抵御野草们对古村落的疯狂觊觎和窥视，这是我必须做的一件重要的事情，我想。

二

其实，野草是这片土地上最早的原住民。

　　被确认为湘南地区正式发掘出的第一座史前人类村落遗址在桂阳县银河乡三都村千家坪。2011 年 11 月，湖南省考古研究所组织考古专家经过考古勘察，在这里发现了一处新石器时代的人类村落遗址，距今约六千年。农耕文明的脚步从此开始一寸寸挤压着野草们的生存领地。

　　现有完整古建筑保存的湘南传统村落最早的已有一千多年历史。经过数十代人的繁衍和耕耘，古村落慢慢走向人口的鼎盛和文明的辉煌。族谱是忠实的家族记忆，古建筑和石碑都在无人喧嚣的静默的夜晚和晨昏，慢慢咀嚼着古村落的前世今生。

　　高村村原名高桂村，位于汝城县西部耒水河畔，距县城四公里，是一个宋氏家族聚居的传统村落，历来享有文化村的美称。村子始建于唐朝，族人是辅佐唐玄宗开创开元盛世的唐朝四大名相之一宋璟的后裔。宋璟曾被朝廷任命为义昌（今汝城）县令，其八世孙宋瑞祯后迁居马桥高村，在此繁衍生息已有一千多年。该村三百多年前修建的宋氏宗祠和祠堂里各个年代的刻碑如记事碑、功德碑、训诫碑、诉讼碑等至今保存完好。

　　桂阳县和平镇下溪村是桂阳邓氏的开基地之一。据族谱记载，始迁祖邓少卿于宋仁宗时由九嶷偕弟至此，至今已有九百多年，下溪村口那些树龄达四五百年的柏树便是见证。这个离春陵江五六里的村子，还保存有近百栋讲究的明清建筑，装饰精美，雕刻众多，足可看出村里当年的富庶与兴旺。

辉煌的开篇总是凝聚着先人们艰辛的跋涉与求索。下溪村流传着一个久远的传说，他们的十世祖邓彬仲做秀才时，经过桂阳与永兴县交界的鸡公石岭。邓秀才了解一些矿冶知识，发现这一带矿脉明显，于是把整座山买下来在这里开矿，邓彬仲的两个儿子辞官后继承父亲的遗志，家族迅速发达起来。这个矿就是今天的雷坪有色金属矿，是桂阳还在开采的大矿之一，这是下溪人一直引以为豪的地方。

位于郴州市临武县麦市乡的上乔古村，开村至今已有八百余年历史。资兴市中田村、桂阳县魏家村、苏仙区正源村、永兴县板梁村、桂阳县大湾村等，建村历史都已在六百至八百年之间。

数十代先人的跋涉与耕耘，驱赶着野草和蛮荒，将文明的火种愈烧愈炽，通过精美的建筑、鼎沸的人声以及众多的文化遗产，将农耕文明的经典老歌在天穹下的古村落里唱向了高潮。

三

穿行在古老的村落中，我仿佛听到村后的古树在沙沙絮语、绕村而过的溪河在哗哗地说话，石碑上的文字和门楣上的牌匾也似在执着地倾诉，它们这么急迫地要告诉我什么呢？

五天时间的走访让我明白了，族群中曾经的无上荣光，古村落里那些温良或智慧的故事，上千年农耕文明的辉煌，先人们都在期待着后人来挖掘和传承，不能就此被野草淹没，消失在永恒的静寂里。

先祖们的辉煌与荣光，至今照耀着古村的每一个角落。

永兴县板梁古村的开村之祖刘子芳，是汉高祖刘邦之弟、楚王刘交的后裔。资兴市星塘村与中田村的李氏，都是与唐朝皇帝李世民同宗、西平王李晟的后裔，他们的祠堂大门都高悬着"龙门世第"的牌匾。桂阳县太和镇大溪村骆姓居民的始祖骆良相，为后晋天福年间进士，曾任广东巡抚，该族群还出了个"初唐四杰"之一的著名诗人骆宾王，至今村内多处门楣上镌刻有"四杰门第""四杰流芳"的字样，使整个村落散发出唐诗的韵味。

魏家村位于桂阳县城西十余里，又称溪里魏家。晚清时期，魏家村健勇们因在湘军队伍中义勇卓绝，战功累累，仕至六品以上者有二十多人，其中正二品有魏发沅，从二品有副将魏光漠。溪里魏家的族谱，系由曾国藩亲自作序。走进如今的魏家屋场，宽敞结实的石板路，精致的老房子，气派的宗祠，无不彰显出先辈们的赫赫荣耀。

桂阳县大湾村开村至今六百五十多年，清光绪年间，村人夏时官至陕西巡抚，去世后归葬故里，被诰授光禄大夫，追授建威将军（正一品），获赐御笔亲书的"武德骑尉"牌匾。其子夏寿田在清光绪二十四年（1898 年）中进士第八名，殿试榜眼及第，取得清代湘南地区科举最好成绩，历任翰林院编修、学部图书馆总纂等职务，清宣统三年（1911 年）诰授朝议大夫。夏寿田曾协助孙中山处理陈炯明广州叛变，还帮助中共上海地下党组织开展活动。夏时、夏寿田父子故居建于清同治、光绪年间，至今仍存十一栋，这些古建筑群包括巡抚居、榜眼第、中丞第、翰林坊、家祠等，总建筑面积6570 平方米，整体建筑工艺精细，环境幽雅。

古村落的史籍中记载着更多文明的传承。

在永兴县板梁村上村公祠，我看到两块圣旨牌及石碑。碑记明朝嘉靖年间，村民刘宗琳、刘润公叔侄赴京赶考受封，刘宗琳见湖广地区灾害连连，民不聊生，遂设法调剂购买粮食六千多担送至县衙，用以救济灾民百姓，因此而受圣旨旌表。救他人于水火饥荒，一直是传承于湘南人血脉中的一股温暖的力量。

位于桂阳县城南四十里的鉴塘上王家村，村前有一门楼为清道光十二年（1832 年）所建，门楼上有"君子乡"三个大字，它承载的是鉴塘王家传承五百多年的淳良家风。鉴塘村始祖王自禹搬迁定居此地后，见这里是桂阳、常宁通临武、下连州挑盐的通衢要道，于是开了个"君子铺"供挑脚夫落脚吃住，经常为客人提供力所能及的方便，被誉为有君子之风。有一年，一个衡阳挑夫走到君子铺时病倒了，自禹先生心生怜悯，将其留下悉心照料并上山采药给他治病。数年后，史称"沙夫之乱"的瑶民起义爆发，战乱使桂阳州境内的众多商铺生意萧条，有的还遭到洗劫，但王自禹的君子铺没有遭受任何损失。原来，被自禹先生救下的衡阳挑夫参加起义并成为义军中的一个头目，他铭记自禹公的救命之恩，命令手下凡写有"君子"二字的店铺和房子一律不能动，一时间鉴塘王自禹先生的君子风范声名远播。鉴塘王家的淳良家风五百年来薪火相传，激励出一大批历史乡贤人物和革命者。

古村落里有着丰厚的历史文化遗产与生态特色资源。如桂阳县魏家村的古祠堂、古戏台、古官厅、古民居等建筑，选址布局有序，保存了明清时期湘南民居的传统建筑风貌。古戏台后台的隔板壁上记载有"文秀班"等十五个戏班分别于清光绪年间至民国时期在此演出昆戏的剧目，反映了当时昆曲等戏曲艺术在桂阳县的盛行状况。据记录，桂阳县有四百余座明清时期建设的古戏台，多数与宗族祠堂建筑融合于一体，民间昆曲、湘剧、祁剧、小调戏曲班子有三百多个，因此，桂阳县也被称为"戏窝子"。

桂东县龙头村历史悠久，文物古迹丰富，这里发掘出了公元前二十一世纪至前五世纪人们生产生活的古遗址，还有湘南起义、井冈山斗争、南方游击战争至解放战争时期的红色革命旧址，有"六月六"禾苗节等非物质文化遗产项目，有郭氏围屋等珍贵的建筑古迹。

此外，"舞岳傩神"民俗活动这一古老的楚巫文化活化石，在湘粤交界的临武县油湾村被传承下来，现已被列入国家级非物质文化遗产名录。作为民间非物质文化遗产的竹马戏，历经数百年沧桑，仍活跃于临武县南福村。源于周朝，集礼仪、民乐和饮食文化于一体的传统民俗周礼古宴，至今在板梁古村流传，已被列入湖南省非遗名录。

四

桂东县龙头村有四千多年前的人类文明痕迹，而今居住的绝大多数是郭姓居民。其实在这块古老的土地上先后有宋、杨、朱、曾、廖、黄等姓氏的先人生活过。宜章县林家排村位于莽山北麓糍粑岭下，听名称以为是个林姓人聚居的村落，其实这里的村民都姓张。此地原住民林、谭两姓因时代变迁逐渐凋零，而寄人篱下的张姓子孙逐渐兴旺。清雍正八年（1730年），张姓人在林氏宗祠的柱础上新建了张氏觐公宗祠，即后来的祖祠。

建村六百多年的宜章县千家岸村，因是乐水河上游的一个水码头，从广东来的食盐、煤油、布匹等日用百货和本地下广东的煤炭、木材、桐油、苎麻、生猪等都在这里集散，终日热闹非常，人丁兴旺。传说清朝的某年，千家岸发生了一场大瘟疫，几十天时间居民就由原来的六百零八户剧减到几十户，可见古村落的变迁里隐藏着多少血和泪的往事。

无需战火与硝烟，进入二十世纪末，现代文明的步伐和城市化建设的进程像一个巨大的漩涡，吸走了古村落的青壮年和他们顽强的生命力，带走了村落里勃勃的生机和传承千年的耕读文化，暗淡了古村落曾经的辉煌。

被摄影师萧湘平捕捉到"绿野仙踪"的拍摄地汝城县北水村，是一座始建于明朝洪武年间的朱姓传统村落，明清时期这里曾是当地的经济中心。从二十世纪八十年代末开始，大量年轻人外出务工，北水古村的常住人口逐年减少。二十世纪九十年代因兴修水利工程，不少村民搬迁出去居住，一千余人的村子现在常住人口只有十余人，多为留守老人。村里大半建筑已经倒塌，昔日的院子里杂草丛生。

桂阳县下溪村后山原有一文塔，塔下有一书院，名为"金光书院"，现均已毁损，难觅踪迹。该村曾经的邓氏祠堂"登秀祠"也早被推倒，原址建成了礼堂，只有门前残存的拴马石和旗杆石默默见证着这岁月的沧桑。

其他的古村落也面临大致相同的境遇。魏家村有十余栋建于明朝时期的古民居，因年久失修或破坏性修缮，建筑破损十分严重，有的已倒塌。村里的昆曲、湘剧、花灯等民间戏曲传承后继乏人，濒危乃至走向消亡。龙头村的三出客家围屋同样破损严重和存在重大安全隐患，"六月六"禾苗节等非物质文化遗产香火难续……

中南大学中国村落文化研究中心 2014 年对长江和黄河流域的传统村落展开了调查，他们以 2010 年曾经走访过的 1033

个活态村落为调查对象，发现四年间有461个因各种原因消亡，幸存572个，消失的村落占比为44.6%，约三天就有一个消亡。

先人们用刀耕火种从野草和丛林中争夺来的大片土地，一千多年来用血泪和汗水在这片土地上垒砌起来的传统建筑和文化遗产，在无声的静寂里又悄悄交回了野草和丛林。

五

在汝城县卢阳镇朱氏总祠一楼的长廊里，我和著名作家谭谈、梁瑞郴两位老师挤坐在两张小凳上休憩闲聊。朱氏总祠建筑风格独特、工艺精美、规模宏大。我们在为朱氏总祠保存之完好而点赞的同时，围绕着古村落的保护和修缮打开了话匣子。板梁古村是梁瑞郴老师儿时生活过的地方，提起古村落的保护现状，他表现出比常人更多的关心和叹息。如何结合当前的乡村振兴，将古村落中有价值的文化记忆甄别并保存下来，为古村落的居民摸索出成形的经营和生活模式，让传统村落的优秀文化传承发展下去，梁老师一直在思考、在呼吁。

其实，越来越多的有识之士在为此而奔走呼号。

七十多岁的谭建华是《中外建筑》杂志社原社长、中国摄影家协会会员。出于对乡土的眷恋和对古村落之美的崇拜，他从2006年开始一直奔走在湖南的八百多个古村落中，拍摄了十万多张古村落图片，组织举办过潇湘古村图片展，公开出版了两本大型纪实画册《湘魂的摇篮·湘东古村》与《湘魂的摇篮·湘西古寨》，举办过多场古村落文化讲座，为推介湖湘古村落的文化、推动对古村落的保护从没停下过脚步。其中辛苦，令人感佩。

湘潭资深摄影人萧湘平，十多年来利用节假日时间，先后走访一百六十多个潇湘古村，拍摄收集了大量的图片视频资料。萧湘平在微信公众号、美篇、今日头条、抖音等很多自媒体平台都开设了名曰"寻找逝去的家园"的账号，为的是唤醒全社会都来关注古村落这一行将消逝的人类精神家园。有些乡村申报"中国传统村落"或修复历史建筑找他要图像资料，他总是有求必应。

郴州市文旅广体局原副局长周作明对传统村落的保护、传承与发展有着系统的思考，十多年来一直为此而奔波呼吁。他告诉我，湘南传统村落有着丰厚的历史、文化与生态特色资源，有些在全国都甚为少见，具有很高的保护价值。

其实，对传统村落的保护和传承、利用工作近年来在郴州市已经形成共识，各级政府部门和社会都高度重视。2023年三月份国家公布的第六批"中国传统村落"名单中，郴州市又有四个村落申报入选，至此，郴州市已有"中国传统村落"九十四个，在湖南省名列前茅。郴州市采取了一系列措施加大对古村落保护、传承和旅游开发的力度，效果比较明显的有小埠村、板梁村等，已经摸索出较为成功的模式。

郴州小埠村投资开发集团有限公司董事长邓辅唐，是土生土长的小埠村人，生态学博士。从政府机关下海经商成功后，他决心回乡挽救破败又荒凉的小埠古村，个人投资三千万元，当地政府投资一千七百多万元，将古村打造成了全国乡村旅游和休闲农业示范村，既保护了古建筑和文化遗迹，又带富了大批村民。

近年，小埠村所在的郴州市北湖区推出乡村振兴"唤醒老屋"行动，"80后"云南小伙方杰从政府平台公司承租了一处老屋，将其打造成"小埠大院综合文化体验园"，成为游客"打卡"的热门景点。那天下着小雨，当我们在小埠大院前走下车来，青黛色的蒙蒙远山下是一排排雕檐画栋、错落有致的古建筑，池塘里荷花袅袅，水筒车在雨雾中轻盈地转动，乌篷船停歇在大院里古老的樟树底下，让我有不知今夕何夕之感。餐饮区整洁亮堂，人声鼎沸，开放式厨房里窗明几净，一派繁忙景象。而"古村书斋"的长条书桌两边，二十来个青春朝气扑面的年轻人正捧着书本在热烈地讨论着什么，叽叽喳喳的声音升腾起一股勃勃的生气，在小埠村的上空缭绕。

板梁古村已经是国家4A级旅游景区，近些年村民们依托旅游、烤烟、花木等传统产业，规模开发旅游文化产品和家庭旅馆、餐馆，建设现代化农庄、花卉苗木基地、烤烟基地，生产销售腐竹、豆油、糍粑等特产，村民收入和幸福感逐年提高。

更多古村落的居民闻风欲动，更多的城市人才也开始参与古村落的保护、传承和利用，新的文化元素和业态在古村落不断生根发芽。

在永兴县高亭司镇高冲村霞露丘，有几栋百年老宅，其中一栋是长沙市民刘壹木的祖宅。2020年，久居城市的刘壹木回到老家，将荒废多年的老宅进行清扫修整，改造成一座古朴的公益乡村书院，命名为"爱华书院"。他将收集的几千册图书分类上架，使书院成为乡村孩子免费的图书室和大人的议事堂。刘壹木还不定期邀请各地艺术家、文化学者来书院交流，担任轮值院长，指导孩子们读书画画，开展夏令营活动，让孩子们远离电子游戏，行走在古老的村落文化之间，感受大自然与生命的厚重。他们还面向村民开设摄影等业余爱好培训，组织村民聚会探讨发家致富的新途径。受其影响，在外务工回乡的本村青年刘海波，发动村里的留守农民以合作社的模式种植茶树、果木八百多亩，将荒山变成了"油山"。

"一间书院万棵林"的美景已在霞露丘基本成形，一座百年老宅重新洋溢起生动的欢声笑语，一团希望的微光在爱华书院里慢慢地亮堂起来。

作为人类的精神家园，传统文化的寄居地，古村落承载着我们无尽的乡愁。从小埠大院厨房里升腾的烟火气息，我听到了野草的叹息声。从爱华书院墙壁上那几盏算不上明亮的灯光里，我看到了熹微晨光中湘南古村落渐渐敞亮的轮廓。

世上书香数通渭

有个故事打动了我。

东汉末年，在陇西（治所在今甘肃省定西市通渭县），有一对名叫秦嘉和徐淑的恩爱小夫妻。小两口都是从小父母双亡，由兄长亲友抚养大。两人郎才女貌，琴书诗文都很了得，他们格外感激上苍赐予这么称心如意的婚姻。

但天有不测风云，徐淑得了一场重病，有传染给秦嘉周围亲戚乡邻的风险。迫于亲邻的压力，她只好回到百里之外的兄长家养病。不久后，作为地方小吏的秦嘉由于工作出色，被选中上京城洛阳汇报工作，这一去又被留在京城提拔做了黄门郎——皇帝身边的小吏。临进京之前，秦嘉日思夜想盼着能与爱妻见上一面，可未能如愿。留京后，他想接爱妻来京城与自己同住，还是没能如愿，因为他们凑不起徐淑去京城的路费。两人虽然思念至深，却只能通过书信往来诉衷肠。

　　某日徐淑在家午休，梦中忽见秦嘉走进房间，告诉她他已病亡，两人今后再也不能相见了。徐淑从梦中惊醒，哭晕在床。不多久，报丧人来到徐家，证实了她的噩梦成真。秦嘉死后，徐淑的兄长逼迫妹子再嫁，可珠玉在前，普通男子又如何进得了她的秀目？徐淑誓不相从，用刀毁了自己的容貌。之后因哀伤过度，没多久就香消玉殒了。

　　虽然秦嘉徐淑两人都只是当时的小人物，史书中不见他们的传略，但他们留下来的诗书信件和爱情故事却惊艳了后人。目前存世的秦嘉诗六首、文两段，徐淑诗一首、文三段，几乎都是夫妻互诉衷肠之作。其作品排列整齐，节奏婉转自然，文字流畅清新，是五言古诗成熟的标志，历代遴选两汉魏晋的文选无一例外均收录了他们才华横溢的文字。

　　为感怀秦嘉、徐淑催人泪下的爱情故事，铭记他们在五言诗创作上的贡献，通渭县特地建造了一个"秦嘉徐淑书法艺术主题公园"，邀请当代著名书法家将他们的往来诗作书写下来，铭刻在石碑上，供游客和后人缅怀。

　　正是隆冬时节，当我们来到位于甘肃省定西市通渭县的秦嘉徐淑诗词文化生态景区参观，听到他们爱情故事的时候，我的心着实被什么东西撞疼了。我一边细细品味着当代书法名家书写的秦嘉徐淑的往来诗作碑刻，一边神思飞扬到一千八百多年前的主人公故事之中，为他们凄美的爱情及所承受的命运煎熬而揪心。

这个以秦嘉、徐淑的爱情故事及其诗词作品为主题的公园，建有多处亭台楼阁、石碑牌匾和书法长廊，到处悬挂或刻写着书法作品，成为游人寄托美好感情、欣赏诗词书画艺术作品的极美环境。其创作者中有当代书法名家，包括文学书法双栖名家如贾平凹、张贤亮等人，还有不少从全国各地征集来的书法界新人作品，堪称一个书法艺术"大观园"。它也从某个侧面体现了这里的人们重情重义、酷爱诗词书法艺术的风尚。

这次来"中国书画艺术之乡"甘肃通渭县，我是被指派参加本市政府组织的一次书画市场考察活动而来。

到达通渭的第二天，在当地县文体旅游局领导的陪同下，我们参观了位于县城平襄镇的悦心国际书画村。据介绍，我们下榻的定西悦心酒店就是悦心国际书画村的其中一个项目。书画村里除了酒店及其餐饮、会议、娱乐设施外，还有美术馆、书画长廊等项目。而整个书画村又属于通渭县平襄书画特色小镇的一个子项目。

所谓"书画长廊"，其实是一栋四层楼的长条形沿街建筑，是一个全国知名的书画交流会展中心、书画信息发布平台和书画人才培训基地，挂有"清华大学美术学院书画采风创作基地"等诸多牌匾，入驻有两百多家画廊、创作室、展厅等。

我们在美术馆和书画长廊首先欣赏了两个大型美术作品

展，展出作品很多，档次颇高，然后参观了大楼内的几处画廊，与从业人员做了交流。有一家崇文堂美术馆，老板姓路，以书画销售为业，线上线下都有销售，他自己也创作，让我们欣赏了他的书法作品。

有一位做瓷刻木雕的王先生，将毛泽东、彭德怀、周恩来等开国领袖及齐白石等艺术大师的画像雕刻在瓷盘内，很逼真，店内有一些成品。我们去的时候，他正在一个黑色的瓷盘上刻画齐白石艺术像，我的一位同伴当场叫好，忍不住买了一个。还有一位湘潭的朋友，看了我们考察团成员的微信视频号，问我们要了这位王老板的联系方式，第二天就向他订购了一个刻有毛主席像的瓷盘。

书画长廊上下四层楼，全部是画廊展馆，因时间有限，我们另外选择参观了几处装裱、烙画等的工作室。

之后，我们来到通渭县文体广电和旅游局大楼。进入一楼左边的是通渭县美术馆，正在搞一个"通渭县书画作品展"，展出了一百幅书法绘画作品，其中不少创作者是中书协、中美协会员。

我们进去参观时，有一位农民模样的老人家也轻轻尾随着进来了。他有时看看我们，有时聚精会神地看墙上展出的作品。我走过去问他："老人家，您家里也挂了不少字画吧？"他说："嗯，有一些。"我问："您自己平时也写字画画吗？"他有些腼腆地点头。我又问："您觉得这里展出的作品水平如何？"他说："好得很啊！"

一楼右边是一个"通渭县民俗文化展"，详细介绍了通渭县的特色民俗文化项目，如通渭小曲、影子腔、皮影戏、砖雕、脊兽等。顺楼梯往上走依次还有通渭书画院、于右任书画艺术特展等。在县文体广旅局六楼会议室，我们与该局领导以及县文化馆、县美术馆、县美协、文化公司、画廊协会等的负责人进行了面对面的交流。看过一个短小精悍的介绍通渭的视频宣传片之后，该局局长刘锦辉将通渭县书画产业发展的大致过程和基本情况向我们做了详细介绍。

古城通渭历史悠久，文化艺术源远流长，自秦汉以来，尤以书画见著，名人书画墨迹收藏较多，一直流传着"家中无字画，不是通渭人"的说法。二十世纪九十年代以来，书画艺术更是进入千家万户，家家有文房四宝，乡乡有书画装裱店。在通渭人家，凡是写了字的纸是不能随地乱丢的，得收好之后统一焚化。就好像我们农村人对粮食一样，得保持一颗敬畏之心。农民在茶余饭后、农闲季节，临帖摹古，挥毫苦练，追求书画艺术成为通渭人的高雅情趣。

著名作家贾平凹在散文名篇《通渭人家》中写道："通渭人处处表现着他们精神的高贵……你可以一个大字不识，但中堂上不能不挂字画。"著名作家张贤亮有"人间繁华在长安，世上书香数通渭"之句赞誉通渭。"锄含云水笔含墨，耕罢梯田耕砚田"是原中国艺术研究院院长、非遗中心主任连辑对通渭独特文化现象的概述。

目前通渭全县有书画创作人员一万多人，县级以上协会的创作骨干一千二百多人，其中中国美协、中国书协和甘肃省美协、甘肃省书协会员数量均为全国各县之最。全县民间书画收藏机构、画廊装裱店、培训机构及文房四宝销售店总量都是国内县域第一，仅书画经纪人就有两千六百人，在县外经营的画廊二百八十余家。

"文革"期间，通渭书画产业发展受到了极大冲击，大量珍贵文物，特别是古字画被烧毁。但很多家庭当时采取各种方法，将字画等文物裹于墙体、藏于地下，才免遭洗劫得以保存至今。1982年开始，通渭县成立了书画家协会；1986年，通渭县在兰州"甘肃省美术家画廊"举办了书画展。1992年在中国美术馆举办了"甘肃省通渭县农民书画展"。

之后，该县承办的各类农民书画展、古代书画作品收藏展、民间艺术作品展、青少年学生书画展、《通渭人家》书法长卷创作展、甘肃省内外当代书画名家作品展等活动接连不断。从2011年开始又连续举办了十届通渭书画文化艺术节，通渭书画在全国的知名度和影响力逐年提高，书画产业成为县域经济特色支柱产业，并被国家授予"中国书画艺术之乡""中国民间文化艺术之乡""中国书法之乡""中华诗词之乡"等荣誉称号。

不只是书画艺术闻名全国，通渭还在中国革命史上留下了不可抹去的重要一笔，那就是距离县城五十多公里的榜罗镇榜罗会议旧址。

去榜罗镇的路上，看着车窗外两边的黄土高坡，我感慨良多，忍不住用手机拍下了许多山梁沟壑的照片。在我的青年时代，伴随个人的情感起伏，所受到影响最大的莫过于音乐界的"西北风"现象。从《黄土高坡》到《心中的太阳》，从《一无所有》到《走西口》，那种苍凉悲壮的旋律一辈子都在我的脑海里回旋，至今时不时还催生出我悲壮忧伤的情愫。

冬天的大西北自然会显得比较荒凉萧瑟，两边的树枝是光秃秃的，黄土高坡上，山谷沟壑中，间或点缀着一小块一小块还没有融化的白色积雪，几乎看不到活着的生物。但绵亘的旱土梯田围起来的一个个山头，一间间农家泥土房或红砖房点缀其中，让我感受到西北人顽强的生命力，在这苍凉而萧瑟的冬色之中正深深地蕴藏着。这不正是生产出影响了我们一代人的苍凉厚重的"西北风"流行音乐的极佳艺术土壤吗？它又让我们联想起从榜罗镇会议熊熊燃烧起来的中国革命的红色火炬。

榜罗镇会议旧址是一个 4A 级景区。榜罗镇会议纪念馆的主体建筑是一栋两层楼，前面是一块宽敞的水泥坪，其中挺立着一棵已完全落叶的参天大树。一个小小的红军磨，有一个厚厚的茅草棚为它遮挡着风雨。旁边是一个停车场，停车场边有两辆坦克模型。另有一栋长方形建筑，作纪念馆工作人员办公和生活之用。纪念馆内用文字、图片和声光电资料详细地介绍了红军长征后期中央政治局常委毛泽东、张闻天、周恩来、王稼祥、博古等五人在这里召开临时会议的往事。在这里，红军领导人根据国民党报纸资料了解到陕北存在中共苏区和革命队伍的新情况后，决定改变原计划，将红军拉到陕北去，为长征后的红军找到了稳定的"家"，直到取得中国抗日事业和解放事业的最后胜利。可见榜罗镇会议在历史上的重要性。

从榜罗镇会议旧址出来，我们来到旁边一农户家，榜罗镇会议期间邓小平就住在他家里，该房子现在是全国重点文物保护单位。夫妇俩的年纪四十多岁，露出一脸憨厚的笑容，热情地回答着我们的问题。房子是土砖屋，屋外有长长的一堆干玉米，整整齐齐垒着并用木架和铁丝围栏框起来。两条大狼狗被关在一个大铁笼里，热烈地跳着叫着。堂屋里一个土炕，墙面上满满地挂着一排书法作品，除中堂条幅外，另外还有八条屏书法作品、四条屏牡丹画。据了解，通渭县一般农家都是这样用书画作品来做家庭装饰的。

随后我们一行人步行来到榜罗镇中心小学，该校校长带我们参观了学生书画培训教室，看到学生们的习作和书法绘画工具、颜料等。他们从小学开始就在培养孩子的书画兴趣和技能了，难怪这里有这么浓厚的书画艺术氛围。

短短几天时间，除了秦嘉、徐淑的爱情故事，通渭的翰墨之香，革命故地的红色记忆，通渭人热情豪爽的君子之风也令我们记忆深刻。

我们到达通渭的第二天中午，通渭县副县长龙雪莹、县文体广旅局局长刘锦辉就热情地接待了我们。龙副县长是一位形象气质很不错的美女，谈吐得体，热情平和，利用吃饭的时间认真地向我们介绍了通渭的相关情况。两天的考察期间，刘锦辉局长全程安排着我们的吃住行和考察线路，连续两个晚餐陪同我们，热情豪爽又风趣幽默地向我们推介通渭。该局张凤鸣副局长、张国强股长和科员小何一直全程陪同我们参观考察，不厌其烦地回答我们的各种疑问。最后一天上午，当我们离开通渭上高铁前，天下着鹅毛大雪，张凤鸣、张国强坚持开着私家车一直送我们到高铁进站口，直到看着我们进站了才冒雪回家。

离开通渭的前一天下午，我独自叫了一台出租车，绕县城大小街道转悠了半个小时。通渭县城不大，沿山谷的狭长地带建设而成，地势北高南低。除了我们所参观的几处地方，沿街还零星分布着不少书画产业类店铺，有一个大的文玩城。出租车司机姓王，本地人，也是非常地热情，回答了我所有的疑问。他告诉我，早几年县城比现在更热闹，原来的书画市场更是比如今繁荣好多倍。

坐在回程的高铁上，我回想着这几天通渭考察之行的诸多细节，为通渭所独有的书香气质和通渭人的热情豪爽而感动。我又回忆起我1991年、2018年两次来甘肃，先后去嘉峪关、敦煌、酒泉、张掖等地开会、参观和游览的往事，感受着这边独特的文化氛围，想起我在这里结识的朋友，以及自己曾经写过的旧文《越过长城》中提到的文坛老师们，便清晰地发现，原来我对甘肃、对祖国的大西北是有着真爱的啊。

归梦荻花秋

浏阳河在面前缓缓流淌，碧蓝的河水宽阔而平静，在阳光下闪烁着粼粼波光。三两只白鹭掠过水面，翩翩飞往河边的芦苇丛中。河那边是密密麻麻的高楼，整齐地矗立在蓝天白云之下，倒映在河水中并随波纹而细微地颤动，更显优美与祥和。风贴着河面徐徐吹来，将稠密而翠绿的芦苇叶片撩起又放下，远近的芦苇丛便一波一波地荡过来，发出沙沙的耳语一般的声音。蝉鸣从身后河堤上的林子里传来，热烈而有韵律。

大暑时节，在位于长沙市芙蓉区湖南农业大学校园外的浏阳河风光带，我和几位朋友在河边两人高的芦苇丛中漫步聊天。

"这不是芦苇，这就是传说中的南荻。"陪我前来的湖南农大教授朋友纠正我。他三两下从苇丛中折下一根近三米高的枝条给我看，果然与我们农村娃从小就熟悉的芦苇不同。
这是一根粗细、硬度和材质与竹枝更为相近的枝秆，只有叶
片和秆尖与芦苇相似。我在喟叹自己观察不细的同时，从记
忆里自然地冒出白居易的一个名句"枫叶荻花秋瑟瑟"。哦，
这就是在古诗中飘飞了一千多年我却至今不知究竟为何物的
"荻"。

想起 2020 年初冬时节，受朋友之邀到岳阳君山岛华龙码
头看芦苇荡时的情景。那一望无垠的芦苇像海涛一样随风起
伏着，一直延伸到水天相接的远方。间或有小块绿地穿插于
大片的苇丛之间，在苇丛的边沿便可清晰地看见已经枯成黄
白色的苇秆，齐刷刷地挺立着，密密麻麻。微风吹过，银白
色的芦苇花纷纷向空中飘散，在夕阳下翩翩起舞，将周围的
芦苇荡烘托成一个童话般的世界。原来，这让我为之倾心且
震撼的美景，其主演者不是芦苇，而是南荻。

从教授朋友的娓娓讲述中我才了解，人们所熟知的百万
亩洞庭湖芦苇荡，其中绝大部分是南荻。南方人喜爱的食物"芦
笋"，也全都是南荻的幼芽，准确地说应该称之为"荻笋"。
南荻是我国独有的植物资源，仅分布在长江中下游，洞庭湖
区是其分布中心。其与芦苇的不同之处主要是茎壁厚、纤维
好，幼茎能食，花呈银白色或紫红色，生态效益和经济价值
远高于芦苇。南荻是洞庭湖的原生物种，适应洞庭湖"春湿、
夏水、秋冬干"的生态环境，早在一千六百年前的南朝就有"巴

陵三江口，芦荻齐如麻"的记载。

将这枝折断的南荻放到车后座，我们随即来到附近一处农家乐，在这里见到了被称为"南荻之父"的易自力教授。易教授是植物学博士，湖南农业大学原副校长、博士生导师，研究南荻二十多年。身材精干，衣着随意，说话幽默风趣，眼睛炯然有神，提起南荻他就有说不完的话题。

二十世纪六十年代以前，洞庭湖的芦苇（南荻）资源广泛用于薪柴、建房和编织材料等，之后则主要用作造纸原料，因此造纸业一度成为洞庭湖区的重要支柱产业。因为存在较为严重的污染风险，2019年前后，造纸企业全面退出洞庭湖区，南荻因此而被弃收。

"芦苇屁股痒，不砍都不长"，这是洞庭湖区有名的谚语。弃收后的南荻种群出现了严重的退化：株秆变小变矮，密度变稀，有的地方被藤类植物侵占，致使南荻大面积消亡。每年春季，没有收割的南荻倒伏在湖中腐烂，对水流性不佳的湖汊产生了污染，且存在严重的火灾风险，洞庭湖的湿地生态系统因此而失去平衡。

为此，易自力教授带领湖南农大南荻研究团队经过多年攻关，自主研发出一套成熟的技术工艺，可将南荻原材料在一条生产线上分别制备成纳米纤维素、低聚木糖等四种高价值产品，全程无废弃物排放，产品的各项指数达到国际质量标准。该成果实现了南荻生物质的全面利用和低成本生产，关键技术已获批国家发明专利，且填补了国内外多项技术空白。其主要产品纳米纤维素是一种新兴生物基天然高分子材料，可广泛应用于纳米医药食品、可降解材料、航天器件、电子光学元件和纳米精细化工等方面。这项技术成果目前正在长沙某企业落地实施，项目达产后，不仅将成为全球最大的纳米纤维产业基地，还能创造数千个就业岗位，形成年产值上百亿元的产业集群。据保守测算，洞庭南荻如加以充分利用，可年产纤维素纳米晶体二十万吨以上，洐生产业价值可超过两千亿元。

听完易教授的介绍，南荻资源的巨大应用前景让我惊叹不已。想象着它们为人类未来生活带来的各种美好，我不由得充满了期待。

想起宋朝诗人姜特立的诗句："莫忆鲈鱼美，吴天浪正浮。只应归梦到，千顷荻花秋。"我的眼前浮现出一片紫红的荻花海洋，自古作为悲秋代名词的荻花，在洞庭湖粼粼的波光中渐渐幻变成漫天的紫色霞光，升腾成一团团炫丽的希望。

两只宠龟

　　小的那只龟先来我家，两个眼睛后面各有一块红色的斑，是只巴西龟。它陪伴了我们整整十六年。当时儿子还在读小学，有一次回外婆家，在街上看到有人卖小龟，他心痒痒的，想买一只回来玩。我想，龟生命力强，寿命长，不容易死，就买了一只回来。

　　家里有一口一米见方的大鱼缸，里面放了各色观赏鱼。儿子将小龟丢进鱼缸后，不管了，照看和喂养龟的责任自然落到了我的头上。每天下班回家，我总会趴到鱼缸边，盯着小龟看一看。小龟有时不停地在水缸里游上游下，像在做健身运动。有时优哉游哉地浮在水面上，享受自由呼吸的快乐。看到人来了，它像受了惊吓，倏忽之间，略显笨拙而又飞快地潜入水底。有时候，它会追着金鱼咬，有几条金鱼的尾巴被它咬得参差不齐，有几条小一点的金鱼直接被它咬死了。

为了让它过得舒服一点，我搬来一块大石头，小心翼翼地放到鱼缸里，配上些小石头，堆成一座假山。于是常常见到它趴在石头上，小眼睛滴溜溜转着，看房子里的风景，看我。

刚开始，我们一般是到水族馆买龟粮喂它，但看得出龟粮不是它最喜欢吃的。于是，我就买来焙干的小鱼小虾，那才是它的至爱。

每日里吃住不愁，在鱼缸里游来游去，追逐着金鱼、热带鱼玩耍，小龟的日子过得自在而惬意，俨然成了家里让人牵挂、让人开心的一分子。

龟总是追着鱼尾巴咬，鱼就养不成。后来我专门买了个一米见方的蓝色塑料缸，放在儿子小卧室外的阳台上，将小龟单独移居到这里，既通风又可以晒太阳补钙。冬天，往塑料缸盖几抔沙子，一两件旧棉衣，小龟就可以舒适地冬眠了。

看着看着，小龟长大了，四年后，迎来了它的一个伙伴。

弟弟在老家的小河里钓上来一只近两斤的大龟，也是巴西龟，打电话问我们要不要。能够给小龟找个伴当然好，于是，一大一小两只巴西龟就住在同一个缸里了。

或许是不能容忍自己的领地被同类侵入，老主和新客之间开始时有点儿不和谐，偶尔发生战斗。我原本以为，小龟才不过半斤重，个头比新来的龟小许多，肯定不是大龟的对手。出乎意料的是，过了几天，我就看到大龟的两条后腿上有伤口，而小龟却安然无恙。悄悄观察才发现，那小龟很聪明，总是跟在大龟的屁股后头，逮着机会就咬它的后腿。有一次，我拍摄到两只龟在水盆里紧张对峙的视频：小龟不断逼近大龟，几轮佯攻之后，小乌龟唰地伸出脑袋，朝大龟的前腿闪电般猛咬了一口，得逞之后就迅速闪开了。

一段时间之后，或许是互相熟悉了、妥协了，两只龟不再打架，成了朝夕相处和谐与共的好兄弟。经常可看到小龟趴在大龟的背上，一起悠然地晒着太阳。

我们也常将龟兄弟从龟盆里搬出来，将家里所有的门都打开，让它们在各个房子里自由爬行。下班回家后，就像捉迷藏，我和老婆总会在床底下、沙发底下，或者桌子下面的某个角落里，分别把它们静悄悄地找回来，放回龟盆里。这个捉迷藏的过程，无疑也伴随着我们的阵阵笑声。

有一天，我惊喜地在龟缸里面发现了一只蛋，有鹌鹑蛋那么大，蛋壳薄薄的软软的，这无疑是大龟的得意之作。能不能让龟蛋孵出小龟呢？问了一下"度娘"，原来没有受精过的龟蛋是不可能孵出小龟的。那么，这只可爱的龟蛋该怎么处理呢？我还没有想好，第二天早上起床一看，龟蛋不知道被哪一只龟给吃掉了，那薄薄的蛋壳被遗弃在龟盆里。

五年前，家里买了新房子，两只龟于是和我们一起搬迁到了新家，还是住在那个大龟盆里。这期间，儿子大学毕业，远离我们到外省参加工作了。两只龟早已成为我们家庭的重要成员，我和妻子每天都要跟它们打几次招呼，时不时跑到市场去给它们买龟粮，买干鱼干虾。有时候心情好，还会给它们买来一两斤活泥鳅，看它们贪婪地追逐吞食。两只龟也就这样习以为常地享受着我们的服务。

有时候我在想，余下的几十年有这么两只可爱的龟作伴，时不时给我们带来点小快乐。虽然要花费一些财力、精力和时间，但也是一件蛮值得的事情。

俗话说"千年王八万年龟"，我从来没想到龟会先于我们离世。恰恰相反，我担心的是在我们百年之后，这两只龟该托付给谁呢。

大前年冬天，为了让龟龟们顺利冬眠，我在龟盆里铺了一层细砂，在龟上盖了两层旧棉衣，给它们保温。担心太干燥，隔两三个星期我会往盆里面浇一点儿水保持湿润，一般就不再去打扰它们。

过完春节，我们从乡下老家返回城里的房子，怀着暌违多日的想念去看我的两只小宠龟。将两层旧棉衣掀开时，我惊讶地发现有一块棉絮被咬出了很多小洞，再看两只龟，小龟在一边呼呼地发怒，大龟却静静地趴着一动不动。我有些疑惑地将大龟搬出来，放在地上，发现它的头和四肢软塌塌的，随着我手的动作而无力地晃动，这才发现大龟已经死了。原来，因为我不小心浇水太多，大龟被淹在水里面长时间无法呼吸，又被沉甸甸的厚棉衣裹住脱不得身，活活地被淹死了。在生命的垂危时刻，它恐慌地撕咬棉衣，想探出头来呼吸新鲜空气，但终因棉絮太厚，竟没能挽救回自己的生命。

后来我将这只死去的龟埋葬在附近的公园里。想起大龟在临死前恐慌挣扎的场景，我心里很长一段时间都有些难受。这只大龟陪伴了我们十年多时间。

又只剩下了那只小龟，其时它有一斤多重了。我们将它移到厨房边洗衣房里的一个精致小池子里，每天换点水，喂点吃的，隔几天清洗一次池子。每次经过它身边，我和妻子都要亲昵地叫一声"小龟龟"，它也会懂事地抬起头来，脑袋跟着我们转，眼睛有神地盯着我们看，无声地回应着我们的关爱。

到今年八月份，小龟来我们家十六年了。有一天，我发现给它喂的鱼干一条都没有动，且之后连续几天都是这样。我到百度上面查了一下，之所以这样可能是因为天气太热。于是，用一个小桶子盛了点儿凉水，将它转移到负二楼的杂物间里，这里气温大概二十摄氏度，湿度也高。过了两天，再喂它喜欢吃的小鱼干，还是不吃，看来不是气温的原因，又将它搬上来放到光线比较好且更加宽敞的龟缸里。心想，龟的生命力强，一二十天不吃东西也不是什么问题，等天气转凉，应该会恢复的。

一个周六的晚上，我再去查看小龟的时候，发现它耷拉着脑袋，嘴巴旁边的水里好像有点红的，用手拨了一下，是从嘴巴里渗出来的血丝。这下我有点慌张了，立马到百度上面搜索原因，查出来有可能是龟患肺病了。我马上用桶子提着它，在小区附近找水族馆和宠物店，想找人帮它看病。先后走了几个街区，找了三四家水族馆、宠物店，店主都说没有办法。

回到家里，看小龟耷拉着脑袋，无精打采的，半眯着眼睛趴在池子里。我开始跟它说话："小龟龟啊，你痛不痛？你是哪里不舒服啊？"这时，小龟慢慢抬起脑袋，睁开眼睛盯着我，听我说话。几分钟之后，它的脑袋又耷拉下去了。我想，让它休息一会儿吧，于是悄悄离开了。过十几分钟去看，当我再次呼唤"小龟龟"的时候，它的脑袋再也没有抬起来。我将它捧起来，轻轻晃动，小龟的头和四肢耷拉着，再没有生命的迹象了。这只小龟也离开我们了。

我原来以为寿命很长的龟，一场疾病就夺走了它的生命，一不小心就走在了我们的前面。我内疚地想，一方面它是因为疾病而死，另一方面也是因为我过于相信它的顽强生命力而懈怠了。所有的动物和人一样，都有柔弱的时候，生病无助的时候，小龟其实是死于我的迟钝、无知和不作为啊。

怀着歉疚和难受的心情，我将这只陪伴了我们十六年的龟带回乡下老家，埋到那棵大柿子树下面的泥土深处，为它找到一个相对宁静的安息之地。

我想起了小时候家里养的一条黑狗，生龙活虎的，每天接送我上下学，被我唤作"赛虎"。有一年父亲要杀了它。父亲用绳子吊住它，用锄头砸它的脑袋，几个回合后以为打死了，结果，黑狗醒来挣脱绳子逃跑了。晚上，那黑狗又回家了，最终还是被父亲捉住，用锄头打死了。这件事情在我幼小的心灵中留下了不小的创伤和阴影，父亲之后再也没喂过狗了。

儿子出生后，为了逗他开心，我们曾先后买过一只小白兔和三只小黄鸭。兔子养了几个月，因为吃得多拉得多，搞得家里天台上臭烘烘的，爱人不喜欢。有个同事说他家女儿喜欢，于是送给她去喂养。一周之后，问他兔子怎么样了，他嬉笑着跟我说："炖着吃了，好香。"三只小鸭子是三岁多的儿子哭着要买回来的，我知道不会有好结果。其中一只被儿子照着商贩叫卖时示范的模样将鸭子的脖子转圈圈儿，玩了几天玩死了，另一只被他不停地喂水给灌死了，还有一只失踪了，大概是遭遇了什么野物。

由于心有余悸，从此以后，我家几乎再没养过其他动物了，除了鱼缸里的金鱼、热带鱼，除了本文记叙的这两只龟。

收藏往事

　　说起收藏，我虽无建树，但也是个"老藏家"了。早在四十年前我就开启了收藏爱好之旅。

　　还在读初中的时候，每每看到漂亮的火柴盒、烟盒，我都会设法要来，将上面漂亮的火花、烟标揭下来，贴到旧本子上，或夹在书页之间，收进自己的抽屉里，时不时翻出来玩赏。集到好几本了，就拿出来展示给要好的同学看，大家一起开心。有一次发现本子里夹着一位漂亮的女同学递送给我的纸条，留言"好漂亮，好喜欢"，可别提我当时心里有多美好多激动了。

　　来湘潭读中专后，又喜欢上了集邮和买书，这里面集邮的故事多一些。我经常会跑到学校传达室的门口，盯着邮递员送过来的信件，看到有新鲜的邮票就厚着脸皮问收信的学友讨要。好在我当时是校学生会学习部长，且是校文学社的骨干成员，学友们又都是那么年轻友善爱好文艺，我于是经常得手，每次的紧张背后大多是开心。当时最有成就感最快乐的事情，就是能通过同学朋友们帮忙，到处打听后想各种办法将一整套邮票集齐。当时家里穷，父母每个月只给我两元钱的生活费，我舍不得吃穿用，却经常在周末搭乘14路公交车，从学校所在的石码头跑到位于雨湖公园旁的集邮门市部，欣赏众多摆摊的集友们带来的稀有邮票，挑选自己喜欢且价格便宜的买上几枚甚至一两套。待两年中专毕业，我已经集满了厚厚三本邮册。

在湘西凤凰县参加工作后，我在工作之余坚持业余写作爱好，结识了一批书画艺术家，又开始喜欢上了书画欣赏和收藏。由于面子薄，不敢开口向人家讨，工资也很有限，买又买不起，一般情况下只有巴巴地看着而心里羡慕的份儿。偶尔也有书画界的朋友送我一件作品，每每会有几天都是好心情。就这样，我也有了一些著名或不著名书画家的作品。

之后结婚成家生子，生活稳定了，慢慢地手头开始宽裕一些，收藏爱好更多了。我时常会到书店和古玩市场去逛逛，买自己喜欢的书籍和各种不值钱的小玩意。每次出远门，尤其是出国，总会想方设法买些当地的特色纪念品，只要是自己喜欢的，包括明信片、书籍、连环画、扑克牌、瓷器、锡器等，都会小心地带回来几件，放进家中的柜子里，闲暇时看着赏心悦目。甚至是出门的各种车票、景区门票，一片银杏叶，一颗精致的小石头，我也会小心收好，分门别类保存起来，将一个个旅途中的故事尽量完整地带回家。还有从年轻到现在收到的亲友老师们手写的书信，我基本保存着，没舍得丢掉。

如此一来，旧书、连环画、字画、信件、扑克、酒瓶、瓷器、石头、玉器、湘西特色印染物等，收藏的东西越来越多，品类越来越杂，却都不成规模。与熟识的收藏家们既专又精且丰富的藏品一比较，我就会自卑得很，不敢吱声。我知道收藏这座山太高了，自己学识不够，精力不济，资金有限，爬不到山顶去，于是又开始做减法。慢慢地散掉一些给喜欢它们的好朋友，包括我收藏二十年的火花、烟标等，全部贡献给更专业更喜欢的藏家朋友了，所收旧书也送出去不少。友之所爱，我献之亦开心。加之后来工作压力加大，时间越来越紧张，就很难有闲暇时间花在收藏爱好上了，藏品也鲜有进展。

2013 年，湘潭市收藏家协会酒器专业委员会成立，好朋友袁先生带我参加了该协会的一次聚会活动，再次点燃了我对收藏的兴趣爱好。在圈内涂先生、袁先生、严女士等师友的带动和帮助下，我开始了酒瓶收藏。开始时，上面提及的几位老师给我赠送了一些好看的酒瓶，让我欣喜若狂，拍照后发到微信朋友圈嘚瑟。更多的朋友知道我有这个爱好后，陆续给我送了不少自己先前从未见过的漂亮酒瓶。有位朋友在出差的途中发现两个好酒瓶，买下后才发现皮箱放不下，只好将自己的部分行李丢了，乘飞机将酒瓶给我带回来了，令我感动不已，心里暖流涌动。在每个酒瓶的底部，我会贴上标签，是哪位朋友什么时候送给我的，我都会标记上去，将这份友谊定格下来。

说起酒瓶，有一个令我十分汗颜又感动的故事。我有一个二十世纪九十年代初在湘西凤凰工作时得到的酒瓶，是著名画家黄永玉老先生为凤凰县酒厂设计的一款白底蓝花方形瓷瓶，上有老先生题的"风雨楼头"酒名和手绘兰草花，还有一面贴有老先生位于凤凰县沱江边一栋名为"夺翠楼"的吊脚楼纸印图片，十分古朴端庄。该酒瓶设计在酒鬼酒麻袋瓶之前，且此酒的销量很少，酒瓶存世数量更少，较为珍贵。我将其从凤凰带到吉首又带到湘潭，一直摆放在家里客厅的墙柜上，伴随我近二十年时光。2010 年前后，有位要好的老同事来家中闲坐，他是懂收藏的内行人，了解酒瓶的来历后，问我愿不愿意送给他，我二话不说就答应并送他了。待我自己开始玩起酒器专业收藏后，心里不免怀念起这个旧瓶，既然已是人家的钟爱之物，哪好意思再去问朋友要回来？我只好托湘西的老朋友到处打听，但再也找不到这款酒瓶了。万般无奈之下，只好向老同事开了口，二话没说他又将此瓶郑重地还给了我，真是令我既歉疚又欢喜。

我收藏黄永玉老先生设计的两个酒鬼酒麻袋瓶已近二十

年了，那是黄老八十岁生日时，在他老家凤凰玉氏山房亲笔签了名的未启封的原装酒瓶。该款签字酒瓶在 2003 年 9 月 25 日于长沙举行的全国（首届）糖酒副食商品交易会珍藏酒拍卖会上，曾以一瓶五万二千元人民币的价格成交。在我心目中，这两瓶酒与我上面故事中"风雨楼头"酒瓶的珍贵程度不相上下，因为这里面装满了厚厚的情谊和二十年绵长而温馨的故事。

此后我一发不可收，酒瓶收藏的兴趣越来越浓，除了零散的购买、收集之外，我还从圈内藏友手中批量购买过几次，几年时间里我收藏的瓷质酒瓶有三千多个。如何摆放这些藏品成了个现实问题。好在家里房间还算宽敞，老婆花了三万元为我请专业师傅定制了八面墙的藏品柜，总算将主要的酒器在家中客厅、餐厅、书房展览了出来。过了几年，酒瓶越来越多，又搬了新家，老婆不再乐意拿那么大空间给我放酒瓶了，于是大部分酒瓶被集中到了楼下的杂物间，新的展览空间再一次成为我的烦恼。

这让我不得不开始检讨自己了，像我这样的业余藏家，与那些将余生精力奉献给收藏的专业藏家方向应该有所不同。专业藏家大多会求全求丰富，辟出专门的空间来成就自己的梦想和事业。而我纯粹出于事业之外的业余兴趣，除了看着欢喜，更多的是想通过它们来记录我每一个阶段的美好时光，借以收藏一份友谊、一段故事、一桩缘分，从而丰富我的人生，娱乐我的生活，更无利益方面的考量。囿于时间和精力，囿于空间和财力，我无法将此作为自己人生的终极追求。于是，我不再见到自己没有的就买，也不再轻易向人开口索求，而必须是能让我心生欢喜且与我有缘的东西，我才会尝试着打听。我也不刻意，不性急，熬得久的鸡汤才会更香。

转了一圈，我又回到了以前的原始收藏小爱好阶段：伸手可及，心之所爱，走到哪里看到哪里，有合适的就极自然地收为我藏品间的一件宝物。小到书画家朋友自画的一枚精美书签、韩国济州岛的一块石头"爷爷"，西班牙地中海边一颗彩色的鹅卵石，大到希腊雅典的一组欧式金边茶具，泰国清迈的一套传统锡壶，嘉峪关一盒玉质夜光杯。每一件藏品的背后都藏着我的一段人生旅程。

闲暇时光，把玩着我的这些小宝贝，回想起自己人生中那些越来越遥远的往事、那些曾经的同伴，温馨和怀念的感受就会充满我的心，就像冬日的暖阳开始温暖我感觉有些苍凉的日子。这是从外面购买的藏品所做不到的。

绕来绕去，我发现就连我的收藏爱好，也还是回到我一辈子珍视的爱美惜福、本真自然、不刻意、不勉强的本性上来了。

后记

过滤掉额头上
五十年的沧桑，
我们归来仍是少年。

回归

人生走到纵深地带，总会生出很多感慨。一不小心，五十余载岁月已从生命中淌过。日子越过越快，繁杂的事务，忙碌的身躯，淹没了曾经的向往和梦想。或许是因为拥挤在嘈杂的人流中太久太久，便时刻渴望回到属于自己的那一方塔希提，这种煎熬、这种抑郁，对于身处同一趟时代列车的人来说，或许不只是我才有的吧。

从年轻的时候起我就一直提醒自己，躯体和灵魂要并驾齐驱才是完整的人生，一个人的价值不只在于追求金钱、物欲和权力。这么些年来，我一直在寻找精神上回归自己的路。

自从三年前在某网络平台开通账号发出第一篇散文至今，我已陆续写作发文一百多篇，得到读者的点赞鼓励和褒奖不少，且绝大部分被平台加精推荐，有一种重新找回了真实的内心之感。回首二十多年的媒体管理运营工作，收获有之，纠结有之。去年初，我下决心向单位辞去行政职务，申请做了一名专职文化编辑，每天放松心情，在来稿中淘洗打磨出一些美好的文字，使之精彩呈现在读者面前，心里便有些窃喜之感。工作单纯了，心静下来了，业余文学创作和纸媒发稿力度便也加大了，不到三年的时间，先后有《湘江文艺》《青海湖》《青春》《散文诗》《散文选刊》《海外文摘》等数十家期刊发表了我新创作的一百多篇（首）文学作品。在自己喜爱的领域让生命重新发光，日子便渐见充实，我开始感受到久违的发自内心的欣喜和快乐。

有一位老领导给我留言，说从互联网上留意到我最近的变化，为我感到高兴，欢迎我的"回归"。是啊，这么说来，我是真的在回归啊。一改多年的"静音"状态，回归真实的工作和生活，回归我热爱了三十多年的文学故园和心灵乐土。

说起我的文学创作，至今已有三十多年的历程了。从1988年公开发表作品开始，我先后在《散文》《散文选刊》《湖南文学》《莽原》等数十期期刊发表各类文学作品数百件。1994年加入湖南省作家协会时，我已公开出版个人文集两本，主编并公开出版《中国当代校园散文诗选》《跨世纪散文诗丛》《再回首文丛》等三十多本文学作品集。正式调入新闻出版单位的这二十多年里，因为新闻采编和经营管理方面的沉重压力，动笔反而越来越少，慢慢将文学创作给搁下了。那时候心里就想啊，一定要利用工作变动的机会多多积累生活素材，沉淀自己的人生感悟，总有一天要重新将这支文学创作的笔捡起来。终于，我回来了。

《时间的声音》是我的第三本个人作品集，这本集子中收录的，大都是我近年来在各级报刊公开发表的一些作品，也是我在散文创作方面的练习。对儿时老家黄婆塘故土的依恋，对年轻时工作过的凤凰古城的怀想，对半辈子人生的感悟和思考，对泪水浸泡过的青春与情感的回望，以及对生命旅途中所经历的那些地理、风物、人情的记录与描绘，都是我创作的主要题材。我的文字一直遵从我的内心，基本不带功利心。从以前的诗歌、散文诗逐渐转向以散文创作为主，这也是我人生沉淀后的一种自然转型吧。

在这里，我不由得要感谢生活本身。生于农村的我，先后在长沙、凤凰、吉首、湘潭等地工作和生活，尝试过体制内的公务员职业和事业单位负责人岗位，也停薪留职担任过多家企业和社会组织法人代表。是生活用几十年的各种成功与挫折，各种酸甜苦辣，为我积累了多个领域多个地方的多种人生阅历，让我的往事有挖掘不尽的素材和宝藏，让我对自己在文学创作领域的踽踽独行颇有一些信心。是生活的沃土培植出我的这些兴趣爱好，让我在追求快乐生活、坚持价值人生的努力方面有着较为坚实的后盾。或许，我在文字上的倾泻是欢快的，也或许是沉重而喑哑的，但都是我真实的情绪和思想表达，都是我真实的人生感悟。如果我的文字还能给读者们带来一点真善美的感受，引发您或愉悦或深沉的思考，那我就觉得够开心了。

感谢唐朝晖老师对我这些不成熟作品提出的修改指导意见，感谢出版社编辑老师的辛勤审稿和不弃，更感谢这么多年来在我文学道路上给过诸多支持帮助的老师们。阅读、写作和编辑，已成为我的日常工作和生活，这也是我苦苦求索大半生才找回来的生命中最重要的精神寄托，因此我希望这本书只是我一个新的开始，我还将在这条路上持续地努力。

如果身体允许，我还有大把的时间将文学创作坚持下去。余生还长，何必慌张？在我油尽灯枯之前，希望我不会被各种各样的困难所阻挠，也不再因其他的诱惑而分心。"弹起我心爱的土琵琶，唱起那动人的歌谣……"这首朴实而古老的歌，总是不经意地在我耳边响起。是的，不管我的歌声动不动人，但我的这把"土琵琶"却是我真心喜爱的，我会不急不慢地一直弹唱下去。

此时，我不由想起小时候爸爸拉二胡时陶醉的神情。爸爸拉的二胡曲调在我的记忆中那可是非常动听的，只是如今我再也听不到了。而我在文学创作上的这种流连与回归，与爸爸当年拉二胡的喜好又有什么不同呢？爱了，痛了，用真实而有些美感的文字记录下来，熨平我心底的这份惦念与忧伤，这就够了。我并不祈求更多的回报。哥哥年轻的时候，也特别擅长各种乐器，笛子、箫、口琴、二胡、喇叭，后来还因此被邀加入皮影戏团。他吹笛吹箫的悦耳声音至今让我回味，但那种记忆太遥远了，至少有三十年没再听过。生活的重压中止了哥哥展现音乐天赋之路。

父亲已经远逝，我无法唤回。哥哥年已六旬，退休在家。下次回家我想跟哥哥说一说："请你将三十年前的乐器重新捡起来，我也继续在码字的道路上坚定前行。等我每次回来时，我听你吹箫、吹笛子、吹口琴，你听我讲一讲我笔下那些或真实或离奇的故事。无惧生活的沉重，我们几兄弟在一起尽情地吹拉弹唱，嬉笑怒骂，不亦乐乎！"

过滤掉额头上几十年的沧桑，归来我们仍是少年。

2023 年 10 月于湘潭臻锦园

图书在版编目（CIP）数据

时间的声音 / 刘义彬著 . —— 北京 ：国际文化出版
公司，2024.8

ISBN 978-7-5125-1611-3

Ⅰ . ①时… Ⅱ . ①刘… Ⅲ . ①散文集－中国－当代
Ⅳ . ① I267

中国国家版本馆 CIP 数据核字 (2023) 第 255349 号

时间的声音

作 者	刘义彬	
责 任 编 辑	雷 娜	
策 划	刘 蔚	
美 术 作 品	李野夫（封面） 裴庄欣（内文）	
装 帧 设 计	唐 玄	
责 任 校 对	祝东阳	
出 版 发 行	国际文化出版公司	
经 销	全国新华书店	
印 刷	北京盛通印刷股份有限公司	
开 本	880 毫米 ×1280 毫米 32 开	
	10.25 印张 190 千字	
版 次	2024 年 8 月第 1 版	
	2024 年 8 月第 1 次印刷	
书 号	ISBN 978-7-5125-1611-3	
定 价	89.80 元	

国际文化出版公司
北京市朝阳区东土城路乙 9 号　　邮编：100013
总编室：（010）64270995　　传真：（010）64270995
销售热线：（010）64271187
传真：（010）64271187-800
E-mail：icpc@95777.sina.net

喧嚣和宁静，只有两者都经历过的人生才是完整的。

醒来才惊喜地发现，曾经以为丢失了的故土还在这里安静地等着我。